JN010238

約束の小説

森谷祐二
Moriya Yuji

原書房

約束の小説

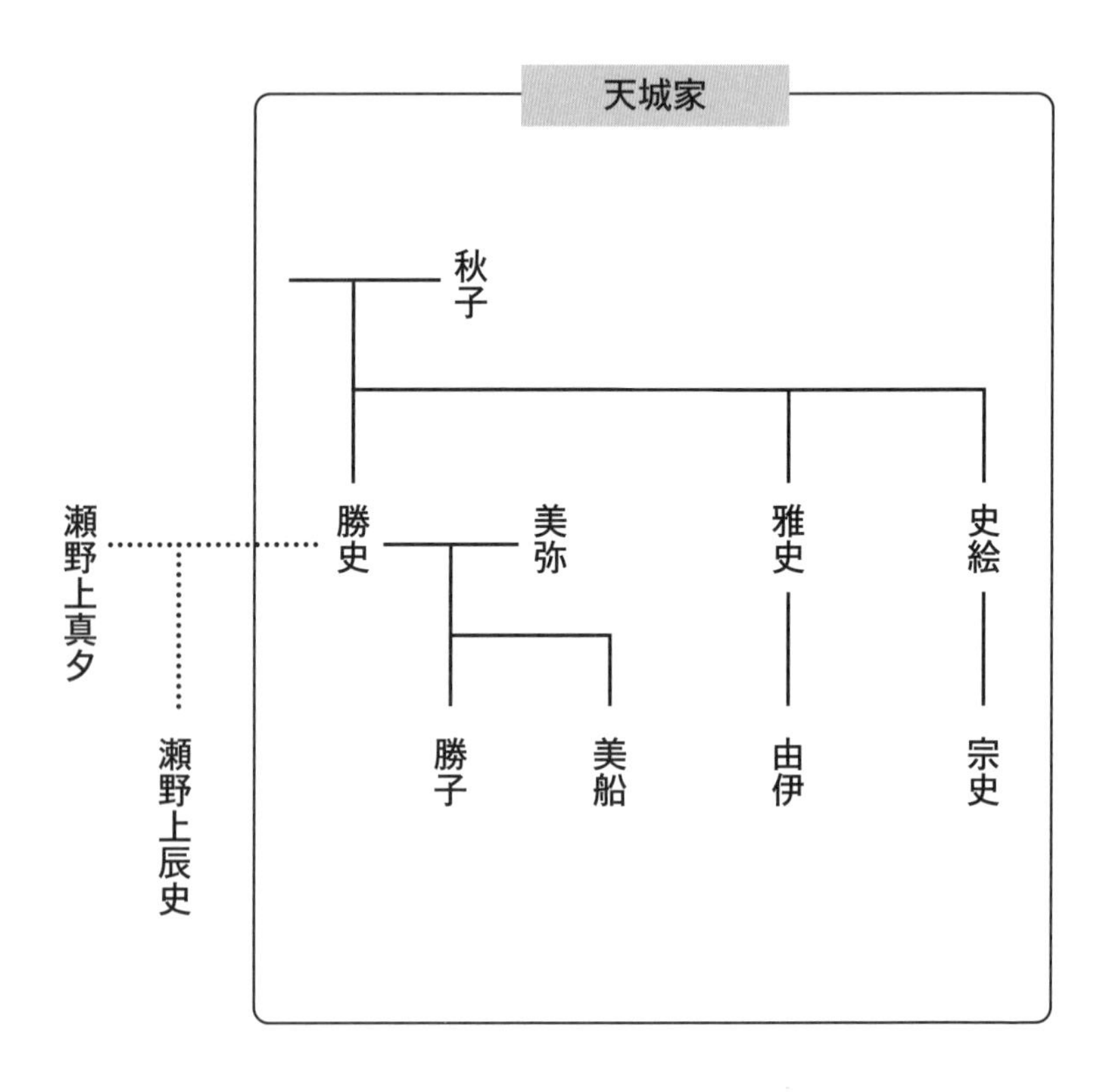

葵…………天城家のお手伝い
ゆかり……天城家のお手伝い
新谷………探偵

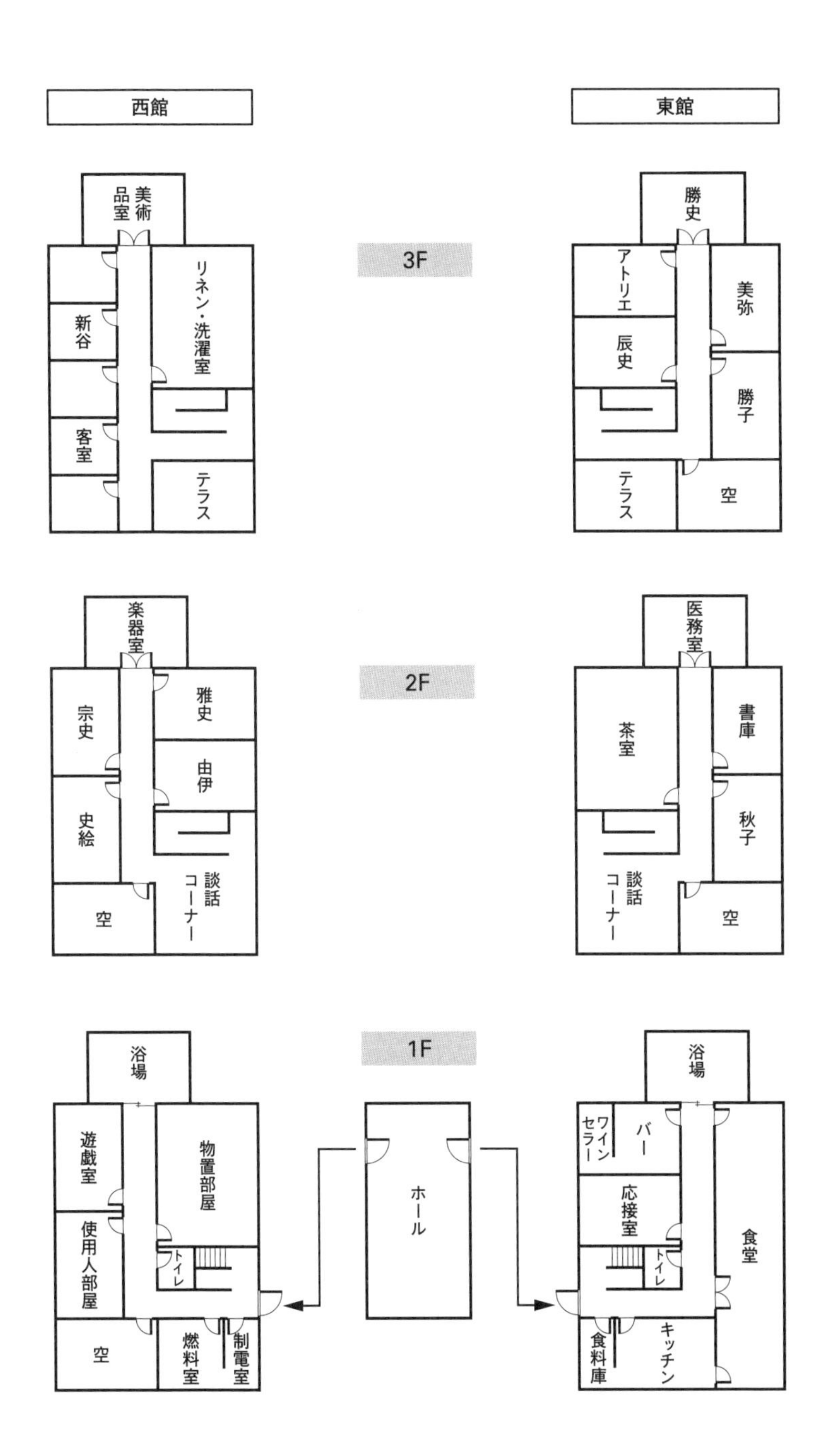
西館
東館
3F
美術品室
新谷
リネン・洗濯室
客室
テラス
勝史
アトリエ
美弥
辰史
勝子
テラス
空
2F
楽器室
雅史
宗史
由伊
史絵
談話コーナー
空
医務室
書庫
茶室
秋子
談話コーナー
空
1F
浴場
遊戯室
物置部屋
使用人部屋
トイレ
空
燃料室
制電室
ホール
浴場
ワインセラー
バー
応接室
食堂
トイレ
食料庫
キッチン

この作品はフィクションです。作品中の施設、組織、名称、人物等の記述はすべて架空のものであり、病名、症状も実際のものと異なる場合があります。

0

あの忌まわしい事件について書き始める前に、天城（あまぎ）家とそのしきたりについて説明する必要があるだろう。

天城家は元々旧華族の家柄である。明治維新以降次々と没落する華族士族を後目（しりめ）に、当時の天城家当主で傑物として知られていた天城勝則（かつのり）子爵が、物資の輸出、輸入業を中心に成功を収めてその礎を築いた。会社は順調に成長し、やがて日本有数の財閥と化したが、戦後の財閥解体政策によって解散を余儀なくされる。その後は当時の主要企業のひとつであった天城重工業を中心に経営を続け、かつての勢いを取り戻しつつあったが、ほどなくして、天城本家は経営から手を引き、全権を分家である小屋地（こやち）家へと託した。かつて天城一族は幅広い分野において傑物を輩出し、財政界にも強い影響力を有していたが、現在は当主及び本家に名を連ねる者が、名目上の会長あるいは重役としてその肩書きを与えられているのみである。

天城家のしきたりは二つある。これは天城勝則子爵によって定められた。

ひとつ目は、天城本家の当主の座は常に前当主の第一子——文字通りの意味で男女は関係ない——が受け継ぐ、というもの。

二つ目は、当主の配偶者となる者は、原則として本家の中から、当主ともっとも歳の近い兄弟姉妹以外の異性――つまりはいとこ。あまりに歳が離れすぎていたり、同性しかいなかった場合には分家である小屋地家の者から選ぶ――とする、というものである。

しきたりの定められた経緯については、当時、子爵の後継を争っていた、仲の悪い三人の息子たちが繰り広げた血みどろの争いが背景にある。子爵は息子たちの醜い争いを見て嘆き悲しみ、今後二度と同じような過ちを繰り返してはならないとして、まずひとつ目のしきたりを定めた。天城当主の座は常に前当主の第一子が受け継ぐと定めることで、後継者問題を事前にクリアにしようとしたのである。

さらに一族の結束を強めるためにと、二つ目のしきたりを定めた。これにはもうひとつ、由緒正しい家系である天城の血が薄れすぎないようにするという目的があった。

こうして定められた、それはそれは古くさいしきたりを、天城家は現代に至るまで厳格に守り通してきた。天城家にとって、現在の富と名声そのすべての礎を築いた天城勝則子爵は神にも等しい存在であり、神の言葉は絶対なのである。

さて、だらだらと長い説明というのは書いている本人からしてもあまり面白いことではないので、この辺で終わりにしてそろそろあの忌まわしい事件について書き始めるとしよう。

1

目覚めは、最悪の気分だった。頭は重いし、胸も痛いし、なんだか妙に息苦しい。薄目に開いた視界に煌々(こうこう)と照る光が映る。その周囲にぼんやりと浮かぶ影が四つ。いや、五つ。

「患者が意識を取り戻しました」

聞き覚えのない声がいった。

意識を、――そうだ。あたしは、意識を失っていた。何故？　何故だったろう。思考が定まらない。よく、思い出せない。

「もしもし、わかります？」

「まだ血圧が高い」

いくつもの知らない声が流れる。視界に浮かぶ光も、流星のように流れていく。それをぼんやりと見つめながら、あたしは意識を失う、その直前の記憶を探る。

「どうだった？」

「はい。ＣＴの結果、腎不全が確認されました」

「うーん、それじゃあ、すぐに透析を開始した方がいいねえ」

「はい。すでに手配済みです」

「それから血液を――」

「はい。すでに採取してラボへと送りました」

「あ、うん。いつもながら仕事が早いねえ」

「はい。――いいえ、恐縮です」

やたらにのんびりとした緊張感のない老いた声と、早口なわりには妙に落ち着いた若者らしい声の掛け合いが煩わしい。上手く思考に集中できない。もどかしい。ああ。こんなことをしなくても、毎日欠かさずに書いている日記帳があればすぐに、――ああ。そうだ。あたしは、あの時、直前までその日記を書いていた。

なんて書いていたんだっけ？

その文面を思い出す、――思い出す。

「後は、そう、一応ね、家族の病歴も、調べるのが大事だと思うんだけど。もしなんらかの遺伝因子があるのであれば、――」

「はい。――それが」

「うん？」

「この子は児童養護施設『さくら女子園』の子供で、乳児の頃に捨てられた、――孤児なんです」

2

つけられている、という直感があった。ぼくが感染症専門医として勤務している病院からアパートまで徒歩約十五分の道程のことである。けれどもすぐに、それは気のせいに違いないと思い直した。その日は午後から天候が悪化して、五センチほどの積雪があった。まっさらな地面に対し、足をなるべく垂直におろして慎重に歩く。ぼくにはスケートの才能がない。それは昨年の終わりに同僚に誘われて初めてリンクにいってわかったことだ。あの時のようにバランスを崩して無様に転ばぬよう、とにかく慎重に歩く。重心を移すごとに、足元からぎゅっぎゅっと音が鳴る。だからぼくが本当に何者かにつけられているのなら、背後からも同じような音が聞こえてくるはずで、しかし、それが一切なかったということは、つまり、そういうことに違いないのである。こんな雪の上を足音も立てずに歩けるのは、幽霊か忍者くらいのものだろう。そして幽霊も忍者も、この世にはいない。

粗末な夕食を終え、冷水の拷問に耐えながら手早く食器を洗う。まるで感覚のなくなった両手をこたつに突っこんで血が巡るのを待つ。手がちくちくしてくる。ぼくは揉み手の練習でもするかのように一生懸命手をこすり合わせる。ようやっと感覚が戻ってきた。ちょうどその時、ノックの音が背中にぶつかった。時計を見ると午後九時をすぎていた。こんな時間に訪ねてくる客に心当たりはない。だが無視を決めこむわけにもいくまい。こたつの魔力に抗いながらのろのろと立ちあがる。そんなぼくを急かすように再びノックの音が届く。キッチンに出た途端に躰が震えた。吐き出す息が真っ白に染まっている。ぼくは練習の成果を披露するように手をこすり合わせながら、外履きに履き換えて玄関の扉を押し開けた。

眼前に広がる薄暗闇に人影は見えなかった。ただ足跡がひとつ、道路の方からぼくの部屋へと続いていたが、それはぼくが帰宅した際についたものだった。

首を捻(ひね)り中へと戻る。躰を抱きしめながらこたつへ入ろうと腰をかがめたちょうどその時に電話が鳴った。まったくタイミングが悪い。ぼくは渋々立ちあがり、電話機のある寒いキッチンへ取って返すと、本体をひっつかんで部屋に入れてから受話器を取った。

「もしもし」

「ああ。その声。すっかり変わってはいるが、まったく変わっていないようでもある。あなたは、確かに、瀬野上辰史(せのうえたつふみ)さんご本人ですね」

受話器を通して聞こえてきたその声は、実に軽やかな口調でわけのわからないことをいった。声の感じから、まだ若い、二十代くらいの女性という印象を受けたが、聞き覚えはまるでなかった。

「そうですが。えっと、どちらさまでしょう」

「ああ、これは失礼しました」と彼女は声音を正す。「お久しぶりです。兄さん。ぼくです、天城勝子(かつこ)。あなたの妹です」

その名前に、幼い頃の記憶が鮮明に呼び起こされる。懐かしさと驚きとが混じり合った複雑な心境のまま、ぼくはいった。

「まさか、本当に？」

「本当に本当ですとも」

「いや、これは驚いた。それにしても——どうして、この番号を知っているんだい？」

「探偵さんに依頼したのですよ。兄さんの現在の居場所を捜してほしいって」

「探偵？」

つけられていたという直感を思い出した。確かに尾行は探偵の得意とするところだろうが、しかし雪の上を音も立てずに歩けるものなのか？

「ええ」

「どうして、ぼくの居場所を？」

「お父さんが亡くなりました」

そういった勝子の声色は、重い言葉の意味とは裏腹に軽やかだった。

「なんだって」ぼくはいった。父――天城勝史の顔が脳裏をよぎった。「いつのこと？」

「三日前の深夜でした。それから夜が明けてすぐ、探偵さんに兄さんの居場所を突き止めてもらうよう依頼したのです」

「それは、何故？」

受話器の向こうで勝子が笑い声をあげた。

「まさか忘れたとはいわせませんよ、兄さん。天城家に定められた、しきたりのことを」

しきたりについては幼い頃から散々聞かされてきた。忘れたくても、忘れられるはずがない。

「だから、兄さんを捜させたのです。お父さんが亡くなった今、天城家を継ぐのは、当主の第一子である兄さんの役目ですからね」

「しかしね勝子」ぼくはこめかみに人差し指を当てながらいった。「ぼくの記憶によると、そのことについて父は相当な反対姿勢を取っていたはずだ。ぼくは正妻の子ではないから、と」

ぼくの母、瀬野上真夕は、天城勝史の正妻美弥の付き人をしていた。また、彼女とは親友の間柄でもあった。その母に、やたら女癖の悪い天城勝史が手を出し、ぼくが生まれた。それは美弥が勝子を生む、一年半前のことだった。

「ええ、ええ、その通りです」と勝子は歌うようにいった。「お父さんは死ぬ間際までいっていましたよ。辰史を絶対に天城家に呼び戻してはならない、あれに家を継がせてはならない、とね」

「そうだろう」

「ですが、おばあさまにとってはそんなのは知ったことじゃないわけですよ。元々、自らの主張を通すために、どちらが先に墓に入るのかって根競べをしていたんですから。兄さんも覚えているでしょう。お二人の不毛ないい争いを」

もちろん、ぼくは覚えていた。

正妻の子ではないぼくを当主にはさせまいとする天城勝史と、偉大なるご先祖さまのしきたりに則り、正妻の子ではないが間違いなく当主第一子のぼくこそが正当な後継者であると主張するその母秋子の戦争は、ぼくが小学校にあがる頃にはすでに勃発していたと記憶している。両者のいい分は平行線を辿り、激化した。やがて、母はぼくを連れて天城邸を出た。不毛な争いに母が引け目を感じたのか、それとも、天城勝史によって追い出されたのかは不明だが、ぼくたち親子はそれ以後、天城家とは一切の係わりを絶ち暮らしてきたのである。

「おばあさまって人はね、それはもう、こういってはなんですが、キ印がつくほどの激烈な天城勝則子爵信者ですから。ほんともうすごいですよ。お父さんが亡くなって五分もしない内にですよ、ぼくにすぐ兄さんを捜し出して天城邸に呼び戻すようにと命じたんですから」

「それで、探偵かい」

「そういうことです」

いって、勝子は沈黙した。ぼくに考える時間を与えているかのようだった。だがすぐに、時間切れとなる。

「兄さん。戻ってきて、くださいますね」

「戻るよ。嫌々でも、線香の一本くらいはあげなくちゃあ不義理ってものだしな」

「あ。おばあさまの意向で、跡継ぎ問題が解決するまでは葬式はしない方針ですので、まだ遺体はそのままですが」

「それでもだよ。それに」

「それに？」

「おばあさんに、ぼくには家を継ぐつもりはないとはっきり申しあげなくちゃならない」

「あらら。天城家当主の座に魅力は感じませんか」

「色々と面倒そうじゃないか」

「別に面倒なことはなにひとつありませんよ。いや、本当に」

「しかし天城家の当主になるということは、現在、小屋地家が経営しているグループの長になるということだろう」

「まあ、そうです。けど、兄さんも知っての通り、それはただ名目上の立場であって、実際に経営に携わることはほぼありませんからね。兄さんはこれまで通り医者を続けてもらって大丈夫ですから。ね、悪くない話だと思いません？」

「すまないな」

「今ならなんと、可愛い妹もついてきますよ」

「それはまあ嬉しいプレゼントだ」ぼくは苦笑した。「だが、そこまでいくとさすがに話が美味すぎる」

「美味しい話には裏がある？」

「世の中の常識ってヤツだな」

「なるほど」受話器の向こうでかすかな笑い声があがった。「しかし、おばあさまを説得するのは、骨が折れますよ？」

「覚悟の上だよ」

「そうまでいうのなら、わかりました」

すまないな、と再び同じ言葉を口にする。いえいえ、と勝子が気軽に応えた。

「それでは、首を長くしてお待ちしておりますよ。出発は明日ですからね。準備を済ませて、今日は早めに休んでください」

「なに？」ぼくは素っ頓狂な声をあげた。「明日って、いったいどういうことだ？」

「え。いや、兄さん、明日から連休ですよね？　お盆休みの振り替えとかなんとかで」

「参ったな、勤務日程まで筒抜けなのか」

「善は急げというやつです」

「急いてはことを仕損じるともいうけど」

「そんなこといわないでくださいよ」勝子は露骨な泣き真似をする。「もう飛行機のチケットも手配しちゃってるんですから」

「おいおい。あまりに手際がよすぎないか」

「ふふふ。そうでしょう、そうでしょう」勝子が得意げにいった。「すでに兄さんを捜し出してくれた探偵さんに、チケットを届けにいってもらうようお願いしてあります。仕事が早い人だから、そろそろ――もしかして、もうきたかな？」

　いや、まだきてないな、といってから、ふと先ほどのできごとを思い出した。ちょっと待っていてくれ、といって返事も待たずに受話器を置き、ぼくはキッチンから玄関の扉を開けた。相変わらず人影はない。足跡もひとつきり。玄関わきのポストの中を覗いてみた。薄っぺらい封筒が一枚入っていた。ぼくには帰宅の際にポストの中身を回収する習慣がある。と、いうことはこれが入れられたのはその後ということだから、玄関をノックした人物が入れていったものなのだろう。あまりの寒さに瞬間的に血の気の失せた手で封筒を開けてみる。北海道いき航空チケットが二枚入っていた。ぼくは部屋に戻り、再び受話器を持ちあげた。

「あったぞ。でも、どうして二枚？」

「二枚？」

わずかな沈黙があった。それから、ああ、そういうこと、と勝子がぽつりと呟いた。

「どういうこと？」

「それ、一枚は探偵さんのなんですよ。おっかしいなあ、ちゃんとそういったはずなんだけどなあ。優秀なくせして、ちょっとそそかっしいところがあるからなあ」

「その探偵さんも一緒にいくのか？」

「ええ。先ほど、わずか数日で兄さんを捜し出したことをおばあさまに報告しましたら、是非とも直接会ってお礼をいいたいとおっしゃいましてね。それで、探偵さんを招待するようにと」

「なるほど」

「それにしても、ちゃんといったはずなんだけどなあ」勝子は納得がいかないとばかりに低い唸り声をあげる。「まあ、いいです。それではこうしましょう。探偵さんにはぼくの方から連絡を入れておきますので、兄さんは明日、空港で探偵さんと合流して二人で飛行機に乗ってください」

「了解」少し考えてからいった。「ところで、探偵さんの名前はなんていうんだい」

「新谷（しんたに）」勝子がいった。「ぼくの学生時代からの友人なんです。少し変わっていますけど、とっても優秀な探偵さんですよ」

予想最高気温がマイナス十四度という、とても寒い日だった。雪こそ降っていなかったが、鬱々（うつうつ）と広がる雲がそれ以上の寒々しさを強調していた。列車は規則正しい音を立てながら東へ向かっている。窓の外の景色が次々と流れ去り寂しくなっていく。無機質な人工物が減り、雄大な白い山脈が姿を現す。窓から視線を外した。

対面に探偵の新谷が座っている。昨夜、勝子は新谷のことを少し変わっているといった。少しだなんてとんでもない。ぼくの眼には、新谷という人物はかなりの変人にしか映らなかった。まず恰好が変わっている。さらさらと音の立ちそうなおかっぱの黒髪がよく映える真赤な着物を召して、その上に黒の外套を羽織っている。着物の裾には焰の意匠があしらわれて、足元は白足袋に赤い鼻緒の草履履き。やたら時代がかっているのは別として、これからさらに雪深い地へ赴こうというのに、草履である。草履なのである。さらに彼女は別に足が悪いわけでもなさそうなのに木製のステッキなぞを持ち歩いている。また、新谷は行動も変わっている。とにかく食べる。飛行機で持ちこみのおにぎりを食べ、駅につく度に弁当を購入して食べ、さらに車内販売でアイスクリーム、チョコチップクッキー、炙りスルメイカ、そして冷凍ミカンを買って食べた。小柄な躰のいったいどこにそれだけの量の食べ物が入るのかまったく不思議で仕方がない。さらに新谷は毒舌家だ。無口というわけではないし、話しかけ、問いかければ、とある施設出身の孤児だという自らの生い立ちから、大学時代に出会い意気投合して親友になったという勝子との関係についてまで、なんでも素直に色々と答えてくれるのだが、その言葉にはいちいち毒が含まれている。しかもやけに態度が尊大なのだ。例えばぼくが、昨日の尾行されているという直感について訊ねると、新谷は、猿が九九でも諳（そら）んじている場面を目撃したかのように興味深げに眼を瞠（みは）って、

「ほう。尾行には自信があったのですがね。私の気配に気がつくとは、それが当てずっぽうでないのなら、まあ、大したものですね。存分に誇っていただいていいですよ。まったく、七代語り継いでもおかしくはない快挙です」

と、こういう。新谷という人は終始この調子なのである。さらに気になっていた、足音の聞こえなかったことを訊ねてみると、

「まったく面白くもなんともありませんが、それはあなたなりの冗談ですよね？　是非そうだといってください。だって、そんなの考えるまでもないことでしょう？　草履を脱いで、あなたが踏み固めたところを辿っていくだけで足音は立たない。こんなの、猿でも一発でわかることなんですから」

普通の人間ならカチンとくるだろう物いいだが、雪の中で履物を脱いで――凍傷になる危険を冒して――まで尾行を続けようという探偵のプロ意識に、ぼくはいたく感心した。

「あ。じゃあ、アパートの前に足跡がひとつしかなかったのも」

「答えるまでもないですね。ええ、同じことなのです。まあよくある探偵小説の古典的トリックのひとつですね」

答えるまでもないといっておきながら、直後に答えを教えてくれたそのお茶目さには、さすがのぼくも苦笑を禁じ得なかった。

そうして色々な話をしていた時、窓の外の景色が一瞬にして消え去っていった。列車がトンネルに入ったのだ。ただでさえうるさい車輪が線路を削る音が反響して何倍にも膨れあがった。トンネルを抜けたらすぐですよ、とぼくはいった。新谷は窓に映った自分の顔を眺めながら、ああそうですか、と気のない返事をした。

長いトンネルを抜けた先は荒れ狂う白の世界だった。四方八方から吹き乱れる雪によって見通しが非常に悪い。それでもなんとか、穏やかな弧を描き続いていくレールが見えた。やがて小さな建物が見えてくる。駅だ。ぼくは降車の支度を整えるために窓から視線を外した。すると、対面に新谷の姿がない。きょろきょろと見回してみると、新谷は右手にステッキを、左手にスーツケースをぶらさげてすでにドアの前でスタンバイしていた。無人駅の軒下に出ると、そこは見事なまでになにもない空間が広がっていた。除雪車が通った跡だけが左右に延びている。その先の先に小さな影が見えた。ぼくはそれが迎えの車であることを祈った。隣では、見ているだけで凍えそうな恰好の新谷が片手で器用にステッキを回して遊んでいた。エンジン音が少しずつ大きくなってきた。小さな影が、徐々に輪郭を明瞭にしていく。車だ。雪国に相応しい四輪駆動のオフロード車。フロントグリルには高級車であることを示すエンブレムが輝いていた。車は駅の前の歩道に乗りあげて停止した。助手席側のウィンドウが開いて、おしゃれな銀縁の眼鏡をかけた女性の顔が見えた。年齢は二十代半ばだろうか。肩ほどまで伸びた限りなく黒に近い茶色の髪は、毛先がくるりと内巻きになっていた。女性はにこりと微笑んでいった。

「お待たせしました」

それは間違いなく勝子の声だった。

「かっちゃん。遅いじゃないか。危うく凍死しかけたところだ」

新谷はからかうような調子でいった。勝子がわざとらしい不敵な笑みを浮かべて見せる。それだけで、二人の仲のよさは充分に伝わった。

「ささ、それでは荷物をトランクに積んで、早く乗ってください。しんちゃんのいうように、凍死しても知りませんからね」

ぼくたちはトランクに荷物を押しこんだ。新谷がさっさと後部座席に乗りこんで中央に陣取ってしまったので、ぼくは仕方なしに助手席へと腰を落ちつける。縦に縄編み、横にボーダーの入ったゆったりとしたニットチュニック、下にはぴったりとしたスキニージーンズを履いた勝子が満面の笑みを浮かべていた。

「お久しぶりです、兄さん」差し出された手を握った。凍えた手に、勝子の体温が心地好かった。「ああ、こうして兄さんと再び触れ合える日がくるとは、感無量です」

「大げさだな」ぼくは苦笑した。「でも、ぼくも勝子に会えて嬉しいよ」

ぼくの言葉に微笑し、勝子は後部座席を振り返る。

「これもしんちゃんのおかげですよ。ありがとうございます」

「いやなに。もっと褒め称えてくれても構わないよ、さあさあ！」

そういって、新谷は前へと躰を乗り出すのだった。


勝子は巧みなハンドル捌きで雪の積もった細い山道を疾走する。こう見えて運転が好きなんです、と勝子はいった。これほど雪が積もった道をこれだけのスピードで駆け抜けているのに、滑る気配は微塵も感じられない。

「コツがあるんです」と勝子はいう。「言葉にするのは難しいんですけど、長く雪国でハンドルを握っていると、タイヤのグリップ限界というものが感覚でわかるんです。その限界がわかってさえいれば、滅多なことでスリップしたりはしないものです」

どうやら、ペーパードライバーのぼくにはわからない世界があるらしい。

「それじゃ、ひとつお手本をお見せしましょう」

カーブにさしかかった。山に沿って延びる道の先が視認できない急カーブだった。しかし車は減速する素振りも見せずに、そのままの速度を保ち突っこんでゆく。遠心力によって振られる躰。アウトサイドは崖。

さようなら、人生。

そう思ったのも束の間、車は安定性を保ったまま難なくカーブを抜けていった。

「どうですか」勝子は一瞬だけこちらに顔を向けてウインクした。「大したものでしょう?」

カーエアコンはごうごうと音を立てて最大出力で温風を吐き出し続けていた。ぼくと新谷と共に乗りこんだ冷気はだいぶ駆逐されたが、まだ少し肌寒かった。一度、頭上に轟音がおりた。木の上に積もった雪が落ちてきたんでしょう、と勝子はいった。袖でウィンドウの曇りを拭い外を見た。なるほど。林立する枯れ木の枝の上には、確かに雪がこんもりと積まれていた。ぼくはアシストグリップをしっかりと握り締めながらいった。

「ところで、今、天城邸には誰が?」

「本家の人間」と勝子はフロントガラスの向こうを見据えながら短く答えた。「それと、住みこみのお手伝いさんが二人ですね」

「なるほど。つまり、おばあさんと、美弥さんと、それから――」

考えこんだ一瞬に、勝子が割りこんできた。

「雅史叔父さんと由伊、史絵叔母さんとその息子の宗史ですね」

お手伝いさんをいれて八人。そこにぼくたち三人が加わるわけだ。

雪の勢いが少し弱まってきた。フロントガラスの向こうにかすかな影が浮かぶ。少しずつ、曖昧な輪郭が直線となっていき木造の小屋が姿を現した。小屋の手前に広く切り開かれたスペースが存在している。そこに高級車が数台駐まっているのが見えた。駐車場だ。勝子は一角に車を駐めた。

「迎えを呼びます。到着まで、あの待避小屋でゆっくりするとしましょう。あ、荷物はそのままで結構ですよ、運ばせますから。しんちゃん、後ろにあるぼくのコートを取ってください」

ぼくたちは車をおりて小屋まで遥か十数メートルの道程を身を縮こまらせながら進んだ。小屋を少しいった先のところに橋が見えた。見るからに頑丈そうな木材を使用した吊り橋だ。幅は精々車二台分で、長さは五十メートル程度。そう。天城邸は、あの先、山の孤島とでも呼ぶべき地形に建てられているのである。

「どうぞ」

勝子が小屋の扉を開けた。ぞろぞろと入室する。センサーが設置されているらしく自動で明かりがついた。小屋はわずか十二帖ほどの広さだった。暖房は効いていないが外よりは遥かに快適である。勝子は扉のすぐ横にあった受話器を取りあげた。

「あ、今つきましたので、ええ、よろしく」受話器を戻す。「ソファにどうぞ。すぐにお茶を淹れますから」

ぼくはいわれるがままにソファに腰をおろした。一方で、新谷は窓に額を貼りつけるようにして、吊り橋のある方向を一心に眺めていた。

「かっちゃん。あの橋を渡るのかい」

「ええ」お茶の準備を進めながら勝子はいった。「残念ですけど、あの橋を渡る他に天城邸にいく道はないんです。怖くても、諦めてくださいね」

「なんてことを！」新谷が振り返った。「まさかそんな、怖いわけがないじゃないか」といった新谷の声にわずかな強がりを感じたのは、気のせいだったろうか。「しかし、まさか壊れたりはしないだろうね」

「大丈夫ですよ」勝子の言葉はやはりどこまでも気軽である。

「かっちゃんの言葉は、いつも今ひとつ信頼性に欠けるんだよなあ」新谷がぼやくように呟いた。

熱いお茶にほっと一息つき、ようやっと暖房が効き始めてきた頃になってノックの音が聞こえた。どうぞ、と勝子がいう。

「失礼します」

扉が開くと同時に快活な声が飛びこんできた。吹雪の中に、クラシカルなメイド服をきた女性が深々と頭をさげていた。

「葵さん。こんな雪の中をありがとうございます」

葵と呼ばれたお手伝いさんが頭をあげた。とびきりの美人とはいえないが、ポニーテールがよく似合う愛嬌のある顔立ちをした、やたら上背のある、——目測で一八〇センチはあるのではないかと思われた——がっちりとした体格の女性だった。年齢は、二十代後半だろうか。

「いやいやあ、とんでもございませんよう。あたしはそれでお金をもらってる身ですからねえ」

葵は白い歯をむき出しにして笑いながら、肩のあたりに積もった雪をさっと払い落とした。

「文句なんていえた義理じゃないんですよう。例え文句があったとしても、涙をこらえて、ぐっと我慢しなくてはならないんです。それが社会というものなのです。ああ、なんて世知辛い世の中なんでしょう——よよよ」

「従業員の労働環境の改善は雇用主の義務ですから、文句があるのなら正直にいってもらって構わないんですよ」

「いやいやいや、あたしにそんな度胸はありませんよう。こう見えて小心者なんですから。いやほんと、でかいのはこの図体だけで充分です」

それから葵はぼくと新谷に向かって、天城家お手伝いの葵です、と深々と頭をさげた。ぼくたちもそれぞれ名を名乗る。

「さて、自己紹介も済んだところで、そろそろいきましょうか」

勝子の言葉を受けてぼくたちは再び極寒へと舞い戻っていった。

「葵さん、荷物をお願いできますか。トランクに入っていますので」

「はいはい。お安いご用ですよう。この葵さんに、どーんとお任せあれ」

葵がトランクから二人分のスーツケースを取り出して、それぞれを片手で軽々と持ちあげてやってきた。

「むむ。なんて軽いスーツケースでしょう。これ、ちゃんと中身が入っているんですかぁ？　はっ、まさかこれはダミー！　触れると爆発するタイプでは！」

元々長居するつもりはなかったのだから荷物が軽いのは当然ではある。とはいえ、それを軽々と二つも持ちあげたからには、彼女は、中々の力自慢のようだった。

「さあてさて、それでは参りましょうか。いつまでもこの寒空の下にいたら、あたし以外の皆々さまが風邪をひいてしまいますからね。あ、勘違いしないでくださいね。あたしの躰が頑丈だっていいたいだけで、あたしがあほの子だっていうんじゃありませんから！　そこのところよろしくです！」
先陣を切った葵が、ずんずんと大股に橋を渡っていく。その背中を、勝子、新谷、ぼくの順で追った。四人が渡る橋には、多少の揺れと、ぎしぎしという不吉な音があった。その上を、葵は歩く速度を緩めることなく進んでいく。勝子と新谷の二人はロープを手に若干猫背になりながらも足早に橋を進んでいった。ぼくは橋のちょうど中央に差しかかったあたりで、網目からひょいと首を突き出して足元を見た。深淵。その時、躰に震えが走ったのは寒さのせいだけではなかった。

ようやく橋を渡り終えた。前方には寂しげな森が広がっていた。そこに敷かれた一本の狭い舗装路を辿って山の孤島を奥に進んでいく。左右に生い茂る化け物のような輪郭を描いた木々が少しずつ切り開かれて、それは、いきなり姿を現した。

天城邸。

巨大な建物から洩れ出た光は、辺り一帯から闇を追い払っていた。門をくぐり、高い雪に埋もれた、学校のグラウンドほどもある広い前庭を突っ切って正面玄関に辿りついた。

壁だ。

十五年以上ぶりの対面となる建物に対して、ぼくは、そのような感想を抱く。いったいどれくらいの高さがあるのか、そんなこと、子供の頃は気にもしていなかった。首を反らして遥か上空を見あげる。天辺は、ほとんどぼやけて視認することができない。左右も木々に隠れるようになっていて、その端っこがどこにあるのかはわからなかった。

　葵が三段とびでステップを駆けあがり、スーツケースをいったん地面に置いてから観音開きの玄関扉を引き開けた。エントランスは、建物全体の大きさの割にはさほど広さを感じさせない造りだった。床には一粒一粒の大きさが完全に揃っている砂利が敷き詰められて、壁には薄暗く落ちついた色合いの漆喰が使われていた。正面に大きな木製扉がある。その手前二メートルほどは砂利敷きの床より一段高くなっており、間違いなく高級品だろう黒い絨毯が敷かれていた。

「履物はそのままで結構ですので、この絨毯でしっかりと汚れを落としてくださいねえ。ごしごしと、このように、このように！」

　この絨毯をエントランスマットの代わりにするには、大人になった今のぼくには多少の勇気がいった。子供の頃の自分を素直に凄いと思えたのはこれが初めてのことだった。対する新谷は大して気にした風もなく、草履と、さらにはステッキの先まで遠慮なくぐりぐりと押しつけて汚れを拭っていた。恐るべし。

「さてさて、それではお客さま方」

　葵は正面の扉に手をかけていった。

「ようこそ、天城邸へ」

3

重い扉を押し開けた。隙間から洩れ出たひんやりとした冷気が、夏の陽射しに火照った頬に心地よく感じられた。二百人収容可能という講堂はすでにその中列あたりまで席が埋まっていた。だだっ広い空間全域をカバーできるほど強力なエアコンの駆動音と、講堂の最前列を占拠している白衣を纏った集団のぺちゃくちゃいう声とが混じり合った騒音が耳をつんざく。人ごみを避けるように最後列の右から二番目の席に座った。壇上には大きなホワイトボードが二枚置かれていて、右側のホワイトボードには汚い字で『遺伝病学基礎セミナー』と書かれていた。背にした講堂出入口は途切れることなく開閉を繰り返している。せかせかと忙しない足音と共に熱気が吹きこんでは講堂内の冷気に駆逐されていく。受付で手渡されたセミナーの資料プリントを机の上に広げた。一枚目の『はじめに・一般原則』と書かれた項は、ヒトの発生は遺伝因子と環境因子に依存する、という文章から始まる。

——遺伝情報は染色体とミトコンドリア中のＤＮＡによって運ばれる。ヒトでは、体細胞中に通常四十六の染色体を持ち、二十三の対をなしている。各対は、父母からそれぞれひとつずつ受け継がれ構成される。うち二十二対は通常相同であり、残る一対は性染色体（X及びY染色体）で性別を決定する。女性はすべての体細胞の核にX染色体を二つ持ち、男性はX染色体とY染色体をそれぞれひとつずつ持っている。

そんな遺伝学の基礎の基礎がつらつらと綴られた後にようやく、本日の講演内容が紹介されていた。単一遺伝子性疾患について、常染色体優性遺伝疾患、常染色体劣性遺伝疾患、X連鎖優性遺伝疾患、X連鎖劣性遺伝疾患、――。

開演まで残り五分のアナウンスが流れた。顔をあげて講堂を見渡した。席はすでに八割以上も埋まっていた。白衣をきた若い医学生と思われる人たちはグループになってなにやら話しこみながら、現役の医師か教授陣と思われる年配の方々は粛々と、開演の時を待っている。その後方に、あたしと同じ高校生と思われる様々なデザインの制服をきた子供たちの姿がぽつぽつと見受けられた。白衣をきた大人たちと制服をきた子供たちとの割合は、少なく見積もっても九対一で圧倒的に前者が優勢である。これでは一見、あたしたちの方が場違いな印象を受けてしまう。いや、実際にそう見えているのだろう。先ほどから、ちらちらとこちらを振り返り見る眼がある。しかしあたしからいわせれば、彼らの方こそが場違いなのだ。そもそもこのセミナーは、これから医科大学進学を目指そうという高校生以下の子供たちや、遺伝学に興味のある一般の人のために開かれたものなのである。だから現役の医学生とか医者とか、そういう人たちにとっては、あまりにも初歩的すぎる内容の講義なのだ。そんな場所にこれだけの専門家が集まるというのはどういうことか。きっと、本日の講師はさぞや高名な方なのだろうな、とあたしは思った。

開演のアナウンスが流れると講堂は拍手の渦に包まれた。豊かな白髪をライオンのたてがみのように爆発させた老人が袖から姿を現した。

えー、皆さま、本日はどうも、といって彼はぺこりと頭をさげる。それから自己紹介をしたが、あたしにその名前は覚えがなかった。ただ前方の視界を埋め尽くした白の集団の盛りあがりときたらどうだ。もはや熱狂を通り越した異様さである。なるほど。医学生、医師といえどもミーハーなのだな、とあたしは妙な納得を覚えた。

「えー、それではまず、えー、基礎セミナーということですから、えー、事前に配布させていただきましたプリントに書かれてあることでありますが、えー、遺伝子医学の一般原則というものを、えー、一度軽くおさらいしたいと思います」

講義が始まった。あたしは筆記用具入れからマーカーを取り出すと、講師の声に意識を集中させて、重要だと思われる個所にせっせとアンダーラインを引き始めた。

「えー、それから遺伝的障碍にはメンデル型、多因子型、染色体異常、ミトコンドリア性のものなどがあります。えー、まずはメンデル型、すなわち単一遺伝子疾患について、――」

現役の医学生、医者が目立つから、講師も自然と熱が入ってきたのだろう。段々と喋るペースがあがってくる。これが本来は一般向けの基礎セミナーであることを、彼が忘れていなければいいのだが。

「えー、次にX連鎖優性遺伝疾患についてですが、えー、これには四つの遺伝規則が当てはまります」

講師がホワイトボードに汚い字を書きこんでいく。罹患した男性はすべての娘に疾患を遺伝するが、息子には遺伝しない。二つのX染色体のうち、異常遺伝子をひとつだけ持つ母親は、男女に関係なく平均して子供の半数に疾患を遺伝する。二つのX染色体のどちらも異常遺伝子の母親は、すべての子供に疾患を遺伝する。その疾患が男性にとって致死的でなければ、男性に対して二倍の数の女性がその疾患に見舞われる。

「えー、まず最初のヤツについてですが、息子というのは、えー、皆さんもご存じの通り、えー、父親のY染色体は受け継ぐのですが、X染色体を受け継ぐことはありません。えー、ですから、――」

セミナー終了後、あちらこちらから聞こえてくるざわざわいう話し声やバラバラと床を踏む足音が落ちつくまでの約十五分、席にじっと留まり続けた。その間、特に若い医学生たちの一部が、露骨な好奇の視線を向けてきた。が、あちらがどれだけこちらを気にしようと、こちらがあちらを気にすることは決してない。好奇の視線というものにはすでに慣れ切っていた。それに関しては、施設育ち、というそのひと言だけで簡単に説明がつくだろう。あたしたち施設育ちの子供たちのことを、普通の、いわゆる善良な人々は、一見して慈愛と同情に満ちた、しかし実のところは檻の中の物珍しい獣を見るに等しい、好奇の視線を向けてくるのが常なのである。

あたしは、まだ生まれて間もない寒い冬に、現在もお世話になっている児童養護施設の門の前に捨てられていたのだそうだ。だからあたしは両親のことについてはなにひとつ知らない。あたしが知っているのは自分の名前だけ。包まれていたベビー服の裾に小さく書かれていた、その一文字だけ。姓はまったくの不明である。

あたしは自らの境遇について、他の世間一般の方々に比べればまあまあ不幸なのだろうなという自覚はあった。しかし世の中の、いわゆる普通の平和な家庭で育った思春期の少年少女たちがしばしば陥るような、自分こそがこの世でもっとも不幸であるという思考に至ったことはない。

それはあたしが、両親のことをなにも知らないからだ。あたしには両親に捨てられた記憶も、そして、虐待された記憶もない。

児童養護施設には、児童福祉法によって『保護者のない児童その他虐待されている児童など、環境上養護を要する児童を入所させて、これを養護し、あわせて退所した者に対する相談その他の自立のための援助を行うことを目的とする施設』、という明確な定義が存在する。そのため、当然、施設にいる子供たちはそれに準じた子らということになり、あたしのように親に捨てられた子供の他に、虐待を受けてきた子供もいる。事故によって両親を失った子供もいるが、そうした子は親族に引き取られることが多いために、実際はかなり少数だ。

まあどの例にしても、施設に入ることになった子供たちにとって、親の記憶があるということは、不幸なことであるとあたしはそう思っている。

記憶があるということは、捨てられる以前の生活が幸福だった場合にもそうでなかった場合にも、捨てられたという事実に対して、虐待されていた場合はいわずもがな、顔を覚えている親という存在に恨みを抱いてしまうのである。もちろん全員が全員そうではない、というのはわかっている。しかし、あたしはあたし自身の狭いコミュニティにおいて、そういう認識をしている。

ある女の子の話をしよう。この子は長年に渡って両親から虐待を受けていた。狡猾な両親は虐待がばれないように躰の目立たない部分を集中的に攻撃するなどして暴力を重ねていたが、ある日、力の加減を間違ったらしく彼女はひどい大けがを負ってしまったのだ。それにより虐待が発覚。両親は逮捕され、引き取り手のいなかった彼女は施設に預けられることになったのである。施設にきたばかりの頃の彼女は心身ともにぼろぼろで、それはもう痛々しいほどに周囲のすべてに対して怯えていたものだ。しかし、時の流れとはすごいもので、そんな彼女も何か月、何年かすると施設の他の子らともすっかり打ち解けて笑顔を見せるようになった。知らない大人たちとも屈託なく話せるようになった。そうした話を聞けば誰しもが、ああ、彼女はついに辛い過去を克服した、悲しみを乗り越えたのだと思うだろう。感受性が豊かな人なら感動して涙を流すかもしれない。だが、同じ施設で生活するあたしたちは知っているのだ。昼間は明るく朗らかで誰にでも優しい彼女が、夜になるとひとり真っ暗闇の部屋にこもって、その隅に頭から毛布をかぶり、尖った鉛筆を握り締めながら、刺す、殺す、殺してやる、とぶつぶつ呟いていることを。彼女は今も、過去に囚われている。両親を、殺してやりたいほど恨んでいるのである。

施設では、彼女のような子供は珍しくない。たくさんいる。自分を捨てた、虐待した両親を恨んでいる子が、大勢いるのだ。そういう子らに比べれば、あたしの境遇などは別段不幸といえるレベルではないだろう。

あたしは、恨むべき相手の顔すら知らないのだから。知らなければ、恨みなど湧きようもない。湧いたところで、具体的なぶつけ先がないのだから。かといって境遇を恨んでみたところで、あたしよりも悲惨な子供が大勢いるこの環境では、そんなことを思う自分が惨めになるだけだ。

◇

そうだ。思い出した。あたしは夕食を終えた後の自室で机に向かい、このようなことをだらだらと書き綴っていたのだ。

そして、手にしたペンを放り投げた。どうも、話が脱線してきたような気がしたからである。あたしが毎日こうして、日記、のようなものを書くのは、小説家を目指すあたしが自分に課したノルマのひとつだった。その日に起こったことや感じたことを、できる限り小説風に書く。それが、小説家になるのに有効な訓練法かどうかはわからないが、やらないよりはやった方がいいのだろうと思い、とにかく続けている次第なのだ。

小説家を志す者のほとんどの例に洩れず、あたしは子供の頃から本を読むのが好きだった。施設や、学校の図書室でジャンルを問わずたくさんの本を浴びるように読んだ。日記を訓練と位置付けていることから大体は察せられると思うが、あたしはいわゆる、私小説を特に偏愛している。ある物事、できごとに対してどのように感じ、考えたのか、その作り物ではない生の喜怒哀楽を綴った文章が、それまでの作者の人生を想起させてくれる。あたしは、そうした人の生に対し大いなるロマンを感じるのである。だから同様に私小説だけではなく伝記、人物評伝も好きだ。学校の図書室に置かれている偉人の伝記などはほとんど読み尽くしたくらいである。その半面、エンタメ小説はあまり好きではない。現代のストーリーありきの小説は、それをいかに上手に進めるかばかりに終始して、登場人物たちの、その人生をまるで感じられないことが多いからだ。それがＳＦやファンタジーくらい別世界の話であればまだ読めるが、ミステリ、特にパズラーと呼ばれているような本格推理小説となるともう無理だ。トリックを成立させる、ただそれだけのために造られた舞台設定、人間関係。

いや。誤解のないようにしなくてはならない。あたしは、本格推理小説に対して、まるで人間が書けていないという、あたしが生まれる以前よりあった的外れな批判をするつもりは毛頭ない。ミステリにおける本格というジャンルが人間を書くことを目的とした文学ではないことは百も承知している。これはただ、あたしの主観的な好き嫌いの話なのである。たぶん、絶対的な論理性を重視する本格推理小説を愛する人の眼には、筋らしい筋もなくあちらへこちらへと自由な思考を辿る私小説などはあまりに退屈極まりない、くだらないものに映るのだろう。人の好みとは、まあ、大体がそういうものだ。そして、きっと、それでいいのだ。

そこであたしは日記を閉じた。とりとめのない思考が次から次へとまるで連想ゲームのように湧いてきて上手く考えがまとまらなかった。仕方がない。こういう時は無理に続けないのが吉である。続けたところでくるくるくる回し車の中のハムスターのように空回りし続けるのがオチだ。日記を引き出しにしまうと、机の横にぶらさげたバッグから昼間のセミナーのプリントとノートを取り出して広げた。復習をするためである。

――X染色体に異常遺伝子が存在することによって発症するX連鎖優性遺伝疾患の多くは、男性で発症すると致命的である。これは、男性がX染色体をひとつしか持たないためである。二つのX染色体を持つ女性は、正常遺伝子が異常遺伝子の影響を相殺すると考えられている。例えば色素失調症では、男児は致死的であり流産例が多いが、女児では水疱や膿疱に始まり渦巻きや線状模様の色素沈着などの皮膚症状に加えて、毛、爪、眼、歯、骨などに異常が見られる可能性がある。アルポート症候群では男性の場合は若くして末期腎不全になるが、女性の場合はほとんどが無症候性の血尿程度で済む。他にも、低リン酸血症性くる病では、――。

むつかしい単語に頭を痛めながらせっせとテキストを書き写していると、ふと、尿意に襲われた。もう。いつもこうなのだ。なにかに真剣に向き合っている時ほど、敵は文字通り水を差すようにやってくる。

ノートを閉じて立ちあがった。座りっ放しだったせいだろう、脚がむくんでいるのがわかった。軽くもみほぐしてから、部屋を出る。むっとした熱気が顔全体を舐めた。消灯時間はまだ先だが廊下の照明はすでに落とされている。夜間はみだりに部屋から出てはいけない、というのが規則ではあるが、当然、有事の際は別だ。

薄暗い廊下を壁に手をつきながら歩き出す。洩らす心配をするほど切羽詰まっている状況ではないのでゆっくり進む。途中、窓から空を眺めてみると、どんよりと厚い雲が月明かりを遮っていた。ぺたぺたとサンダルの音を刻み、突き当たりの角を曲がる。

そうだ。そこで、あの子と会った。千草萌。萌はあたしを驚かそうとして暗がりに隠れていた。でも、スカートの裾がはみ出ていてこちらからはバレバレだった。

「わあっ！」

といって、萌が飛び出してきた。

「わあ、びっくり」

とあたしはほとんど棒読みでいった。想定外の落ち着きぶりに、あれ？——と萌が首を傾げる。

「スカートの裾がはみ出てたよ」

「うー、無念」

「詰めが甘いね」

「もっかいやりたい！」

「もう一回って、——最初から驚かされるとわかっていたら、驚きたくても驚きようがないでしょ」

「うー、確かに」

「またの機会ね」

「うん。今度こそ、驚かせる」

「いつでもかかってきなさい」

「お姉ちゃん、おトイレ？」

「そうだよ」

萌はなにかいいたそうに口を開き、それから閉じ、わずかに考えこむ。あたしは黙って次の言葉を待った。

「あのね、お姉ちゃん」

「なあに」

「教えてもらいたいことがあるの」

「宿題？」

萌は首を振る。あたしはわずかに首を傾げた。

「それは、すぐの方がいいこと？」

「うん。かも」

「わかった。じゃあ、先にあたしの部屋で待っててくれる？」

萌が頷いた。あたしはその頭を軽く撫でてから、トイレに向けて歩き出した。

やがて辿りついたトイレの照明のスイッチに手を伸ばした。かちり、という音と共に扉の小窓の向こうから暖色の明かりが洩れた。生温いビニールスリッパに履き替えて奥の個室に入った。尿意のわりには勢いのないちょろちょろという水音を耳にしながらひと息ついた。静かな、狭い個室は考えごとをするのに最適である。まあ、すくすくと育ちついに一七〇センチの大台に達した躰には少しばかり窮屈なのだけれど。脳の奥底からとりとめのない思考が次から次からふわふわと浮かびあがってくる。その中で、あたしが今一番気になっている問題を摑み取った。

——はたして、生理はいつ、くるのだろうか。

さすがにもうそろそろ、きてもいい頃ではないか。いや、こなくては困るのだ。早くきてほしい。そうしてあたしを、安心させてほしい。

まあ、躰のことをぐだぐだ考えても、結局は成り行きに任せる他はないのだが。長々とした思考にそう結論付けて、あたしはぐるぐる巻き取ったトイレットペーパーで後処理をし、立ちあがった。

——その時である。

ぐらり、と世界が揺れたのだ。

なんだろう、と思う間もなく、あたしは前のめりに閉ざされたままの扉に頭から突っこんだ。フレームのひしゃげた眼鏡が、からんと音を立て落ちる。その後を追うようにあたしはそのままずるずると床に崩れ落ちた。

息苦しい。非常に息苦しい。突然に、激しく咳きこむ。喉の奥の方からこみあげたなにかが、そのまま外へと飛び出た。びちゃりという水音。眼の前に、薄紅色の泡。息ができない。胸が痛い。躰に力が入らない。完全に弛緩している。立ちあがれない。意識がもうろうとしてきた。ぐるぐる回る。酸素が足りない。正常な思考ができない。

誰か。助けを乞う声も出せない。助けて、――。

そうして、あたしの意識は落ちたのだった。

4

決して忘れていたわけではない。記憶には確かにあったのだ。それでも、この大ホールには圧倒された。目算で奥行きが約三十メートル、幅が約十五メートル、そして高さが約二十メートルはあろうかという長方形。広さ的にはバスケットボールのコートとほぼ同じといったところだが、その床一面に、新谷の着物の色と同じ真紅の絨毯が敷き詰められたさまは、訪問者の度肝を抜くのに充分すぎるインパクトがあった。奥の左右の壁に扉がそれぞれひとつずつ。手前側は社交スペースになっており、豪華なソファやテーブルがいくつもいくつも鎮座している。正面の壁には、上から下まで継ぎ目のないカーテンらしき真っ白な布がピンと張って吊りさげられ、そこに、天城家の家紋がでかでかと浮かびあがっていた。一歩、二歩と足を進めた。足元の絨毯の、ふわふわとした感触のなんと心許ないことか。雲の上を歩くようだ。天井には、装飾過剰でもはやグロテスクともいえるシャンデリアがいくつも吊りさげられて、この巨大な箱を煌々と照らしている。

勝子がコートを脱いだのでそれに倣った。肌寒さは感じなかった。これだけ広い空間を快適な温度に保ち続けるのには、いったいどれだけの燃料と電気代とを必要とするのだろう、とぼくは少しだけ思った。

「さあてさて。それではまず、お二人をそれぞれのお部屋にご案内するのが先でしょうかね」

葵の言葉に勝子が頷き、腕時計に視線を落とした。

「そうですね。今はおばあさまもお昼寝の時間ですし」

「はい。――とはいったものの」葵は横にした手の平を額に当てて、大ホールの左右にある扉を交互に見遣（みや）った。「辰史さまのお部屋は東館。新谷さまのお部屋は西館。うぅん、参りました。いかにあたしが優秀なお手伝いさんといえど、躰はひとつきりですからねえ。ああ、困った困った」

「あ、自分で優秀とかいっちゃうんだ」と勝子が苦笑を洩らした。「まあ、間違ってはいませんけどね」

「ようし、仕方がないので、ここは援軍を要請するとしましょう」葵はエプロンのポケットから小さな機械を取り出す。「ポーケーベールー」と、どこぞの猫型ロボットを真似た声でいいながらそれを掲げた後、身を屈めて操作する。それから三分と経たないうちに奥の左手側の扉が開き、メイド服に身を包んだ小さな女の子が姿を現した。

「葵、ゆかりを呼んだかい」

「おおう、ゆかりちゃん、きましたね。こっちこっち。お客さまですよう」

「おお。そうか、そうか」

ゆかりは、どう見ても間違いなく一五〇センチ未満だろう小さな躰を躍動させて、頭の後ろにぶらさがった二本の三つ編みを揺らしながら足場の悪いだだっ広いホールを疾走してくる。彼女は息を切らしながら、幼げな顔をぼくと新谷に向けて、ぺこりと頭をさげた。

「ゆかりは、ここで葵と一緒に住みこみのお手伝いをしているゆかりだ。よろしく」

「こう見えてゆかりちゃん、四捨五入するともう三十路なんですよ」と葵がいい添えた。

「誕生日はまだだから、二十歳だぞ」とゆかりが頰を膨らませて反論する。その小動物的愛らしさはとても成人のそれとは思えなかった。

「まさに人類の神秘」と新谷が背後でぼそりと呟いたが、それにはぼくも同意見である。

「はいはい、そうでしたね」と、子供をあしらうように葵がいった。「それはともかく、お仕事ですよ、ゆかりちゃん。お客さまをお部屋にご案内してあげてください」

「おお。ゆかりにどーんと任せてくれ」

「それでは、新谷さまはこちらのゆかりちゃんと一緒に客室へ。辰史さまはあたしがご案内させていただきますねえ」葵はゆかりに新谷のスーツケースを差し出した。「ゆかりちゃん、持てますかあ?」

「任せて!」ゆかりは元気よく返事をしたが、ケースを持ちあげたその躰は重みでだいぶ左に傾いていた。「それではー、新谷さまはー、こちらへー」

「ああ、はい。あの、荷物は自分で持ちますよ」

さすがの新谷も気を使う有様である。

「大丈夫だぞ。仕事なので！」

ホール左手側——西館へ続く扉に向かってふらふらと歩き出したゆかりを新谷が追う。その背中に向かって、しんちゃんまた後で、と勝子が声をかけた。


天城邸は、対称的な造りの東館と西館、それと大ホールとでコの字型を形成している少々特殊な構造の建物である。東西の館はそれぞれ独立していて、二つの館を中継するのは吹き抜けになった大ホールだけ。つまり東西の館をいききするには、必ず大ホールを抜けなければならないということだ。例えば、東館三階から西館三階へと移動しようとした場合には、まず東館の一階におり、そこから大ホールを抜けて、西館の一階から三階にあがる他に道はない。建物の高さは約二十メートルほどあり、これは通常のビルのおよそ六階から七階に相当する高さだ。しかしこの天城邸は三つの階層しか持っていない。つまり、一階層の高さが約七メートル——もちろん床と天井の分を差し引くから実際には約六メートルといったところだろう——ほどもある贅沢な造りになっている。そしてなんと、天城邸にはエレベータがない。これがなにを意味しているかというと、ぼくに用意された——昔、母と共に使用していた部屋を準備したという——三階の部屋へ至る道程は、果てしなくけわしいということだ。

ホール右手側の扉を抜ける。長い廊下が続いて左に折れている。すぐ左手側に階段があり、右手側の壁に扉が二つ、正面にもひとつ見えた。手前からそれぞれ、食糧庫、キッチン、食堂へと続く扉である。ぼくたちは長い階段をあがり始めた。踊り場に出て、それから二階へ、そしてまた上へと続く階段に足をかけた。その瞬間だった。到着ぅ、という声が頭上から届いた。葵はもう三階についたらしい。ぼくの荷物を抱えながらなんという健脚だろう。

「凄いな。うちにあれくらい体力のある看護師がいたら大助かりなんだけど」

「彼女、小さい頃から色んなスポーツをやっていたみたいですよ。だから、相当にタフなんです」

「へえ、なにをやってたんだい？」

「確か陸上と、あ、そうそう。特にすごいのはウェイトリフティングで、相当の名手だったみたいですよ。なんでも一〇〇キロ以上を持ちあげるとかなんとかで」

なるほど。だから荷物をあんなにも易々と持ちあげることができたのか。

「あ、そうだ。兄さん。このこと、誰にもいわないでくださいね」

「どうして？」

「なんとなく流れでついしゃべっちゃいましたけど、実は本人から口止めされていたんですよ」

「ふうん？　別に人に聞かれて困ることでもないと思うけど。逆にすごいと思うな」

「ぼくもそう思いますけどね。本人は、可愛くないから、あんまり人に知られたくない、っていうんですよ」

　そのあたりの女性心理は、ぼくには少々理解しがたいものがある。

　ようやっと三階に到着した。廊下を進み、角を左に曲がる。そのすぐ左手側の扉の前で葵が背筋を伸ばした美しい姿勢で待機していた。

「ちょっとコートを置いてきます」

　と勝子がいって、対面の部屋へと入っていった。

「こちらのお部屋は、勝史さまの意向で長らく手つかずになっていまして、埃がもの凄かったんです。けど、心配はございませんよう。なんてったってこの葵さんが、身を粉にして徹底的に綺麗に掃除いたしましたから。あまりの綺麗さに、きっとびっくりなさると思いますよ？」

　葵が満面の笑みを浮かべてそういった。それは楽しみですね、とぼくは正直な気持を口にする。

「それでは辰史さま。どうぞ、お入りくださいませ」

　扉を開いた。中は真っ暗でなにも見えなかった。部屋に入り、手探りで照明のスイッチを探して、オンにした。

「どうです？　びっくりしていただけました？」

うきうきと弾んだ声が背中にぶつかる。ええ、とぼくはなんとか答えて頷いた。

「これはさすがに、驚きましたよ」

部屋は、葵の想定しただろうびっくりとは趣の異なる驚きに満ち満ちていた。天城邸は、建物全体の大きさの割に部屋の数はそう多くない。代わりに、ひと部屋がかなり広いわけだ。ぼくの乏しい語彙力では、その部屋の規模を正確に表現するのは難しいのだが、テレビで特集を組まれるような高級ホテルのロイヤルスイートの一室を、ひと回りほど大きくした――高い天井を活かしたロフト付き――といえばいいのだろうか、とにかく広いその部屋中の壁という壁、カーテン、ソファが、ナイフのようなもので鋭く切り裂かれ、刃の通らない木製の机や椅子、キャビネットなどは無残にも破壊されていたのである。

「そうでしょう、そうでしょう。なんたってこの葵さんが徹底的に磨きあげて――」

ぼくのすぐ後ろで、ハッと息を呑む声が聞こえた。

「え、ちょ、なにこれ。なんでこんな、うぇえ、せっかく頑張って綺麗にしたのにぃ――」

そういう問題ではなかった。

ぼくは部屋を見渡した。奥にあるベッドの上に、大型のナイフが突き立っているのが見えた。

近づいていく。ベッドを見おろした。皺の寄ったシーツの上に、赤い文字が浮かんでいた。


これは警告である。

瀬野上辰史よ、即刻、立ち去るべし。

さもなくば天城家に災厄が振りかかるだろう。


「どうかしましたか」と勝子の声が部屋に飛びこんできた。「うわ。これは、いったい、どういうことですか、葵さん？」

「あたしに訊かないでくださいよう」と葵が泣き言をいった。

「この部屋の掃除は葵さんが担当でしたよね」

「そうです。だから勝子さまから連絡を受ける直前まで必死になって綺麗にしてたのにぃ」

それから、なにやら考えこんでいるようなわずかな沈黙があった。

「ぼくが到着の連絡を入れたのは、今から大体三十分ほど前のことですね」と勝子がいった。

「んーと、それはつまり、あたしがここを出てから戻ってくるまでの三十分以内で、誰かがこれをやってのけたというわけですかあ？」

「ええ。それにしても、いったい、誰がこんなことを」

「わからない」とぼくは素直にいった。「だが少なくとも、ぼくが天城家に戻ってくることを快く思っていない人物の仕業だということはわかる」

静寂がおりた。肩越しに勝子を見ると、眉間に皺を寄せた難しい顔つきでなにか考えこんでいるようだった。葵は、いつの間にどこからか持ってきたらしい箒を片手にそわそわしていた。お手伝いさんの習性か、すぐにでも掃除を始めたいのだろう。

「葵ちゃん、ドアが開きっ放しになってるわよ、いないの？」

しっとりと落ち着いた、しかし華やかさを感じさせる声が聞こえてきた。葵が上体を反らして廊下側に頭を出す。

「あ、はあい。あたしはここにおりますよう」

「ドアは開けたらきちんと閉める。またお母さまに叱られるわよ」

「おぉう。この件は大奥さまにはどうぞご内密にぃ」

「ふふふ。さあて、どうしようかしらね」

葵が上体を戻してから半歩わきにずれた。その空いたスペースにひょいと顔を出したのは、四十代そこそこと思われる女性だった。とろんとした、なんだか眠たげな眼つきが穏やかさを感じさせる。彼女は微笑を浮かべていたが、部屋の中を見てすぐにそれを打ち消した。

「なにこれ」彼女は戸口を跨いで、一歩踏み出した所で足を止めた。「誰がやったの？」

「それがわからないんですよう」

彼女は部屋の中をぐるりと見渡す。切り裂かれた壁紙、カーテン、ソファ。破壊された机、椅子、キャビネット。それから、ぼくに眼を向けた。ぼくは反射的に頭をさげた。

「あら」彼女の顔に微笑が戻った。「あなた、辰史くんね」

「ええ」ぼくは頷く。「失礼ですが、あなたは？」

「ああ、兄さん」勝子が女性の方に手を伸ばしていった。「こちら、ぼくたちの叔母の史絵さんです」

「会うのは初めてだったわよね、確か」

そう記憶している。父である天城勝史には弟と妹がいる。弟の方は以前一緒にここ天城邸に住んでいたことがあった。しかし妹の方は、なんでも放浪癖があるとかないとかで、ぼくが生まれるよりもずっと前に海外に旅に出て、とうとう、会う機会がなかったのである。

「でもひと目でわかったわ。確かにお兄の面影がある」史絵叔母はケラケラと笑い声をあげた。

「性格にまで面影が残ってないといいんだけど」

「そこはご安心ください」と勝子がいった。

史絵がゆったりとしたニットワンピースの裾をはためかせながら小走りに近づいてくる。ぼくは手を差し出したが、彼女はそれをスルーしてぼくに抱きついてきた。小柄な彼女の頭の天辺が、ぼくの鼻先をつく。女性用シャンプーのいい香りがした。背中に腕を回される。

そんなぼくたちを見て、葵は芝居がかったように目頭にハンカチを当てながら、

「感動の再会ってヤツですねえ――あ、初対面なんでしたっけ」

などと、とぼけたことを口にした。


その後、警察を呼ぼうかという話になったのだが、史絵叔母が強く異を唱えた。曰く、お母さまが大の警察嫌い、なのだそうだ。

ぞろぞろと廊下に出る。最後に出たぼくが後ろ手で扉を閉ざした。しばらくそのままの体勢で自らのつま先をじっと見つめていた。

「辰史くん」という叔母の呼びかけに顔をあげた。「悪戯の犯人が誰なのか、気になってるの?」

自分の身は可愛いですから、とぼくは肩をすくめた。それもそうね、と叔母が笑う。

「でもきっと、単なる悪戯よ。だからあまり気にしない方がいいと思うわ」

叔母は葵に対して、大至急ぼくの部屋を使えるようにするよう申しつけた。

「それじゃあ、あたしは姉さんのところへいく途中だったから、もういくわね。辰史くん、後でまた」

叔母はひらひらと手を振りながら、ぼくから見て左前方にある扉に向かって歩き、ぶらさがっ

たノッカーで乾いた音を二度立てると、そのまま中へと入っていった。

視線を戻すと、葵はなにやら難しい顔をして唸り声をあげていた。

「うぅむ、お部屋を使えるように、――そうはいってもさすがにあの惨状では、この葵さんをしてもすぐにというわけにもいきませんし」葵は顔をあげて、「まさか辰史さまに客間を使わせるわけにもいきませんよねえ?」

「それはもちろんです」と勝子が断言する。

「ぼくはどこだって構わないよ」ぼくはいった。「毛布を一枚貸してくれればね。雑魚寝には慣れてるから」

「そうはいきません」と勝子は頑なだ。

「あ、それでは、そこの――」葵は躰を捻って、ぼくから見て右手側、廊下の角にある扉を指さした。「空き部屋を超特急で掃除いたしますので、そこを使用していただくというのは」

「あそこは長いこと放置されてて、相当ひどい有様じゃありませんでしたっけ?」

「こちらのお部屋に比べたら全然ですよう。任せてください。この葵さんがちゃちゃちゃっと済ませちゃいますから」

いうが早いか、葵は箒片手に駆け出した。頭の上の尻尾を振り乱しながら廊下を進む。角に差しかかったところで一時停止。身を乗り出して角の向こう側を覗きこんだ彼女は、あ、お嬢さま、と声をあげた。それから葵は一歩、前に出て廊下の角の先に躰を向けて一礼する。

「そんなに急いでどちらへ？」

か細い声が聞こえたような気がしたが、あまりにか細すぎて聞き取れなかった。

「ああ。辰史さまでしたら、ええ、そちらにいらっしゃいますよう」

葵がこちらに向けて腕を水平に伸ばした。ほんの一呼吸置いて廊下の角から顔を出したのは、思わず息を呑んでしまうほどの絵に描いたような美少女だった。ふわふわと弾むウェーブのかかった栗色の髪をゆらりとそよがせ、彼女は廊下の角から二歩進んでその全身を晒した。躰にぴったりとフィットした白のハイネックセーターの上に薄手のカーディガンを羽織り、落ちついたブラウンのプリーツスカートの下に黒タイツを履いたさまはまさに、深窓の令嬢のイメージにぴたと当てはまった。彼女は上目遣いでこちらの様子を窺いながら、ゆっくり、一歩ずつ慎重に、にじり寄ってくる。

「由伊ですよ」と勝子が囁く。「どうです、可愛いでしょう？」

「ああ」ぼくは素直に頷いた。「勝子といい由伊といい、妹たちが美人に育ってくれて、兄として本当に喜ばしいよ」

「兄として、ですか」

「それにしても、由伊って確か今年で二十五じゃなかったか？　かなり幼く見えるような」

「兄さん。ゆかりちゃんの例があるのをお忘れなく」

それをいわれるとぐうの音も出ない。

再び視線を戻した時、由伊はもうすぐそこまできていた。彼女はお腹のところで組んだ両手をすり合わせながら、足元に落とした視線を左右に散らして、それから上目遣いにぼくを見た。

「あの」雪のように繊細な声だった。「私、由伊です」

それだけいうと、由伊はほんのりと赤らめた顔を背けた。

「お久しぶりだね、由伊」

由伊はかすかに頷いて、再び、こちらを見あげた。

「あの、先ほど、ゆかりさんから、お、お兄さまが、帰っていらしたとお聞きして、それで、その、恥ずかしながら、急ぎ、駆けつけて参りました」

「なるほど」

「あの、お兄さまは――、お兄さま、なんですよね」

由伊は右手を伸ばして、ぼくの左の袖をそっと摑んだ。

「由伊の、お兄さまで、よろしいんですよね？」

質問の意図を摑み切れず、なんと返答してよいやら見当もつかなかったが、無視するわけにもいかないのでぼくはとりあえず頷いた。すると由伊は、先ほどの叔母と同じようにぼくの背中に腕を回して抱きついてきた。

「ああ、お兄さま。由伊のお兄さま。ずっと、ずっとお待ち申しあげておりました」

そういった由伊の声は涙に濡れていた。


部屋の掃除に十五分くれと葵はいった。その間に、ぼくは天城勝史と面会しておこうと思った。勝子の話では彼の遺体は東館二階にある医務室に安置されているらしい。部屋で少しやることがあるという勝子とはそこで別れて、医務室への旅路には由伊が同行を申し出た。しかし、彼女は何故かぼくから二歩さがった距離を保ったまま歩き、ぼくが並んで歩こうといっても決して首を縦に振らなかった。階段をおりてふと踊り場に足を止め、もう一度由伊に申し入れをしようと振り返ったところで、下から足音が聞こえてきた。その荒れた足音は次第に近づき、やがて、刈りこんだ髪を金色に染め、季節外れのアロハシャツの袖からやたら筋肉質な太い腕を露出させて、はだけた胸元にゴールドネックレスをぶらさげた、いかにもなチンピラスタイルの若い男が姿を現した。男は綺麗に剃り落とされた眉の根を寄せ、右眼を細め睨みつけるようにぼくを見て、誰だあんた、と敵意をむき出しにした声でいった。それから由伊に視線を移し、再びぼくに視線を戻した。

「なるほどな。あんたが由伊のお兄さまってわけだ」

「きみは？」とぼくは訊いた。だが、名を聞かずとも見当はついていた。先ほど勝子から得た情報によれば、現在この天城邸に男はぼくを含めて三人しかいないことになっている。そしてその中のひとり、雅史叔父とは面識がある。と、いうことはつまり彼が、残るひとりの、史絵叔母の息子の天城宗史なのだろう。

「ふん」と彼は鼻を鳴らした。「薄汚い使用人の子供風情に名乗る名はない」

「宗史さん！」

あまりにも突然に、由伊が怒りに満ちた声を張りあげた。ぼくはもちろん驚いたが、ぼく以上に驚きの反応を示したのは宗史の方だった。彼はぎょっと眼を剝いて口を半開きにしたまま、ごくりと音を立てて唾を飲みこみ喉仏を上下させた。

「お兄さまへの侮辱は、私、絶対に許しません」

宗史は引きつった笑みを浮かべながら両手をあげた。

「は、冗談に決まってるだろ。そんな真に受けるなよ。由伊の大事な大事なお兄さまを侮辱しようだなんて意図は、おれにはないよ」

彼はしどろもどろにそういって、それから、ぼくの眼に視線を合わせた。

「おれはただ、あんたにきちんと自覚しておいてもらいたいと思っただけだ」

「なにを？」

「あんたには、この家を継ぐ資格なんてないってことをだ。辞退しろ。それですべてが、すべてが丸く収まるんだ」

「そういうことなら」ぼくはいった。「是非きみにおばあさんの説得に協力してもらわないと。ぼくひとりではどうにも分の悪い相手のようだからね」

彼は苦虫を嚙みつぶした顔で舌打ちすると、どすどすと足音荒く階段をあがっていった。

医務室は、東館二階の角を曲がった先の突き当たりにあった。手前には、書庫、祖母の寝室、茶室などに続く扉が並んでいる。ぼくたちは無言で静かな廊下を進んだ。やがて辿りついた医務室のノブに手を伸ばしたところで、遠慮がちな声が背中をそっと叩いた。

「あの、お兄さま、申しわけありません」

ぼくは振り返った。由伊は叱られた子供のように躰を委縮させて、下を向いていた。

「なんの話だい?」

「その、先ほどは、お見苦しいところをお見せしまして」

由伊がぺこりと頭をさげる。垂れた髪の隙間から覗く首筋が桜色に染まっていた。それでようやく先ほど声を荒らげてしまったことを恥じているのだとわかった。

「いや。嬉しかったよ」由伊が頭をあげて上目遣いにぼくを見た。「ありがとう。母のために怒ってくれて」

次の瞬間、ぼくの右手は彼女の頭を撫でていた。それは、転びそうなった時に咄嗟に手を前に出すのと同じような、本能的な反応によく似た、無意識的な行動だった。

「あうぅ」

由伊の顔が淡い桜色から、ゆでだこのように真っ赤に変化した。

一見して並の個人病院以上に設備が整っているだろうと思われる天城邸の医務室は、ひんやりとした死のにおいに満ちていた。無数の無機物に囲まれた中央に置かれたベッドの上に、魂を失った天城勝史が顔に布を被せられて安置されていた。ぼくは後ろ手に閉めた扉のノブから手を離して、一度、頭を左右に振ってから歩を進めた。顔に被せられた布をゆっくりと外す。死相は穏やかだった。顔をしばらく眺めた。生物学上の父という存在の死に直面しても、ぼくの胸中にはなんの感情も浮かんではこなかった。母が亡くなった時には、まともな生活に戻るのに軽く一か月は要したというのに。しかし、それは不思議でもなんでもなく、ぼくにとっては当たり前すぎるほど当たり前のことだったのだ。そっと布を戻した。ベッドの足元にあるカルテを手に取って見た。華々しい病歴である。病弱だとは知っていたが、まさかこれほどとは思いもしなかった。子供の頃から小児喘息、それをこじらせた肺炎で何度も死にかけている。十代後半で腎不全になり透析治療、二十代になって移植手術を受けている。その後すぐに吐血し肝硬変と診断された。さらには四十で白内障を患い、そして咽頭がんを宣告されて闘病の末に四日前に死亡した。

廊下に出ると待ち人がひとり増えていた。由伊の隣に、少しばかり毛髪の寂しい、長身で痩せ型の五十代前半と思われる男性がいた。男性は皺ひとつないパリッとした白のワイシャツに、仕立てのいい紺のスラックスを履いていた。彼はぼくに気づくと顔をあげて、やや大袈裟な動作で両手を勢いよく開いた。

「辰史くん！」彼は広い額に皺を寄せて、大きな声を廊下に響かせた。「いやあ、大きくなったねえ」

「ああ、お久しぶりです、雅史叔父さん」

ぼくが頭をさげると、叔父はその首根っこに右手を回して、そのままの体勢で囁くようにいった。

「どうだい？　うちの由伊。可愛くなったろ？」

「ええ。それはまあ、とても」

「そうだろう、そうだろう。いやあ、それを聞いて安心したよ！」

彼は豪快な笑い声をあげながらぼくの背中をバンバン叩いた。

「お父さま」と横から由伊が言葉を発した。実の父親相手だからだろう、その声は、幾分かしっかりとしていた。「そんなに力強く叩かれては、お兄さまがけがをされてしまいます」

それを聞いて雅史叔父は再び豪快な笑い声をあげた。

「いやあ、すまんすまん。確かにお前の大事なお兄さまがけがでもしたら大変だよなあ。いやあ、ほんと大変だ」

そういって彼はまたぼくの背中を叩く。由伊はそれを冷ややかな眼で見つめながら、お父さま、とやはり冷ややかな口調でいった。

そろそろ十五分経とうというのでぼくたちは三階へ戻ることにした。雅史叔父とは階段のところで別れた。それじゃあまた後で、そういい残して階段をおりていった叔父の顔はひどく満足気に見えた。長い階段の最後の段に足をかけた時、宗史の鋭い怒声が耳に飛びこんできた。

「おい、勝子、いい加減にしろ！」

ぼくたちは駆け、廊下の角から顔を出して様子を窺った。宗史が勝子の部屋の扉を乱暴に叩きながら、大声を撒き散らしていた。その時、右側の部屋の扉が開いて葵が飛び出してきた。

「勝子、いい加減、扉を開けろっていってんだ。おい、こら」

「宗史さま。落ちついてください」

「うるせぇ！　ゴリラ女がおれに指図すんな！」

宗史の右手が葵の頬をぴしゃりと打った。叩かれた葵は微動だにしなかったが、その瞬間を、丁度左隣の部屋から出てきた史絵叔母が目撃していた。

「宗史！」と叔母が声を荒らげた。

　叔母の出てきた部屋の扉は完全に閉じられていなかった。その隙間に、ぼくは、女性の姿を見た。それは天城勝史の正妻であり、母の親友であり、勝子の実母である美弥だった。彼女は、若かりし頃となんら変わらぬ美しい姿で、扉の隙間のその向こう側にいるぼくを見ていた。眼が合うと、彼女は顔を伏せてそのまま扉の隙間から姿を消した。

　気がつくと騒動はすでに終息していた。宗史の姿はない。背後から、荒々しく廊下を駆ける足音が聞こえてきていた。

「ごめんなさいね、葵ちゃん。大丈夫？」

　史絵叔母が葵の頬を手でさすりながら訊ねた。大丈夫です、といった葵の声は幾分か沈んでいた。

　ぼくたちは二人に近づいていった。先に叔母が気づいてこちらに視線を向けた。それを追うように葵が肩越しに振り返る。葵は、なんともいえない表情を浮かべていたが、ぼくと眼が合うとすぐに笑顔を浮かべた。

「ああ、辰史さま。お部屋のお掃除、ちゃあんと終わってますよ。もうピッカピカのテッカテカでどこを舐めてもらっても大丈夫ですから。あ、そうだ。ドレッシングをかけるとより美味しく召しあがれますよ。よろしければ、準備いたしましょうか？」

「いや、舐めませんからね」ぼくはいった。「それより、大丈夫ですか？」

「あ、はい。いや、ほら、ご覧の通り、葵さんってば頑丈にできてるものですからねえ。まったく、ピンピンしておりますよ。ええ」

「辰史くん。びっくりさせてしまったわね」と叔母は申しわけなさそうに顔をしかめた。

「いったいなにがあったんです？」

「いつものこと、ね。宗史が勝子ちゃんのところに遊びにきた。けど、無視された。まあ、そんなとこね」

「それでカッとなって周囲に暴力を振るうのもいつものこと？」

「それは——違うわ。今日はたまたま虫の居所が悪かったんでしょう。まあ、だからといって暴力は許されるものではないのだけれど」

「勝子はいつも彼の訪問を無視しているんですか」

「そうね。それだけじゃない。部屋の外で会ってもまともに相手することは滅多にないんじゃないかな」

「つまり、勝子は宗史——さんを嫌っている？」

それは、と叔母はわずかに口ごもり、ようやく頷いた。

「ええ、そうね。まあ、徹底的にね」

「それでも彼は勝子のところを訪ねてくる。それはなぜですか」
「辰史くんは、宗史が、勝子ちゃんのことを好きだから――という答えが欲しいんでしょ？」史絵叔母は苦笑した。「ええ、そう。その通りよ」

叔母の反応を受けてぼくは、先の悪戯の犯人が宗史ではないかと考えるに至った。ベッドに書かれた警告文から、犯人は、ぼくが天城家に戻ることを快く思っていない人物だということがわかる。ぼくが天城家に戻らないということは、ぼくが天城家を継がないということだ。ぼくが天城家を継がないということは、つまり、ぼくの代わりに勝子が天城家を継ぐということになる。単純に考えてみれば、犯人は、ぼく個人を嫌っているというのでなければ、ぼくが家を継がないこと、すなわち勝子が家を継ぐことによってなんらかの利を得られることができる人物ということになる。その最たる人物こそ、宗史だ。勝子が天城家を継いだ場合、しきたりに従って彼女の結婚相手とされるのは、歳の近いいとこ――、必然、彼ということになる。これは勝子を好いているが、勝子に嫌われている彼にとっては最大のメリットともいえるだろう――。

そして叔母は最初から彼を疑っていた。だからこそぼくに告げたのだ。単なる悪戯だから気にするな、と。ぼくが犯人捜しをしないようにと釘を刺した――。

葵が掃除をした部屋はシックな雰囲気の壁紙に囲まれていた。天蓋つきのベッドとやたら大きなソファが眼につく。ぼくは由伊と隣り合わせでソファに座って少し話をした。他愛もない話だが、決してつまらなくはない。ただ、ぼくが元々おしゃべりな方でないのと、由伊もそれに輪をかけて控え目な性格だったので、話はそう長くは続かなかった。そうして訪れた心安らかな沈黙の折に、ぼくは先の悪戯について思考を巡らせていたのだった。

ふと、その思考を遮るようにノックの音が飛びこんできた。返事も待たずに扉が開かれる。顔をあげると、新谷とゆかりの姿があった。

「ああ、新谷さん」

「話は聞きましたよ。ずいぶんと面白いことになっているそうじゃないですか」新谷はいった。

「何者かに部屋を荒らされたんですってね。先ほど、葵さんとばったり出くわしましてね、それで話を聞いたんです。いや本当、メイドとか家政婦とかをやっている方は口の軽い人が多くて、探偵的には実にありがたい存在ですね」

「ゆ、ゆかりの口は固いぞ！　たぶん」

新谷はゆかりに向かってにやりと不敵に微笑んで見せた。どうやら二人はすっかり打ち解けたらしい。

「それで興味を持ちましてね、是非、この眼で現場を見てみたいと思いまして、部屋の主であるあなたに、その許可をいただきに参ったというわけです」

「ああ、なるほど」

「お部屋が荒らされた？」と由伊が小首を傾げる。「どちらのお部屋のことですか？」

「元々ぼくと母が使っていた部屋だよ」

とぼくがいうと、由伊は半開きの口に手を当てて驚きを示した。

「荒らされていたって、どうして、そんな」彼女は少し考えるような素振りを見せた。「ああ、それでなのですね。私、少し不思議に思っていたんです。お兄さまが戻られるというので、葵さんがあちらのお部屋を頑張ってお掃除していたはずなのに、それがどうして、こちらのお部屋を使うことになったのだろう、って」

「百聞は一見に如かず」新谷がステッキで床を叩きぼくたちの注意を引く。「ここであれこれ考える以上に、実際に見れば色々とわかることがあるというものです。部屋を覗かせていただいても、よろしいですね？」


あまりの惨状を前に由伊は完全に言葉を失っていた。顔はすっかり青ざめてぼくの腕に縋りついて離れようとしない。ぼくは戸口に立ち、部屋の内部をじっくりと見て回る新谷の様子を眺めていた。

「はー」とゆかりが感嘆のため息のようなものを洩らした。「しっかし、ずいぶんと派手にやったものだな。葵の落胆ぶりもわかるというものだよ。本当に張りきって掃除してたからな」

「こんなことを、いったい、どなたが」

由伊の言葉が終わるか終わらないかのうちに、新谷がこちらに向けてステッキを振った。

「まあ、この天城邸の中にいる人間の仕業だというのは確実なところでしょうね」

現段階においてもそれだけはまず確実といえるだろう。

「ベッドの上に書かれたセンスの欠片もない悪趣味な脅迫文から、辰史さんが天城家当主の座に就くことを快く思っていない、または、それによって不利益を生じる、または、辰史さんではなく、かっちゃんが家を継ぐことによってなんらかの利益がもたらされる人物による犯行だと考えられますね」

かっちゃんって誰のことだ、とゆかりが水を差す。勝子のことですよ、と新谷が教えると、なるほどー、とゆかりが納得の声をあげた。

「お兄さまが天城の家を継ぐことを快く思っていない、それによって不利益、勝子お姉さまが天城の家を継ぐことによって利益がもたらされる——」

由伊が握り締めた拳で上唇を軽く押し潰しながら新谷の言葉を反芻する。それから、まさか宗史さんが——と呟いた。どうやら、思考の辿る道筋は誰も同じようなものらしい。

「その可能性は高いと思う」とぼくはいって、それから、先ほどの思考を言葉にして告げた。

「なるほどなー」ゆかりがぽんと手を打つ。「辰史さまを追い出して勝子さまに家を継がせ、しきたりを利用して勝子さまをものにしようって作戦なのか」

「確かに、可能性はあります」新谷はいった。「しかし、早合点は危険でしょう」

「どうしてだ？」

「あまりに露骨すぎるんですよ」

一理あった。この家にきてまだわずか一時間足らず。そんなぼくですら、犯人は宗史ではないかと疑うくらい、この脅迫方法は彼を正確に示していた。新谷のいうように、露骨すぎるほどに。

それに——とぼくは思う。彼と初めて会った時、彼はぼくに突っかかってきた。ぼくに家を継ぐのを辞退しろと直接いってきた。もしこの脅迫を行ったのが彼だったならば、あの場面で直接ぼくに向かっていう必要があっただろうか？——すでに直接会って話すよりも効果的な方法でぼくに対して警告を行っていたのに？

考えれば考えるほどわからなくなってくる。まったく、ものごとの裏というものは疑い出すときりがないものである。

「いっそのこと、皆さまのアリバイを探ってみるというのはいかがでしょう」

背後から大きな声がして振り返った。葵がにこやかな笑顔で立っていた。

「犯行時間は、あたしが勝子さまから連絡をいただいてから戻ってくるまでの約三十分間です。その間、天城邸にいらっしゃった皆さまがどこでなにをしていたのか調べてみるんです」

「おお。それは面白そうだ」ゆかりが諸手をあげて喜んだ。「なんだか、葵の大好きな探偵小説みたいになってきたな」

「ふふふ。丁度、本物の探偵さんもいらっしゃることですし、こういうのも一興かと」

「まあ暇つぶし程度には楽しめそうですね」と新谷も頷く。

そんな中で調査に難色を示したのは由伊だった。当然だろう。この手の探偵ごっこというのは、外部の人間にとっては娯楽のひとつにも成り得るが、内部の人間にとってはただの迷惑千万な行為でしかない。

「まあ、ほどほどにお願いしますよ」とぼくは乗り気の三人に自制を促す。

「もっちろんですよう」葵は本当にわかっているのかいないのか、元気よく返事をする。「この葵めに、万時お任せくださいませませ」

「葵はすぐに調子に乗ってやりすぎるから、ちょっと心配だぞ」ゆかりがぼそりと呟いた。

「えー、こほん。それはそうと、辰史さま、新谷さま」葵は急に落ちつき改まった声色でいった。「大奥さまがお会いになられるそうです」

5

　容態がある程度まで安定したあたしは朝の内に一般病室へと移された。真白い壁に囲まれた十帖程度の個室にはトイレもあって、施設の自室よりも不自由がない。ただ、窓の外に生い茂る背の高い木が、せっかくの美しい夏の空を望むのを遮っている点を除けば、だが。

　医者の言葉によるとあたしは、急性の異常高血圧による意識喪失を起こしたとのことだ。ＣＴの結果腎不全が確認され、その原因を探るための精密検査を行う必要性があるので、しばらく入院するようにと申しつけられた。

　午前中の内に『さくら女子園』の職員の方が大きなバッグを抱えてやってきた。針金のように固く短い髪をピンで強引に押さえつけた、非常に柔和な顔をした中年女性である。彼女はバッグをベッドの足元に置いて、すぐ傍の椅子に腰かけると、眼鏡ケースを差し出した。あたしは礼をいってそれを受け取り、あたしと一緒に搬送されてきた、おしゃれに歪んだ眼鏡と交換した。彼女はニコニコとした表情でそれを見届けてから、背中を丸めて前かがみになって、

「具合はどうお？」

　と、甲高い大声をあげた。

「平気です」

少なくとも今は。頭痛もないし、胸も痛くない。呼吸もすこぶる快適である。

「どうも、すみませんでした」

「あらまあ！」

彼女は、まるであたしが場にまったくそぐわない非常識な発言でもしたかのように驚いて、眼をまん丸くした。

「謝る必要がどこにあるというの？」

「あの、ご迷惑をおかけして」

「迷惑？　あのね、迷惑というのはね、嫌いな人に対してしか発生しない感情なのよ。そうでしょう？　そういうものじゃない？　そうだと思うんだけど。私の勘違い？　いやそんなことないわね。ないない」

彼女は続ける。

「あなたはとても真面目で、わがままをいったことなど一度もないし、年少の子供たちの面倒も、園の手伝いも率先してやってくれる。そんなあなたを、嫌う理由があると思う？　ないわね。うん、ないない。だから、つまり、――えっと、なんだったっけ？　ああ、そうね。だからね、あなたのためになにかすることを、私は迷惑だなんてこれっぽっちも思っていないってこと。わかった?」

「ありがとうございます」

「いいのよ。うんうん。あ、そうそう。お礼は、ハクちゃんにいってね」

ハクは、施設における千草萌の通称である。あたしたちが萌のことをハクという、本名と一字もかすらないあだ名で呼ぶのには、もちろん理由があった。

「あの子が、トイレで倒れているあなたを発見して、夜勤職員を呼びにいったんだから。大泣きに泣いて、すごかったみたいよ。お姉ちゃんが死んじゃう、って、わんわん泣いて。わんわん。あ、これ、犬じゃないわよ? 犬はほら、ばうばう? がうがうかしら? まあまあ、そんなことはどうでもいいわね。それから園は大パニックよ。職員は大慌てで救急車を呼んで、その騒ぎにちっちゃい子たちが起き出してきて、泣いてるハクちゃんにつられて皆が泣き出したらしくてね。しまいには、その対応に追われた夜勤職員まで泣き出しちゃって、それで私に電話がかかってきてね。先輩、もうあたしどうしたらいいかわかんないですう、って泣き言洩らして」

混乱が眼に浮かぶようである。

「ハクちゃん、たぶん後でここへくると思うわ。今日も朝から、お姉ちゃんのところへいくって大騒ぎだったんだけど」

「そういえば、夏休みの補習があるんでしたね」

「そうそう。そうなのよ。駄々をこねるあの子を送り出すのは骨が折れたわ。ほんとにね、あなたのいうことなら、なんでも素直に聞くんだけどね、あの子は」

萌が駄々をこねる様を想像し、あたしは苦笑した。

施設職員が病室を去ってからあたしは残されたバッグの中身を検めた。着替えやらなにやらがぎゅうぎゅうに詰めこまれていた。机の上に放っておいた財布と携帯も一緒である。これから入院するにあたって申し分のないラインナップだが、まだ復習途中だったノートと、机の中にしまいこんだ日記帳がないのだけは残念だった。思いがけず空いた時間を埋めるのには勉強するのがベストだし、なにより、こうして普段ない経験をしたからには、なるべく早い内に文章にして残しておきたいと思ったからだ。今回のできごとはまったく災難だが、小説の材料としては恰好のネタである。

携帯を開き、萌宛てにメールを送る。おはようございます。もしよろしければ、ここへくる時に、あたしの部屋から机の上のノートと、引き出しの中の日記帳を持ってきてください。よろしくお願いします。送信。もちろん、昨夜の謝罪と感謝の言葉も忘れずに書いた。

萌がやってきたのは午後四時を回ってからだった。ノックの音もなくいきなり、がちゃり、と病室の扉が開かれた。ちょうど洗面所から出たところだったあたしが振り返ると、戸口には手提げ袋をぶらさげた萌の姿があった。

「お姉ちゃん！」

「ハク」

彼女は豊かな黒髪をまとめて作った大きなツインテールを揺らし駆け寄ってくると、そのままの勢いを殺すことなくあたしに抱きついてきた。身長差がかなりあるので、自然と見おろす形となる。

「病院で走っちゃダメ」

「えへへ。ごめんなさい」

満面の笑みだ。その笑顔の右半分を、大きな眼帯が覆っている。あたしは椅子を出しそこに彼女を座らせて、昼間の内にドリンクコーナーで買って冷蔵庫に入れておいたオレンジジュースを手渡した。冷たあい、といって彼女は笑う。あたしは萌の頭を軽く撫でてからベッドに座る。紙パックにストローをさして満足気な顔でちゅうちゅう吸っている彼女にいった。

「ハク、ちゃんと門限までに帰らないとダメだよ」

「うー、だいじょぶ」

萌の口調には少し舌足らずなところがある。

「あ、お姉ちゃん」

「ん？」

「いわれてたの持ってきたよ」

萌は足元に置いた手提げ袋からノートと日記帳を取り出して見せた。

「ありがとう」

あたしは差し出されたそれを受け取り、ベッドテーブルに並べた。それから萌の頭を撫でる。

「偉い？」

「偉い偉い」

「えへへ」

萌は褒められてご満悦のようである。

「お姉ちゃん、ご病気は？」

「大丈夫」

「よくなった？」

「よくなるよ」

「すぐ？」

「すぐ」

「やったあ」

萌が無邪気に笑う。

「よくなったら、お勉強教えてね」

「宿題？」

「うん。今日、また、いっぱい出た」

「宿題はひとりでやるものだよ」

「えー」

そうはいっても結局は色々と教えてしまうだろう自分を脳裏に浮かべて苦笑する。いつもそうだ。甘やかしてるのかな、と自問することもあるが、結局は、とろけるような萌の笑顔には代えられないのである。ジュースを飲み終えた萌は嚙み痕の残っているストローをパックの中へと押しこんで、きょろきょろとし始めた。ゴミ箱を探しているらしい。後ろ、とあたしはいって萌の背後を指さす。目的のものを発見した萌はにこりと微笑み、潰したパックをゴミ箱に投げ入れた。それから、

「あのね」

と、萌は声をひそませていった。

「どうしたの」

「お姉ちゃんに、教えてもらいたいことがあるの。あの、昨日の」

「ああ。昨日の話ね。教えてもらいたいことって、なあに？」

萌は人目を気にするようにきょろきょろと狭い病室を見回してから、あたしの耳に可愛らしい唇を寄せた。湿った吐息が、こしょこしょとこそばゆく鼓膜を撫でる。

「え。ハク、初潮がきたの？　昨日の、あの時に？」

あたしの言葉に萌は耳まで真っ赤にして頷いた。

「——うん。だから、あの、ちゃんとした、ナプキンの使い方、教えて欲しいの」

「ええ、そうね。大事なことだものね、——でも、それは、あたしより先生たちに訊いた方がいいかもね」

「ええー」

萌の不満の声を遮るように、その時、ノックの音が届いた。萌は飛びあがるほどに大きく躰を震わせて、あたしのその腕をぎゅっと摑んだ。再び、ノックの音。あたしは萌を落ちつかせるようにその肩を軽く抱き寄せてから、

「どうぞ」

といった。扉が開く。ぬっと姿を現したのは、白衣をきた男性で、その体格はバスケットボール選手のように縦に伸び、がっしりとしていた。朝にも見た顔である。あたしの主治医だという彼の名前は確か倉田（くらた）とかいった。そしてその後ろからもうひとり、彼に負けず劣らずの大柄な女性が姿を現す。倉田と同じく白衣をきた彼女の名前はマルグリッド。体格もさることながら、べ

リーショートの赤毛に青い瞳、つんと上向きに尖った鼻も人目を引く。

「こんばんは。調子はどうかしら？」

倉田の声は実に朗々としている。いわゆるオネエ言葉だが、テレビで見るその手のタレントたちとは違って、アクセントに妙な抑揚がなくとても自然な発音である。萌はあたしの腕を摑む力を強めて、それに頭を押しつけながら、リスのように小刻みに震えている。あたしはその頭を軽く撫でながら、

「だいぶよくなりました」

と答えた。倉田は満足げに微笑むと、大きな歩幅で足跡を刻み、ベッドの足元にぶらさがったカルテを手に取って眺めた。マルグリッドは彼の背後霊のようにその後ろに立ち、首を伸ばして同じものを眺めている。倉田は顔をあげていった。

「お友達？」

「はい。施設の子で、――」

とあたしがいいかけた時、萌はあたしにだけ聞こえるような小さな声で、

「あたし帰る」

というが早いか、あたしの返事も聞かずして、まさに脱兎のごとくといった勢いで病室を去った。ハク、と呼びかけたあたしの声はその背中には届かなかった。

「あら」

とマルグリッドが呆けた声をあげ、萌が乱暴に開け放った扉が自然と閉まるのを見届けた。

「――もしかして、嫌われちゃったかしら？」

倉田は頭を掻き回した。

「倉田せんせい、おっきい、クマ、みたいね。子供、みんなこわがるよ。ぶるぶる」

マルグリッドの片言に倉田は、あら悲しい、と苦笑した。いえ、とあたしは首を振る。

「あの子は、すべての大人が怖いんです」

倉田が、事情を察したように頷いた。対するマルグリッドは首を傾げている。


萌は小さい頃に父親と死に別れた。母親は、萌を育てるために、自分たちが生きてゆくために、朝から晩まで働いた。まだ甘えたい盛りの萌は、それでも寂しいのを我慢して母に泣き言ひとついわなかった。決して裕福な家庭ではなかったが、不幸でもなかった。やがて、萌が小学三年生になった頃、母親に恋人ができた。母よりもずっと年下の男だった。最初は、優しそうな人に見えた、と萌はいっていた。男は、俗にいうフリーターというやつで、アルバイトを転々として生計を立てていた。初めの頃、男は夜に時々やってきては母親の手料理なぞを食べるくらいで長居はしなかったのだが、段々と、時が経つにつれて遠慮がなくなっていったという。夜に泊まっていく日が増え、ついには、そこから仕事へ向かい、帰ってくるようになった。事実上の同棲である。母にとっては恋人でも、萌にとっては他人（——という認識しかできなかったという）にすぎない男との共同生活は、物心ついた年頃の少女には辛いものがあった。一緒にいる時間が長くなると、人間は本性を現すものである。男は、些細なことにカッとしては騒ぐようになり、次第に、母に暴力を振るうようになった。しかし、恋は盲目とはよくいったもので、母はそんな男と別れようとはしなかった。たまらないのは萌である。学校にいる間はいいが、帰宅すれば、アルバイトで就労時間の短い男はすでに家にいてくつろいでいる。そこから、母が夜遅くに帰ってくるまで二人きりなのだ。萌は、男がいつ爆発するかと怯えながら、ただ時間がすぎるのを待つしかない。そして、その萌の態度が、男の気に入らなかった。ある日、学校から帰った萌はいつものように男の眼に留まらぬよう足音を殺して自室へと向かった。が、運悪くその途中でばったりと男と出くわしてしまう。萌のその、あまりにも露骨な抜き足差し足を見て、男はキレた。男は萌を張り飛ばし怒声を浴びせた。おめえはよお、人の顔見ていつもいつもびくびくびくびくしやがってよお、おれがいったいおめえになにをしたっていうんだ、この野郎。萌の頬には真っ赤な手痕が残った。帰宅した母親はそれを見て、驚き、どうしたのかと訊ねた。萌は正直に答えた。子供心に、これで母親とあの男が別れてくれれば万々歳だ、と思いながら。けれども、萌のその目論見（もくろみ）は外れてしまう。娘の口から出た、その名前を聞いた母はハッと息を呑み、やがて悲しそうに眼を伏せて、萌の頭を撫でながらいったのだ。あの人、ダメなの、あたしがいないと、それに、そんなに悪い人じゃないから、だから怒らせないように、我慢して、ね。その母の黙認が、結果として、現在へと繋がることになる。その後何日か経過した、ある夜遅く、男がキレた。いつものように。原因はわからない、覚えていないと萌はいう。でも、それほど大したことではなかったのだろう。いつものように。しかし、男はいつも以上にキレて暴れ回った。男は、萌を殴り、蹴り、ぶち、叩き、また殴った。母は、男を止めなかった。娘をかばわなかった。ただ、声を殺して泣くばかりであったそうだ。そんな修羅場で、萌が最後に眼にしたのは、男が手にしたウィスキーボトルを振りおろす、そんな光景だった。

――よくある話である。

本来、こんなことがよくあっていいはずがないのだが、事実、誰もが一度は耳にしたことのあるような、よくあるお話なのである。

誰かがいっていた言葉を思い出す。『虐待は、もっとも身近な犯罪のひとつだ』。

そして気がつくと萌は病院にいた。彼女の右眼は、完全に潰されて失明していた。ボトルで殴られた頭蓋骨は陥没して脳に軽い損傷を負った。男は逮捕された。母親も、男が暴力を振るうのを止めなかったとして同じく逮捕された。障碍を負った萌を引き取ろうという親族は現れなかった。こうして、萌は施設へとやってきたのである。

「怖がらせるつもりはなかったのよ」

倉田はいった。

「そう、あの子に謝っておいてちょうだい?」

「はい」

あたしは頷く。

「ちゃんとわかってくれます」

「ハクちゃん、だったわね。ちょっと珍しい名前よね」

「いいえ。本名は萌というのですが、――」

「もえ。知ってます。かわいい、という意味ね。日本人、アニメの女の子を見て、こういうのです。もえー、もえー」

最近の外国人の日本知識の偏り具合はどうも深刻なようだ。

「まあ、大きく間違ってはいないけど」

と倉田が苦笑する。まあその、大きく間違っていないのが問題なのだけれども。

「萌ちゃん。とても可愛い名前ね」

「ええ。とても可愛いんです。でも、ハクは自分の名前が好きじゃなくて」

「それで、ハクと呼んでって？――でも、どうしてハクなのかしら」

倉田が手にしたカルテを戻して首を傾げる。あたしはわずかにいいよどんでから口を開いた。

「それは、以前、あたしたちの施設にある職員さんがいたのですけど、ハクを担当することになったその職員さんというのが、ちょっと、心ない性格の方でして、脳に損傷を負って障碍の残ったハクのことを、周りにはばれないようこっそりと白痴と呼んでいたんです」

倉田は難しい顔つきで唸り声をあげ腕を組む。ハクチ？――とマルグリッドは聞き慣れないだろう言葉に戸惑いを隠さない。

「最初は、その方とハクと二人の間だけでの呼び名だったのですけれど、ハクは、どういうわけか元々自分の名前が嫌いでしたし、そのハクチという響きが妙に気に入ったらしくて、周囲にも、自分のことをそう呼んでほしいといい始めたんです。それで」

「事実が発覚して、その職員さんはクビになった？」

あたしは頷いた。

「ハクはその言葉の意味も知らず、自分をそう呼んでほしいと強情を張って、ついには本名で呼んでも反応を示さなくなるくらいでした。でもだからといって、さすがにあたしたちも、萌のことをハクチと呼ぶわけにもいきません。それで妥協案として、ハク、と呼ぶようになったわけなんです」

「なるほどね」

「よくわからないけど、ハク、かわいいね。もえもえ」

あたしは萌のために出した椅子を片付けてからベッドへとあがる。テーブルに載せたままになっていたノートと日記帳を床頭台の引き出しに入れようと持ちあげた。その拍子に、ノートに挟んでおいたプリントが、ひらり、と抜け出して宙を舞い、床へと落ちた。それを拾うためベッドからおりようとしたあたしを倉田が制する。大きな大きな躰を縮めてそれを拾いあげた彼が、あら、と声をあげた。

「このセミナー、確か昨日うちの講堂でやったやつよね」

「はい。聴講させていただきました」

「いいわねえ。このセミナー、自分もいきたかったのよ」

そういった倉田は恋する乙女のようにきらきらと瞳を輝かせている。

「講義を受けにきてる大半が、医療関係者だったでしょ？」

「そういえば、そうでした」

「講師の方がね、遺伝病学の権威なのよ。ほんとにね、すごい人なの。日本のみならず、アメリカの医学界でも一目置かれている方なの。けど、大の講義嫌いでも有名な人で、人前には滅多に出てこない。研究室にこもりっ放し。天才は変人が多いっていうけど、まったくその通りだと思うわ。それが今回どういうわけか、うちの大学がオファーした、一般向けの無料セミナーの講師を引き受けてくれたの。どういう経緯があったのやら、それはさっぱりなんだけど、彼が講師をするっていうんで、医療関係者の申しこみが殺到してね。でも、本来は一般向けの無料セミナーなわけでしょ？　だから講堂を本職ばかりで埋め尽くすことはできないっていうもんで、関係者は抽選で選ばれることになっていたのよ。もちろん自分も申しこんだんだけど、残念ながら外れちゃってね。はあ。いつもこうなの。どうもクジ運がなくってね。おみくじで大吉なんて引いたこともないし、毎年の宝くじだって、千円しか当たったことないのよ？　はあ、ほんと、嫌になるわあ」

やたら熱のこもった口調で倉田は早口にまくし立て、深いため息で締めくくった。一方、彼の興奮するところのその意味が理解できないあたしはただ、そうですか、と至ってクールに返す他ない。マルグリッドなどは窓の方へ手をかざして爪を眺めていた。マニキュアは塗られていないし、ネイルアートが施されているわけでもなかったが、よく手入れの行き届いた綺麗な爪をしている。彼は急にハッと息を呑んで、恥じるように頭を掻き回した。

「あの講義を受けたってことは、医学に興味があるの？」

「はい。あの、――医者になりたいんです」

嘘をついた。先にも書いた通り、あたしは小説家にこそなりたいのであって、別に医者になりたいわけではない。なれたらかっこいいだろうなとは思うが。その程度だ。そもそもあたしが興味を持っているのは医学全般ではなく、その中の一部である、遺伝学だけなのだ。しかし、あたしがそれに興味を持った理由について、あたしはなにひとつとして自覚がない。気がついたらすでに興味を持っていて、図書室でその手の本を読んでいた。そんなあたしを客観視すれば、自然、生温かい視線を感じることになる。

つまり、親のことをなにひとつ知らないあたしが自身のルーツを探るために選んだもの、それが遺伝学なのだろうという結論である。

それが、あたしには嫌だった。

だから嘘をついた。周囲からの、そうした勝手な解釈と納得と同情を含んだ、生温かい視線を向けられるのはまっぴらごめんだから。

あたしは、惨めなんかじゃない。

「オー、医者、とてもすばらしいね。ぱちぱちぱち」

「まったくね。それじゃあ、早くよくならないといけないわね」

頷いた。

「すぐに、よくなるですよ。倉田せんせい、こう見えて、けっこう、名医よ。たぶん」

「たぶんって、――」

倉田がまた頭を掻き回す。

「まあ、今日は様子見で詳しい検査はしなかったけれど、明日こそはきちんと検査をするわよ。なにか気になることがあれば、今の内に教えておいてちょうだい。最近、躰がだるいとか、どこか痛いとか、そういうの。あったならいって。診断の参考にするから」

あたしはわずかにうつむき、シーツの上に軽く握り締めた拳を見つめて考えこんだ。どうしよう。あのことを話してみようか。上目遣いに倉田を見る。眼が合うと、彼は微笑む。

「なんでも。どんな些細なことでもいってくれて構わないわよ」

そうはいうが。あたしとて年頃の娘である。人並み程度の羞恥心はあるつもりだ。いくら倉田が巧みにオネエ言葉を扱うとはいえ、彼が肉体的には男性であるという事実は変わらない――。

あたしは再び視線をさげる。沈黙があって、やがて、すすすと足音を殺し近づいてくる気配があった。横を向くと、膝を折りあたしと視点を合わせたマルグリッドの顔がすぐそこにあった。

彼女はにっこりと笑顔を浮かべて、

「あなた、女の子。あたし、女の子。あれは、――」

さらに倉田を指さし、

「オッサン」

「マル。後で病棟裏ね」

倉田はとてもいい笑顔でそういう。マルグリッドは倉田を無視して向き直る。

「だからね、だいじょうぶ。あたしにだけ話して、なんにも、はずかしくないよ。オーケー？」

察してくれたらしい。こういう、察するという能力は、わずかな兆候から病名を探り当てる医者という職業には不可欠なものなのだろう。あたしはちらと倉田を見た。彼は肩をすくめて見せて、

「耳を塞いでいましょうか」

といった。まあ、あたしがマルグリッドに話をすれば、どうせ後で彼にも伝わるのだろうが、そうした心遣いはやはりありがたいものである。あたしは再びマルグリッドに向き直り、それから、顔を寄せて、囁くようにいった。

「あの、――」

うんうん、と彼女は耳を傾ける。

「関係があるのかはわからないのですけど」

「なんでも、だいじょうぶよ。クマさん、――いえ、倉田せんせいも、そういったよ」

「あの、あたし、――生理が、こないんです」

あたしがそういうと、マルグリッドはわずかに考えこむようにうつむき床を見て、倉田へと視線を移す。それから再びあたしを見た。

「いつごろ、から？」

あたしは、答えるのを躊躇（ちゅうちょ）した。訪れた沈黙から、再びマルグリッドが心情を察してくれたらしい。彼女はにっこりと笑って、

「あせらなくて、だいじょうぶよ」

あたしの腕にポンと触れる。

「そうね。今はまだ気が高ぶっているでしょうし、もう少し落ち着いてからでも」

「ありがとうございます」

とあたしはいった。また後で、といい残して二人が病室を出ていった。あたしは、眼鏡を外してから枕に頭を埋めた。

眠ろう。

少しだけ。ほんの少しだけ。

6

葵に案内されて到着した先は東館二階にある茶室だった。

「すでに大奥さまが奥で、あ、これ、ダジャレじゃないです。ほんとです。えっと、コホン。大奥さまが、お待ちになっています。どうぞ、中へ」

先に立った新谷が扉を開けた。と思ったらすぐに閉めた。彼女はノブに手をかけたまま微動だにせずなにやら考えこむように首を傾げた。それから、すぐ後ろのぼくだけに聞こえるような小さな声でいった。

「おかしい。旅の疲れかな。どうも、幻覚が見えるらしいのです。ここは、確か二階でしたよね？」

新谷の言葉にぼくは思わず苦笑した。無理もない。この部屋に初めて入る人間は大抵そうだ。眼に映ったものが現実かどうか、まずそれを疑う。

「はてさて。いったい、どうされましたか、新谷さま？」

肩越しにちらと振り返り見ると、葵がにやにやといじわるな笑みを浮かべていた。

「いや」といって新谷は頭を振ると、意を決したようにそのまま中に入っていった。ぼくも続いた。

広がる緑、一面の竹林。これが新谷に正気を疑わせたものの正体である。青々とした空気が肺を満たす。足元に並べられた飛び石が道筋を示している。

「ここが、おばあさんご自慢の茶室へ続く露地ってわけですよ」

「金持ちの道楽というわけですね」新谷が毒づいた。「まったく、悪趣味にもほどがあります」

道なりに奥へと進む。縦に長い建物が見えた。茅葺（かやぶき）の屋根に土壁という素朴な外観。茶室である。待合はないけれど、つくばいはある。柄杓（ひしゃく）で水をすくい手を洗った。正面に、にじり口が見える。足下には大きな沓脱石（くつぬぎいし）あり、鼻緒の赤い草履が置かれていた。

「遅くなりました。辰史です。新谷さんも一緒です」

中から、どうぞ、という枯れた声が返ってきた。膝を折り、頭をさげて、茶室に入った。すぐのところに襖があった。失礼します、と声をかけた。襖の引手に左手をかけて少し開ける。次に引き手をおろして三分の二ほど開ける。そして今度は右手で残りを開けた。中は四畳ほどと、茶室としてはそこそこの広さだった。奥に視線を向ける。和服姿の品のよさそうな老婆が、背筋をぴんと立てて正座していた。丸髷（まるまげ）に結われた白髪とは対照的な黒々とした瞳。藍色の着物。すべてが凛としていて若々しさすら感じる。ぼくはそのままにじって進み座布団に落ちついた。

「見事な所作です。どこで身につけましたか」

「高校の修学旅行で京都へいった時に習いました」

「新谷さまも。わざわざ遠くまでご足労いただき、感謝いたします」

祖母が深々と頭をさげた、そのままの姿勢で言葉を続ける。

「あなたさまの優秀な探偵ぶりは勝子から聞き及んでおります。この度は、あたくしの孫であり天城家の次期当主であるこの瀬野上辰史の居場所を突き止めてくださいまして、誠にありがとうございました」

祖母はさげた頭をあげると、懐から分厚い封筒を取り出してそれを新谷へと差し出した。それがなんなのか、新谷はすぐにわかったらしい。いえ、と新谷は手を翳して受け取りを拒否した。

「勝子さんからすでに相応の報酬はいただいております」

「はい。そのように報告は受けております。ですが、これはあたくし個人からのわずかばかりのお礼でございます。どうぞ、お受け取りくださいませ」

そういって、祖母は再び深々と頭をさげた。新谷が肩をすくめながらぼくを見た。ぼくも同様に肩をすくめて見せた。眼だけでは満足な意思疎通を図ることができないまま、ぼくたちはしばらく見つめ合った。そうこうしている内に、祖母が再び頭をあげた。

「新谷さまは、真に慎み深い方でいらっしゃいますこと。このような方がまだこの日本にいらっしゃるとは、この天城秋子、本当に感激いたしました」

新谷の態度をどのように解釈したのかは不明だが、どうやら、祖母は新谷のことを気に入った様子である。差し出した封筒を懐に戻し入れた。

「それでは、せめて、この天城邸にて、我々ができ得る限りの、最高のおもてなしをさせていただきたいと思います。それぐらいでしたら、新谷さまもお困りにはなりませんでしょう？」

「はあ。それはもちろん、ありがたい限りです」

新谷の言葉に、祖母がしわくちゃの顔にさらにしわを寄せて笑顔を見せた。それから彼女はふと真顔に戻ると、ぼくの方へと鋭い視線を向けてきた。

「辰史や」祖母はいった。「小耳に挟んだところによると、あなたはこの天城家を継ぐことに難色を示しているとか。それは本当ですか」

「はい」とぼくは即答した。「本当です」

「辰史や」祖母は呆れてものもいえないという風に額に手を当て首を振り、深く息を吐いた。そのまままきっかり二秒後にようやく口を開く。「偉大なるご先祖さまの定められたしきたりのことは、あなたもようくわかっていると思いましたが」

「もちろんです。ですが、当主である父自身がそれを拒んだのでしょう。勝子から聞きました。父の遺言は、ぼくをこの家に呼び戻してはならない、だったと」

「ええ。そうです。ですが、そんな遺言よりも、偉大なるご先祖さまの残されたしきたりの方が何倍も効力があるのですよ。こと、この天城家においては」

「ですが」

「辰史や。あなたはいったいなにが不満なのです？　勝子さんからも聞いているでしょう。あなたがこの天城家を継ぐことになったとしても、あなたが負うべき面倒事はなにひとつとしてないということを。辰史や。あなたは、家を継いでもこれまで通りなのです。あなたは、これまで通りに、お医者さまという、やりがいのある素晴らしいお仕事を続けられるのですよ。まあ、ただひとつの制約といえば、もうひとつのしきたりに従って、あなたは由伊さんと結婚してもらうことになりますが——まさか、それが嫌というわけでもないでしょうね。あの子は、祖母のひいき目を抜きにしても可愛らしくて、よく気がついて、聡明な子です。どこにも非の打ちどころがない子です。そうでしょう、辰史や。違いますか」

「確かにそうですが」とぼくは事実を素直に認める他ない。

「それに、辰史や、ようく考えてごらんなさい。あなたが天城家を継ぐことによってもたらされる利益と、あなたが天城家を継ぐことを拒否した場合にもたらされる不利益というものを」

「どういうことです。利益とは、この家の財産ということですか」

「それもあります。それから、素晴らしい配偶者と、偉大なる天城勝則子爵さまの言葉を守れたことによって満たされる、あたくしの自尊心」

最後のは間違いなくぼくにとっての利益ではない。

「しかしですね、辰史や。あなたがこの天城家を継ぐことを頑なに拒否し、万が一にもあたくしがそれを了承したとすると、どのような不利益が生じるか」

「どうなるというんです」

「あなたが天城家を継がないということになれば、その代わりに家を継ぐのは誰ですか？――勝子さんです。あなたの妹の、勝子さんになりますね。そうなると、どうなります？　勝子さんはもうひとつのしきたりによって、あの宗史さんと結婚させられることになるのですよ。あの子がどんなに嫌がっても。そうならなければいけないのです。ひとりのしきたりが守られなかった以上は、せめてもうひとつのしきたりだけは死んでも守らねば、ご先祖さまに申しわけが立ちませんからね。あなたはもう、宗史さんに会いましたか？　会いましたか。正直、あたくしは宗史さんに対して、このあたくしの孫だとは認めたくないくらいに嫌悪の感情を抱いております。そんな宗史さんと結婚させられることになる。あなたが、この家を継ぐのを拒否すれば、自然、そうなるのです。辰史や、あなたは、血の繫がった実の妹に不幸がふりかかるとあらかじめわかっている選択を、それでもするというのですか？」


まったく、こうして思い出して書いているだけでも、あまりにも狡猾な祖母に対する、当時の嫌悪が蘇ってくるというものだ。しかし、祖母の狡猾さとは、この時点ではまだほんの序の口でしかなかったことを、この時のぼくは知る由もない。

「ぼくの意思の入る余地がまるでない」ぼくは喘ぐように、ささやかな反抗の意思を示した。「それでは脅迫と変わりないではありませんか」

「脅迫？――あたくしがいっているのは、厳然たる事実です」

ぼくは唇を噛み締めた。なるほど強敵だ。これでは反論のしようがない。

「これだけいっても、まだ渋っているようですね。辰史や、あなたはいったいなにを気にして――」

そこで祖母は言葉を止めて、唇を真一文字に結び、軽く頷いた。

「なるほど。わかりましたよ」

「なにが、わかったのですか」

「あなたは、美弥さんの立場を守ろうとしているのですね？」

深く息を吐いた。その通りだった。正直、この時点でぼくの気持は相当に揺らいでいた。それは、祖母ですら嫌悪するという、宗史の存在を知ったからである。ぼくが家を継ぐことを拒否すれば、勝子は宗史と結婚させられることになる。勝子と宗史が結婚して幸せになるビジョンがぼくには見えなかった。ぼくが家を継ぐと表明することで、あの宗史の思惑から勝子を守ることができる。妹を守りたいと願うのは、兄として当然のことだろう。例え十七年の時が離れていても、ぼくにとって勝子が大事な妹であることに変わりはない。

それでもまだ決心がつかないのには、二つの問題があった。

ひとつは、ぼくが当主の座を継ぐことによってぼくと結婚させられることになってしまう由伊のことだ。ぼくは、妹の勝子と同等に、由伊のことを大切に思っていた。ゆえに、二人にはしきたりなぞに縛られず、自分が心から愛した人と結婚して幸せになってもらいたいと願っていたのである。しかし、ぼくが家を継ぐということは、勝子を助けることにはなっても、由伊のその自由を縛ってしまうことになる。

そして二つ目が、先に祖母がいった通り、天城勝史の正妻であり母の親友でもあった美弥の心中を慮(おもんぱか)ってのことだった。もし、正妻の子である勝子を差しおいて、正妻の付き人の子であるこのぼくが天城家を継いだとなったら、美弥はまさしく、滑稽なピエロそのものではないか。憐れすぎるではないか。

これはぼくの推測にすぎないが、天城勝史もまた彼女に対し、ぼくと同じように感じていたのではないかと思う。だからこそ天城勝史は、偉大なるご先祖さまの定められた鉄のしきたりに逆らってでも、正妻の子ではないからという理由を盾に自らの主張を頑なに押し通し、正妻の子である勝子に家を継がせることによって、妻の親友であり付き人であった母に手を出すというあまりにも愚かな自らの過ちを、なんとか償おうとしたのではないか――、というのがぼくの希望的解釈なのだった。

「辰史や。あなたは本当に、真夕さんに似ています。いつでも他人に気を使って、自分を犠牲にしたがる」

祖母は遠い眼でいって、それからゆるりと頭を振った。

「ですが、辰史や。あなたはそのようなことを気にせずともよいのですよ。悪いのはあなたでも、もちろん真夕さんでもなく、勝史と美弥さんの二人なのですから」

「父はともかく、美弥さんはなにも悪くはないでしょう」

「いいえ。夫を自分の元にしっかりと繫ぎ止めておく。あなたはそれを、古くさい女の価値観だと笑うやもしれませんが、いいえ、それは今でも、妻の大切な役割のひとつなのです。美弥さんは、それを怠ってしまいました。すべては身から出た錆。同情する余地など、どこにもないのですよ、辰史や」

そうは思わなかった。今回、このような問題が発生したすべての原因は天城勝史にこそあり、美弥にはなんの非もない。彼女は被害者なのだ。けれども結局、そうした反論の一切はぼくの口をついて出ることはなかった。無駄なのだ。なにをいっても。ぼくと祖母とでは価値観が違いすぎる。そうした相手を説得することは、生まれついての敬虔なキリスト教徒を仏教徒へと鞍替えさせるくらい難しい。つまり、事実上不可能ということなのだ。

押し黙るぼくをじっと見つめていた祖母はやがてそっと視線を外して息をつく。

「困りましたね」

祖母は少しの間、考える素振りを見せた。それからいった。

「こうも強情に渋られたのでは仕方がありません。辰史や、あなたに見ていただきたいものがあります」

「それは」とぼくは身を乗り出して訊ねた。

「あたくしの最後の切り札です」

新谷と別れ祖母に連れられて向かった先は西館の一階だった。このフロアには制電室、ボイラータンクや消火スプリンクラー用の貯水タンクなどがある燃料室、使用人室や物置部屋、遊戯室、そして女性用の大浴場——東館一階には男性用の大浴場がある。ちなみに、浴室は各個室にも設置されている——がある。ぼくたちは連れ立って物置に入った。屋内だというのに鋭い冷気が全身を刺す。入ってすぐは下り階段になっていた。階段をおりる。隙間なくみっしりと並べられた背の高い棚の中には、ガラクタなのかそうでないのかよくわからないシロモノが散乱している。床にはベニヤ板や太いロープの束などが整然と積みあげられていた。照明は薄暗く、豪華絢爛な天城邸のイメージとはまるでかけ離れた場所だった。祖母は力強い足取りでぐんぐん奥へと進んでいく。ぼくはその定規のように真っ直ぐな背中を追った。入口から見て左奥の角、そこに鎮座する棚には、古い工具類や、古い家電製品などが収納されていた。祖母はおもむろに、その棚の柱を手で掴んだ。

と、次の瞬間、棚が手前に動き出した。一瞬、祖母という人はなんという怪力なのだろうと思ったが、よくよく見るとなんということはない、棚の足元にキャスターがついていたのだ。

「ここです」

眼を剝いた。棚の後ろの壁には頑丈そうな鉄扉が嵌めこまれていた。武骨な南京錠が三つぶらさがっている。祖母はどこからか取り出した鍵で錠前を外して鉄扉を押し開けた。

幅二メールほどの薄暗い通路を進む。通路は緩やかな下り坂になっていた。天井には粗末な電球が距離を開けて設置されており、進むべき道をどんよりと照らしていた。電球に寄り添うように、つららのようなものが垂れさがっている。洞壁に眼を凝らす。ぬるりとした乳白色をしている。なるほど。ここは鍾乳洞なのだ。進めば進むほど天井も道幅も広がっていく一方だった。

「ここは、天城家の地下室です」祖母がいった。枯れた声がわんわんと反響する。「天然の鍾乳洞にトンネルを繋げて、あの物置から入れるようにしたものです」

「なんのために、こんなトンネルを？」

あれだけ厳重に封印されていたのだから、観光名所にするつもりでないことだけは確かである。

放った質問の反響が完全に静まるまで待っても、祖母は答えを教えてくれなかった。やがて、坂が終わり広い空間に出た。高さはあの大ホールを遥かに凌駕していた。それでも、周りを取り囲むごつごつとした岩肌が圧迫を感じさせ、ぼくは息苦しさに喘いだ。突き当たりの壁にぽっかりと口を開けた二つの穴があった。右側の人ひとり通るのがやっとの小さな穴はトラテープで封鎖されていた。左側の穴は三人くらいは並んで歩けるだけの幅がある。ぼくたちは左の穴を進んでいく。ぼくたちの足音と重なって、かさかさという物音が聞こえてくる。なんの音だろうかと思ったのも束の間、なにかが、ぼくの足元を駆け抜けていった。驚きつつも眼を凝らし見ると、それはどうやら、洞窟に巣食う野生のネズミらしかった。間髪入れずに、なにかがぼくの眼前を横切っていった。バサバサという音が遠ざかっていく。ネズミの他にコウモリも生息しているらしい。

「天城家には」唐突に祖母がいった。「昔から、異形が生まれるとされてきました」

「異形？」

「そうです。鬼の子です」と祖母は実に淡々とした口調でいった。

――鬼の子は、生まれたらすぐに殺すように。すぐに殺さねば、家に不幸をもたらす――。

「それは江戸時代の初期頃――もしかしたら、もっと前の時代からかもしれませんが、この天城家に代々語り継がれ、守られてきたひとつのしきたりでした」

この天城という家は昔からしきたりというものがお好きらしい。

「江戸の世が終わり明治の世となっても、天城家には時々、鬼の子が生まれていました。偉大なるご先祖さま――天城勝則子爵の第三子に当たる娘子もまた、生まれつき躰が弱く、日光を嫌い、暗闇の中でしか生きることができない、そんな、鬼の子だったのです。ですが勝則さまは、この文明開化の世において、やれ異形だ鬼の子だと騒ぎ立て、あげく殺してしまうなどとは野蛮な未開人のすること、と古いしきたりを一蹴し、その子を殺さずに生かしました。その後、立ちあげた事業が軌道に乗り始めて、勝則さまは一躍時の人となっていきました。しかし、そうして勝則さまが注目を浴びれば浴びるほど、勝則さまが生かした鬼の子は、勝則さまにとって厄介な存在になっていきました。鬼子の存在を悟られては、せっかく軌道に乗り始めた事業に様々な点で害が生じる。当時はまだ、勝則さまのように先進的な考え方を持った方は少なく、古い価値観に縛られた人間ばかりの世の中でしたからね。それでも、勝則さまは古いしきたりに則ってその子を殺そうとは思いませんでした。勝則さまは自らの言葉に宿る強い力、すなわち言霊をいたく崇拝しておられたのです。一度自分が口にした言葉には霊力が宿り、それを守ることにより繁栄は約束される。守らねば――没落を招く。そういうわけで、勝則さまは鬼子を殺さず生かしひた隠しにして、やがてこの天城邸を建設した際に、その子をさらに奥へ押しこめてしまおうと、この鍾乳洞にトンネルを繫げたのです。そして、勝則さまは自ら廃した古いしきたりの代わりに、新たなしきたりを設けました。天城の後継問題に関する二つのしきたりを表とするならば、こちらはいわば裏のしきたりとでも申しましょうか」

――今後、天城家に異形が生まれようとも決して殺してはならぬ。生かし、当主自らがその世話をすること。そしてその存在は、当主とその親、伴侶となる者以外に決して知られてはならない――。

「しきたりができて以後しばらくの間、幸いなことに、この天城家に異形は生まれませんでした」

「しばらくの間――」ぼくはごくりと喉を鳴らした。「と、いうことはつまり」

「そうです」祖母はいった。「この天城家に久々に生まれた鬼の子。それが――勝史の子だったのです」

しばらく進むと扉が見えた。固い岩肌を削り穴を開け、そこに鉄製の扉を嵌めこんだものらしい。祖母がノブを捻り扉に躰を押しつける。重い金属のこすれる音が鼓膜を貫き脳へと達し、ぼくは思わず耳を塞いだ。中は二十帖程度の薄暗い空間だった。入ってすぐにある鉄格子が行く手を阻んでいる。格子の奥には腐った畳が十枚ほど並べられており、出っ張った岩肌の陰に粗末なトイレが置かれていた。

「まるで監獄だ」とぼくは声を震わせ呟いた。

「まさに」祖母は押し開けた扉の傍に立ち、腕を伸ばしてぼくを中へと招き入れた。「鬼を閉じこめるための監獄です」

ぼくは鉄格子に近づいていく。入口からもっとも離れた畳の隅、光の届かない場所に薄汚れた布が山となって置かれていた。格子に指をかけて布山を見る。不意に、山がもぞもぞと動いた。と、思ったらその中腹辺りからにゅっと人の顔が突き出てきた。それがあまりに唐突だったのでぼくは思わずのけぞってしまった。激しく脈打つ心臓を押さえつけながら再び格子に顔を寄せ、山から突き出たその顔をじっくりと見た。

雪のように真っ白な髪はぱさぱさのぼさぼさで、虚空を見つめる生気なき瞳は赤く、肌はうっすらと薄紅色に染まっている。

「あれは」ぼくはいった。「先天性白皮症だ」

通称、アルビノ。

「あれが、美船（みふね）です」祖母は憎らしいほど淡々と言葉を発す。「十三歳離れたあなたの妹で――

この天城家に代々伝わる、呪われた鬼の子です」

先天性の障碍などを持って生まれてきた子供が、家や集落に不幸をもたらす存在として差別や迫害を受けたり、殺されてきたという記録は太古より世界中に残されている。アルビノもまた、例外ではない。

だが、

「なにが鬼の子ですか」ぼくは肩越しに振り返り嚙みつく勢いでいった。「あれはアルビノといって、先天的にメラニン色素が欠乏する遺伝子疾患なんです。メラニン色素が欠乏しているから髪が白くなり、毛細血管の透過によって瞳が赤く、皮膚下の血液によって肌が薄紅色になるのです。鬼じゃない。呪いじゃない。病気なんです」

「いずれ、同じこと」

「これは人権問題ですよ！」とぼくは吼えた。祖母はまるで動じた様子を見せない。視線を戻す。美船は、ぼんやりとした眼をこちらに向けている。

「そうですか」と祖母はひょうひょうとしていった。「ああ。そうそう、辰史や。先ほどのあたくしの話を覚えているでしょうね。鬼の子は当主自らが世話をすることとしきたりによって定められているという話を」

ぼくはハッと息を吞んだ。「まさか」

「そのまさかですよ、辰史や。当主である勝史が死んで早四日。それはつまり、あの子のお世話をする者がいなくなって四日経つということなのです」

これが祖母の——最後の切り札。

ああ！　その時の祖母の顔を思い出すだけで、ぼくは未だ身の毛がよだつような恐怖を感じてしまうのだ。この狡猾さ。自らの目的を達するためならば人の命をもなんとも思わぬ、その醜悪さに、吐き気すらこみあげてくるのである！

「人が、飲まず食わずでどれだけ生きていられるものなのか、あたくしは詳しく存じませんが、元々躰の弱いこの子のこと、もうそろそろ限界がきていても、なんらおかしくはないでしょうね」

ぼくは鉄格子を握り締めたまま、むき出しの地面にへたりこんだ。うなだれて、大きく息を吐き捨てる。

「辰史や。少し時間をあげましょう。ようく考えることです」

肩越しに振り返る。祖母は背筋をぴんと伸ばして両手を前で組み合わせた姿勢のまま眼を閉じ、微動だにしなかった。ぼくはその姿を一瞥してから室内を観察した。特に新しい発見はない。ただ、部屋の明度が道中のそれよりも低いらしいことはわかった。

アルビノの人の中には羞明（しゅうめい）が出る場合がある。羞明とは、虹彩の色素が少ないために眼球に入る光量の調節ができず、光を非常に眩しく感じてしまうことをいう。だからこそ、アルビノの人は暗いところを好むのだ。ぼくは鉄格子の奥の暗がりに潜む美船を見る。そう、今の彼女のように。おそらくはそれに配慮して明度を低くしてあるのだろう。美船もまた、祖母と同じように微動だにせず、ぼんやりとした淡紅の眼差しをこちらに向けている。だが、彼女はぼくを見てはいなかった。まるで焦点が合っていない。もしかしたら眼が悪いのかもしれない。アルビノの人は、その多くが大なり小なりの視覚障碍を持つ。先の羞明もそうだが、弱視もまた症状のひとつだ。中にはまったく見えないという人もいる。

「うぅ――――」

かすかな音が、冷たい空気を揺らした。布にくるまれたままの美船がふらふらと立ちあがった。彼女は、頭を大きく揺り動かしながらも、まどろんだような眼の真ん中に赤い瞳を据えたままで、足を外側に開きながらずりずりと這うような速度で歩き出した。一歩。そしてまた一歩。

「う、うう」

突如、美船が顔を歪めて頭を振った。

「なんだ？」

ぼくが立ちあがった瞬間に、美船が前のめりに倒れた。その拍子に、なにかが布の中から飛び出してきた。それはカランコロンと乾いた音を立てて転がり、ぼくの足元の格子にぶつかって止まった。犬用餌入れにも似た、プラスチック製のボウルだった。視線を戻すと、横長になった布の膨らみがあった。その輪郭が、めちゃくちゃになって暴れている。

これは——、

「発作だ！　発作を起こしている」ぼくはいった。「鉄格子を開けてください。今すぐに」

「それは、なりません」

ぼくは大股で祖母に駆け寄ると、その細い肩を摑んで揺すった。

「このまま放っておいたら、もしかしたら死ぬかもしれない。そんな人間を前にして黙って見すごすなんてこと、今日初めて会ったとはいえ、血の繫がった妹が苦しんでいるのを黙って見すごすなんてこと、医者であり、そして兄であるこのぼくにできるはずがない！」

「ええ、ええ。もちろん、そうでしょうとも。あなたに、そんなことができるはずはない。わかっていますよ、辰史や。ですが」冷徹に、どこまでも冷酷に、祖母はいった。「あたくしは首を横に振る他ないのです。なぜなら、あの子のお世話を許されているのは、天城家の当主となる者だけなのですからね」その口調はまるでロボットのように血も涙も感じさせない。「辰史や、あたくしのいっている言葉の意味が、あなたにはわかるでしょうね？」

ぼくは、ついに白旗をあげた。そうする他なかった。

満足気な顔をした祖母から鍵束を受け取った。鉄格子の鍵と、地下室入口にかけられていた南京錠の鍵が、輪っかでひとまとめにされていた。その、ひとつだけ種類の違うものが鉄格子の鍵です、と祖母がいった。指定された鍵を用いて鉄格子の扉を開けた。薄汚れた布の膨らみに近づいて膝を折り、ゆっくりとめくった。雨に濡れた野良犬が放つにおいを何十倍にも濃くしたようなにおいが立ちのぼる。足首まで届くほど裾の長い、ねずみ色のワンピースのようなぼろ布を纏った美船は顔を横にしてうつ伏せに倒れていた。間近で見るその顔には確かに美弥の面影があった。しかし病的なまでにやせ細り削げ落ちた頬が、本来の美を多少なりとも損なってしまっている。閉じたまぶたから伸びるまつ毛は長い。半開きになった唇はかさかさに乾き切っていたが、形はとてもよく整っていた。ぼくは腰にぶらさげたポーチから聴診器——先輩医師の教えで、いつ病人と出くわしても大丈夫なようにオフの日でも常に持ち歩くようにしている——を取り出して装着すると、美船の躰をひっくり返した。この時点で、彼女の発作はもうだいぶ治まっていた。そのまま服の上から聴診器を当てる。心臓や肺に雑音はない。額に手を当てた。熱がある。ならば、感染症だろうか、それとも——。

さて、彼女の病気とはいったいなんなのだろう?

その後、祖母とは一悶着あった。美船を医務室に連れていきたいというぼくの主張に対し、祖母が美船を人目につかせるわけにはいかないと反対をした。人目を避けてこっそり連れ出せばいいとぼくはいったが、それを祖母が頑なに拒んだ。それでも、病人をこんなところに置いていくわけにはいかないというぼくの意見に、祖母が妥協案を提示した。

「地下室入口のある物置までが限度です、そこなら、滅多に人が入ることもありません」

ぼくは頷く代わりに無言で美船を抱きあげて——彼女の躰はその年齢では考えられないほど小さく、そして軽かった——きた道を引き返した。扉を閉め、南京錠をかけ、棚を戻し、その前に美船をそっとおろした。

まんまと自らの目的を達した祖母は、長居は無用とばかりにさっさとこの薄暗い物置から姿を消した。ぼくは閉ざされた扉をしばらくじっと睨みつけていた。やがて、美船の傍に腰を落ちつけ、ポーチから体温計を取り出して美船に咥（くわ）えさせた。体温は三十七度八分だった。断続的な軽い痙攣（けいれん）は見られるものの、美船の容態はすっかり落ちついてる。ひとまずはこのまま様子を見るしかないだろう。しかし、ここはあの座敷牢より多少マシとはいえ、寒いことに変わりなかった。ぼくはコンクリートむき出しの冷たい床を握った拳でこつこつ叩く。こんなところに、薄汚れた布切れ一枚だけで置いておくわけにはいかない。まずは美船をきちんとした布団に寝かせる必要がある。藁のように乾燥した美船の髪を軽く撫でながら少し考え、ぼくは物置を出た。

　ぼくの記憶が正しければ、西館三階は大半が客間となっている。他に、古今東西の絵画、彫刻、焼き物などが整然と並べられている観賞用の美術品室と、二間続きになった洗濯室とリネン室がある。後者が今回の目的地である。

　リネン室の扉を開けた瞬間に清潔な洗剤の香りが鼻腔いっぱいに広がった。同時に、それとはまるで対照的な獣のようなにおいを放つ美船を思い出して、躰を拭いてやる必要があるだろうかと考えた。しかしすぐに、今日初めて会った年頃の妹に対してそれは——とためらいを覚えた。

　左手奥に並んでいる四台の大型洗濯機はすべて絶賛稼働中だった。その手前に順番待ちらしい洗濯物がかごに入って置かれている。右手側の棚にはシーツ、枕カバー、毛布などがきちんと折りたたまれて収納されていた。中央には、ぼくの身長くらいまで積みあげられた布の塊があった。あれはなんだろう。ぼくは塊に近づきその一部を摑む。手触りがよいそれを、ぐいと引いた。ずるり、とゴムのように布地が伸びる。開いてみると幅は一メートルほど。その先を引っ摑んだまま少しずつ後方にさがっていってみる。それはよくこなれた麵生地のように、ずりずりと、引っ張れば引っ張るだけ伸びていく。背中が壁と接触してもまだ布は塊の中にあった。いったいこの布はどれだけの長さがあるというのか、などと考えながら伸びに伸びた布をゆらゆらと揺らしていると、すぐ隣の扉が開いた。

「あや、辰史さま?」

声に振り向く。戸口には、葵と新谷の姿があった。

「なにをされているんですかあ？」

「ああ――実は、追加の毛布を探しにきたんです」ぼくは反射的に、リネン室にいるもっともらしい理由を口にした。「都会暮らしに慣れていると、ここは寒くてかなわない」

「なあるほど」葵が納得顔で頷く。「実は、新谷さまも同じなんですよう。今ある毛布だけじゃ寒くてお昼寝ができないから、もう一枚くれないかって」

「ああ、そうなんですか」

新谷がこくこくと頷く。「これでも東北育ちなので、寒さには多少慣れているつもりでしたが、ここはまったくレベルが違う。平気でいられたのは最初だけでしたよ。こんなところで平然と生きられる人は、よほど面の皮が厚いのでしょうね。肉体的にも精神的にも。図太いというか、鈍いんでしょう。まったく、私のような繊細な人間には、とても耐えられない」

「あ、図太いって、もしかして、あたしのことをいってます？」葵がむっと頬を膨らませたが、すぐにその溜めた空気を噴き出してけらけらと笑う。「いやまあ、間違ってはいませんけどね！面の皮の厚さならオリンピックの金メダル級ですよ！　それにしても、暖房は決して弱くはないはずなんですけどねえ。お二方、もっと躰を鍛えないといけませんよう」

新谷が肩をすくめた。善処します、とぼくは答えた。

「ところで辰史さま。それは毛布じゃありませんよ？」

「ああ、――これは、単なる好奇心で、つい」手元の布を揺らす。「あの山の中になにかいいものでも入っているのかなと思いまして」

「いいもの？――ああ」葵がなにやら思いついた様子でにやにやと笑みを浮かべた。「残念ですけれど、由伊さまの下着はそこにはありませんよ」

「はい？」

「そうですねえ、今夜遅く、こっそりきていただけるのでしたら、内緒で一枚差しあげますが。え？　脱ぎ立てじゃないと嫌？　きゃっ。辰史さまったら、案外変態さんなんですねえ」

「いやいやいや、いってませんからね」

「あはは」と葵は大口を開けて笑った。「単なる冗談ですよう。そんなに顔を真っ赤にしなくてもいいじゃありませんかあ」

ぼくは彼女から視線を逸らして、布を手元でくるくると巻き取りながら前進していく。

「それはですねえ、大ホールの正面に吊りさげているカーテンなんですよ」

「あの天城家の家紋が描かれているやつですか」

「そうです、そうです」

「それにしても大きい。これ、いったいどれぐらいの大きさがあるんですか」

「ああ、それなら先ほど、ゆかりさんからちょいと話を伺いましたよ」新谷はいった。「確か布一枚の幅が約一メートルで、長さが約十八メートル。それを十五枚並べて吊り下げているのだとか」

「あや、新谷さま。すっかりとゆかりちゃんを懐柔されたようですねえ」葵はいった。「そうなんですよう。それを、週三の頻度で交換してるんです」

「これを、どうやって交換してるんですか？」ぼくは訊いた。

「西館三階にあがってすぐ左手側に小窓があるんですよう。大ホール側からは壁と一体化していて見えませんけどね。そこを開けて、カーテンの裏側に隠れた紐を引っ張ると、カーテンがこちら側に移動してくるんです。あたしはそれを一枚一枚取りこんで、ここに運び、洗濯したものをまた一枚一枚セットし直して――吊りさげる順番を間違えた時の悲惨さといったら！　家紋が細切れになってプリントされているので、ひとつ間違うだけで大変なことになるのです――、紐を逆方向に引っ張ると、あら不思議。あっという間にカーテンが綺麗なものに早変わり。まあ、実際にはその作業、二十分以上かかるんですけどね。なんてったって、その布、一枚十キロ近くもあるんですから。この苦労、わかっていただけます？」

新谷が労をねぎらうように葵の肩をぽんと叩いた。

「ご理解いただけましたか。ありがとうございます」葵が涙を拭う仕草を見せた。「つきましては、辰史さまが当主になられた暁には、この作業を一か月、いやいや、そこまでの贅沢はいいませんとも。ええ。でもせめて、一週間に一回に減らしていただけると助かるなあ、なんて思ってたりしますです、はい」

「なるほど」ぼくは苦笑した。

　葵が廊下を挟んだ向かいにある新谷の部屋に毛布を運んでいる隙に、ぼくは毛布を二枚抱えてリネン室を出た。葵からは、すぐにお部屋にお持ちしますから少々お待ちください、といわれたのだが、別に本当にぼくの部屋に毛布が入り用なわけではないし、かといって葵に事情を話すこともできない。だから気づかれぬうちにさっさと美船の待つ物置部屋に毛布を運びこんでしまおうとしたのだ。しかし、有能なお手伝いさんである葵は存外早く新谷の部屋から出てきて、今まさに三階廊下の角を曲がろうとしていたぼくの背中に声をかけてきた。

「ありゃ。辰史さま。見かけによらず、意外にせっかちさんなんですねえ」足音が近づいてくる。「あたしがお持ちしますよう。ささ。早くこちらへ。ヘイ、パス、パス！」

「いや、ひとりで大丈夫ですから」ぼくは肩越しに葵を見た。「高が毛布ですから、忙しい葵さんの手を煩わせるまでもありませんよ」

「うう。この葵めにそんなお優しい言葉をかけてくださるなんて――感動しました！」葵は神に向けて祈るように、胸の前で両手を組んだ。「でも、お気持はとても嬉しいのですけど、毛布を届けるのもあたしの大切なお仕事なんですよう」葵はきょろきょろと周囲を見回し、それからぼくの耳元で囁く。「辰史さまに毛布を運ばせたなんて大奥さまに知れたら、あたし、クビになっちゃいます」

抱えていた毛布を強引にひったくられた。一階に辿りつく。毛布が必要な場所はここから右――西館の奥に進んだ先なのだが、ぼくの部屋に向かおうとする葵は当然ながらそちら側に眼をくれることなく、左側にある大ホールへの扉を開けてさっさと戸口をくぐる。彼女は肩で押し開いた扉をお尻で固定して、ささ、どうぞお通りくださいませ、とぼくを誘導する。仕方ない、ひとまずは毛布を部屋まで運んでもらい、そこからもう一度物置へと運ぶとしよう。とんでもない二度手間だが、それしかない。葵は、東館三階のぼくの部屋のベッドに毛布を丁寧に広げると、それではあたしはこれにて失礼いたします、と一礼して部屋を出ていった。ぼくは閉ざされた扉に耳を押し当てて足音が遠ざかっていくのを確認した後、せっかく広げてもらった毛布を再び折り畳み、両手に抱えて廊下に出た――と同時に、

「わわっ」誰かと衝突した。

ぼくは毛布を抱えた腕を回して正面の視界を確保する。誰もいない。左右に首を振ってから少しずつ視線をさげていってみる。豪快に尻もちをついた葵がぼくをじっと見あげていた。

ぼくはいったん床の上に毛布を置いてから葵の手を引き立ちあがらせて、それから、さてどう

するかと腕を組む。あのう、と葵がおずおずと不安を多分に滲ませた声色でいった。

「あの、なにか温かいお飲み物でもお持ちしましょうかと聞きに戻ってきたのですけれど――それって、今さっきあたしが運んできた毛布ですよね？　なにか、不都合でもありましたでしょうか」

「いや。別に、この毛布になにか不都合があったとか、そういうんじゃないんです」

「はてな？　では、どうして部屋の外に毛布を持ち出そうとしていたのですかあ？　ホワイ？」

葵は至極当然の質問をぶつけてくる。口ごもる。中々うまい口実が見つからない。かといって、真実を話せば美船の存在が知れてしまう。しかしここでぐずぐずしていては、物置にいる美船が眼を覚ましてしまう。もしかしたら、再び発作が起きるかもしれない。選択によって生じるリスクをひとつひとつ秤にかけて優先順位をつけていく。そうして長い沈黙を経てぼくはようやくひとつの結論を出した。

「実はですね――」

そう。ぼくは美船のことを打ち明けることにしたのだ。美船の存在を知られてはならない、と頑なだった祖母には申しわけないが、ぼくにとってはやはり人命救助が最優先事項である。ここで無駄な時間を浪費するわけにはいかなかった。それに、有能なお手伝いさんである葵を味方に引き入れておけば心強いことこの上ない。そう判断したのである。

薄暗い物置の一角で薄い毛布を握り締めて丸くなった美船を見て、葵は言葉を失いしばし呆然と立ち尽くしていた。ぼくは膝を折り、美船の額に手を当てる。発熱は続いているようだ。肩越しに振り返り毛布を敷くよう葵に指示を出す。彼女はようやく現実を直視し、有能なお手伝いさんの本領を発揮した。美船を抱きあげて敷かれた毛布の上に移す。それから、ぼくはいった。

「彼女の躰を拭いてやりたいのですが、ほら、ぼくでは色々と問題がありますから、葵さんにお願いしてもいいですか？」

ぼくの言葉に葵がわずかに首を傾げる。

「むむ。ご兄妹でしたら、別になにも気になさることはないのでは？」

「今日初めて会ったんですよ。それなら他人と変わらないでしょう」

「まあ、確かに、そう、ですかねえ。わっかりました。万事この葵めにお任せあれ、です。それじゃあまず、お湯とタオルを準備してこなくてはなりませんねえ」

「お願いします。ああ、それと、よければ着替えもお願いできませんか。できるだけ温かいものを」

「承知いたしましたあ」葵は元気よく返事をした。「んー、この方にあたしの服はちょっと、いやかなり大きいかと思いますが、ま、大は小を兼ねるといいますし、大きい分には別に困ることはありませんよね？」

それぞれ役割分担を決めてから連れ立って廊下に出た。葵は着替えの調達と躰を拭くためのお湯の準備。その間にぼくはリネン室から清潔なタオルを持ってくる。使用人室は物置部屋の向かいにある。部屋に駆けこんでいく葵を見送ってからぼくは歩き出した。廊下の角を曲がり、階段に足をかけたところで上から声がおりてきた。

「勝子、おい、待てよ」

「離してください」

どうも宗史と勝子の声らしかった。

「いつまでおれを無視するつもりなんだ」

どたどたという物音。いたっ、という勝子の短い悲鳴。ぼくは階段を駆けあがる。

「お前がどんなに嫌がったって、お前は、おれのものなんだよ」

階段の踊り場で、宗史が勝子の腕を取り壁に押しつけていた。

「それは少しばかり自惚れがすぎるんじゃないのかい」とぼくはいった。

宗史が肩越しに振り返りぼくを睨みつけた。

「なんだと？」

「それとも、そう思える明確な根拠があるのかな」

宗史は勝子の腕を離して踵を返し、ぼくの胸ぐらを摑む。

「さっきもいったろうがよ。あんたがこの家を継ぐのを辞退すればすべて丸く収まるってな。あんたじゃなく、勝子が天城家を継げば、勝子は嫌でもおれのものになるんだ」

「そういう手段で勝子を手に入れて、それできみは満足なのか」

彼は鬼の形相で歯を剝き出しにして、声にならない声を洩らした。

「きみに残念なお知らせがある」とぼくはいった。

「なに？」と彼が頓狂な声をあげる。

「ぼくは家を継ぐことに決めた」

「兄さん！」

その言葉にいち早く反応したのは宗史ではなく勝子の方だった。

「ふざけんな！」宗史が顔を真っ赤にしてぼくを突き飛ばした。すごい力だった。ぼくはたまらず尻もちをついた。「さっきいっただろうが。あんたにこの家を継ぐ資格なんてないって。辞退しろって。そもそもが、あんたには家を継ぐ気なんかなかったんじゃないのかよ！」

「ぼくもさっきいったろう」ぼくは立ちあがりながらいった。「おばあさんという人は、ぼくひとりでは分の悪い相手だと。まったく、恐ろしい人だったよ。いやはや、すっかり丸めこまれてしまった」

「くそがっ！」

宗史はそう吐き捨てると、ぼくの横をすり抜けてどすどすと足音荒く階段をおりていった。わずかな沈黙の後、勝子は宗史に摑まれていた手首をさすりながら壁から背を離し、こちらに近づいてきた。

「兄さん」勝子は微笑を浮かべていった。「心変わりの決め手は、いったいなんなんですか」

「なんだと思う？」

「質問に質問で返すのは感心しませんよ」勝子はいいながら眼鏡を押しあげる。「由伊ですか？」

「なんでそうなるんだ」

「いえ。天城家の当主になるということは、まあ、そういうことですから。予想以上に美しく成長した由伊を見て、兄さんがコロッといってしまわれたのかと」

「どこかの誰かと一緒にはしないでくれ」ぼくはいった。「由伊には、本当に申しわけないと思っているんだ」

「はあ」と勝子はなんとも気の抜けた声を洩らした。「由伊は、そんなの気にしないと思いますがね。むしろ、それこそが本望かと」

「どうして？」

勝子は真顔でぼくを数秒見つめて、なにかに納得したように数度頷いた。

なんだ、とぼくは首をかしげた。いえ、と勝子は首を振る。

「で、兄さんの心変わりの理由は、いったいなんだったんです？」

はぐらかされたような気もしないでもないが、ぼくは仕方なく勝子の質問に答えた。

「勝子だよ」

「ぼく、ですか」

「大事な妹を守るためさ。ぼくが辞退を押し通したら、ほら、わかるだろ？　兄としては、可愛い妹を、あんなヤツのところにいかせるわけにはいかないんだよ。――それとも、結婚したかったか？」

「とんでもない！」勝子がぶんぶんと首を振った。「死んでもお断りです」

「彼の勝子に対する執着も中々大したものだが、勝子の彼に対する嫌悪も中々どうして大したものだな。なにか理由でもあるのかい」

理由もなにも、――と勝子は嫌悪感に満ちた表情をぼくから隠すように、眼鏡を押しあげた手の平で口元を覆いながらいった。

「もう七年もストーカーされていれば、自然とそうなりますよ」

勝子の話によれば、史絵叔母が宗史を連れて天城邸に戻ってきたのは、ぼくがこの家を出てから十年後のことだったらしい。宗史はアメリカの高校を卒業したばかりだったが、すでに今のような風貌でいっぱしのチンピラを気取っていて、会ってすぐの頃からあの手この手の強引な手段を用いて勝子を籠絡（ろうらく）しようとしたそうだ。彼は、勝子がどれだけ拒絶の意を示そうとも諦めようとせず、七年もの間、勝子につきまとい執着し続けた。

「なるほど。それでストーカー、か」

「人に好かれるというのは本来、もっと気持のいいものだと思うんですけどね」

「なにごとも度をすぎるのはよくないということだろう」

「まったくですよ。仮にもいとこだから縁を切ることもできませんし、警察にも頼れません。いい迷惑ですよ」

「叔母さんには相談してみたのか」

「叔母さんは、人生も子育ても自由主義な人ですから。相談してもまともに取り合ってくれません。男女の感情のすれ違いって本当にスリリングねえ——なあんて、お気楽にいってましたから」

その時、足元から声をかけられた。

「お兄さま」

ゆっくりと声の出所に向けて視軸を合わせると、背後にゆかりを従えた由伊が階段をゆっくりあがってきていた。フリルつきの白いエプロンをつけた彼女は、まるでどこぞの新婦さんのように初々しく可憐だった。

「辰史さま、こんなところにいたのか。ずいぶん捜したぞ」ゆかりがいった。「おや、勝子さまも一緒か。丁度よかった」

「どうかしましたか」と勝子が問う。

「そろそろ、おやつの時間だぞ」

腕時計を見た。確かにもうすぐ三時になろうとしていた。

「今日は由伊さまがお菓子を焼いたんだぞ。それで、皆で一緒に食べようと思って、邸内を捜し回っていたんだ」

「なるほど。だけど、せっかく由伊が焼いたお菓子をいただいてしまってもいいんですか？　本当は、全部兄さんに食べてもらいたいんじゃ？」

「い、いえ。そ、そんなことは」

由伊は軽く握った右拳を口元に当てながら、恥ずかしげにうつむき、上目遣いにぼくを見た。

「まあまあ」とゆかりが朗らかな声をあげた。「由伊さまがいいといっているんだから、いいじゃないか。それに、おやつは大勢で食べた方が美味しいぞ」

「そうですね。そういうことなら、しんちゃんも呼びましょうか」

「もちろんです」

「それなら」ぼくはいった。「ぼくが新谷さんを呼んでこよう。それで、どこに集まればいいんだい？」

　三人と別れて三階にあがり、リネン室から清潔なタオルを三枚掴んで廊下に戻り、新谷の部屋の扉を三度ノックした。ややあって姿を現した薄手の長襦袢をきた寝ぼけ眼(まなこ)の彼女にお茶会のお誘いをし、場所を伝えてから扉を閉ざした。それから物置部屋に戻ると、葵はすでに自らに課せられた仕事を終えて待機していた。美船は未だ眠りの中にいた。ぼくは葵にタオルを手渡しながら、彼女にもお茶会についての報告をする。

「辰史さまは先に応接室へいっててください。あたしも美船さまの躰を拭いて、お着替えを済ませましたらお邪魔させていただきますから。あ、あたしの分、ちゃんと残しておいてくださいねえ？　いったらもう全部なくなってたなんてごめんですよう」

「なにもかも任せっきりにしてしまって、本当に申しわけありません」

「いえいえ」葵はどこまでも明るい笑みを浮かべる。「次期当主さまのお言葉でしたら、この葵、なんでもいたしますよう」

「ありがとう」

「さあさあ、それでは早く部屋から出てってくださいねえ。あたしはこれから美船さまの服を剝いで、若く美しいその肢体をたっぷりと堪能するんですから。ぐへへ」

　苦笑して、頷いた。廊下に出て角を曲がったところで階段をおりてきた新谷とはち合わせた。

彼女はきちんと顔を洗ってきたのだろう、先ほどとは打って変わった凛とした瞳をこちらに向ける。

「今、葵さんをおやつに誘ってきたところです。お仕事がひと段落したらくるそうで。ぼくたちもいきましょうか」

「一刻も早くね」新谷はいった。「お菓子が私を呼んでいます」


東館一階の応接室では、先ほどのフリルのエプロンを脱いだ由伊、勝子が、それぞれ年季の入った重厚なテーブルを囲んだ六脚の豪奢なソファの右手側中央、左手側下座に座していた。ゆかりは入口のすぐ横で、彼女の身長ほどもあるカートの柄に手を置いて立っていた。葵さんも呼んでおいた、雑用が済んでからくるそうだ、とぼくはいって右手側の下座に腰をおろした。そうですか、といった勝子の隣に新谷が座る。

「それでは、もう準備を始めておきましょうかね」

「それじゃあ、失礼して」

とゆかりはいって、カートの一番下の引き出しから花柄のクロスを取り出して広げ、武骨なテーブルに彩りを与えた。それから金装飾の施されたソーサーとティーカップをぼくたちの前に置いて回り、カップとお揃いのティーポットを持って、紅茶を注ぎ回った。飴色の液体から立ちのぼる香りをかぐ。テーブルの中央に載せられた大皿には大量のスコーンが盛られていた。ほくほくとのぼる湯気から、それがまだ焼き立てのものだとわかる。ゆかりはさらに四つの瓶——それぞれストロベリージャム、ブルーベリージャム、ミルクジャム、メイプルシロップのラベルが貼付されていた——を取り出してそのすぐ傍に並べた。

「準備完了！」

「それじゃあ、いただきましょうか」

勝子が眼前にカップを持ちあげて、ぼくに向けてウインクした。それから紅茶をひと口。新谷も優雅な所作でカップを持ちあげ紅茶をすする。お兄さま、と声をかけられてぼくは横を向いた。由伊は垂らした髪をふわふわ揺らしながらこちらを見ていた。

「そのスコーン、私が焼いたものなんです」由伊は、はにかんだ笑みを浮かべる。「なにぶん、経験不足なものでして、お兄さまのお口に合いますかどうかわからないのですけれど、もしよろしければ、おひとつ、食べてみてくださいませんか」

中央の大皿に視線を移すと、スコーンを摑んで素早く引っこむ手が見えた。その手の主は新谷だ。彼女は次から次へとスコーンを摑んでは口の中に放りこんでいる。

「どうやら、新谷さまには気に入っていただけたようだな」

「しんちゃんは、とりあえずお菓子ならなんでも大歓迎なんですよね」

「かっちゃん。それは私に対して失礼というものだ」新谷は口をもごもごさせながら反論する。

「正確には、美味しいものならなんでも、だ。これでも私は美食家なんだ」

大皿に盛られた量が量だけに、さすがにひとりで全部食べ切ってしまうことはないだろう。ぼくはおもむろに手を伸ばしてスコーンをひとつ取った。

「横に割って、お好きなジャムをつけて召しあがってください」

横に割ることなく、ジャムもつけることなく次から次へと口に放る新谷をちらりと見てから、ぼくはスコーンを二つに割る。少し迷ってから、なにもつけずに口に入れた。外側はサクッと、内側はしっとりとしていて、なにもつけなくてもほんのりと、ほどよい甘さがある。美味い、とぼくは率直な感想を口にした。由伊は白い歯をわずかに覗かせて微笑んだ。

「由伊さま、よかったなー」ゆかりが胸の前で両の拳を握り締めながらぴょんと跳ねる。

「由伊は料理は得意なのかい」とぼくは訊いた。

「あ、その、正直――あまり」由伊は恥ずかしげにそう答えた。

「天城の人間は総じて料理音痴ですから」と勝子が割って入ってきた。「様々な分野において偉人、才人を多数輩出してきた天城一族も、料理の分野だけは誰ひとりとして成功者がいないくらいですからね。自慢じゃありませんが、ぼくも料理は苦手です」

「勝子さま。それ、本当に自慢にならないぞ」ゆかりは少々呆れ顔だ。

「ぼくも由伊もこれで一応、子供の頃からそういう手ほどきを受けているんですがねえ。まったく上達しないのですよ、これが。ところで、そういう兄さんはどうなんです？　今は独り暮らしなんですよね」

「ぼくもあまり得意ではないよ。だが、なるべく自炊するようにはしている」

「栄養のバランスを考えて？」

勝子の言葉に少し思うところがあり、しばし考えた。それからいった。

「まあね。でも一番の理由はお金の節約だな。医者っていったってピンからキリだから。若手の勤務医は大体が貧乏暮らしだよ」

勝子は苦笑を洩らした。

「辰史さま、辰史さま」と横からゆかりがはしゃぐようにいった。「それに新谷さまも。今度はジャムをつけて食べてみて。それ、ゆかりのお手製なんだぞ」

いわれるがままに、ぼくはストロベリージャムを、新谷はブルーベリージャムをそれぞれスコーンに盛りつけて口の中に放り投げた。甘酸っぱい香りが口腔に広がる。ジャムの柔らかな触感が、サクサクのスコーンによく合っていた。

「うん、とっても美味しいですよ、ゆかりさん」

ぼくの言葉に新谷も首を縦に振る。

「まったくですね。これは是非とも、瓶ごと売っていただきたいくらいです」

「ありがとう！　他にも、ピーナッツクリームとか、マーマレードとかも作ってるんだ。明日の朝食に出すからそれも是非食べてみて」

ゆかりはにこにこと無邪気な笑顔を浮かべながら、ポットを手に紅茶を注いでまわった。

女性は三人寄ればなんとやらというらしい。しかし、幼少の頃より淑女としての教育をひと通り受けている勝子や由伊、自慢の毒舌も忘れてひたすらに食べ続ける新谷、そして活発だが根は真面目なお手伝いさんでもあるゆかりというメンツでは、四人集まっても到底、なんとやらと呼べるレベルには達しなかった。が、少し経って葵が部屋に入ってくると様相はがらりと変化した。彼女は、どのクラスにもひとりはいるムードメーカーのようなもので、どんな状況下においても瞬時に場を掌握し、盛りあげることのできる存在だった。そんな葵がゆかりに代わって紅茶を注ぎまわっている途中で、ようやく食べるのを止めた新谷が言葉を発した。

「そういえば、葵さん。先ほどのアリバイの件はどうでしたかね？」

「ああ、そのことですね。一応、それとなく調査はしておきましたよう」

「アリバイってなんのことですか」と勝子が問う。

「ああ、勝子さまはその場にいらっしゃらなかったんでしたっけ。ええと、辰史さまのお部屋に悪戯をした犯人を探すべく、先ほど、邸内にいらっしゃる方のアリバイを調べようという話になりまして」

「なるほど。ぼくが葵さんを呼び出してから部屋に到着するまでの約三十分の間に、皆がどこでなにをしていたかってことですね。それで、結果は？」

葵はティーポットをカートに戻し、エプロンのポケットから使いこまれたメモ帳を取り出してぱらぱらとめくった。

「えー、まず奥さまは自室で読書をしてらっしゃったようです。次に大奥さまはご存じの通りお昼寝中でした。雅史さまと史絵さまは西館二階の楽器室に。史絵さまの弾くフラメンコギターを聞きながら、雅史さまがお酒を飲んでらっしゃったようです。宗史さまは答えてくれませんでした、が、ワインセラーに封の切られたワインが放置してありまして、それが、宗史さまの好きな銘柄のものでしたから、たぶん、そこで少し飲んでいたのではないかと思われます」

「ゆかりは西館の大浴場にいたぞ。一生懸命になって浴槽を洗っていた時に葵から呼び出されたんだ」

「私は自室で音楽を聞いていました」と、これは由伊だ。

「つまりアリバイがないのは」勝子が腕を組む。「お母さん、おばあさま、宗史、ゆかりさん、由伊、というわけですね」

「なんだ、ほとんど全員じゃないか！」とゆかりが豪快に笑い飛ばした。

7

あたしは、――目覚めた。少しだけのつもりが、どうやら、深い眠りに落ちていたらしい。眼を開けようとした。が、まぶたがぴったりと張りついて離れなかった。まぶただけではなく、躰のどこを動かすこともかなわなかった。これはどうやら、意識は目覚めているが躰が眠った状態にある、いわゆる金縛りの状態らしかった。眼を開けたくても開けられない現状は、幼き日の図工の時間で、もしも瞬間接着剤をまぶたにつけたらどうなってしまうのだろう、と夢想した恐怖を思い起こさせた。

けれども今のあたしには、例え眼に見えなくとも周囲の状況が手に取るようにわかった。そんな気がした。眼の不自由な人は、鼻とか耳とかの感覚が鋭敏になるという通説があるが、きっとその類だろうと思う。背中の少し沈みこむ感じからベッドに横たわっているとわかる。胸の辺りから躰全体にかかった羽のような重みから薄い布団をかぶせられているとわかる。そして、足元の方からぼそぼそと聞こえてくる話し声から、倉田とマルグリッドがそこにいるとわかる。

「とても疲れているのね」

「ぐうぐう、ですね。いや、すやすや?」

「別にどっちでもいいわよ」

「でも、ぐうぐう、だと、いびき、かいてるみたいね」

「じゃあすやすやね」

「すやすや。あたしも、眠くなってきました」

「寝るのは後にしてね。ところでマル」

倉田がいった。

「さっきこの子からなにかを聞いたでしょ。あれ、結局なんだったの?」

「オー、すっかり、忘れてたね」

マルグリッドは陽気な声をあげた。

「えとね、この子、生理がこない、いってました」

「いつ頃から?」

「それは、聞けませんでした。無念ながら」

「残念ながら、ね」

「とても、いいにくそう、でしたね」

「うーん、もしかして、妊娠している、とか?」

「患者は、まだ、子供です」

マルグリッドがいった。

「それに、礼儀正しい、です。そういう、む、む、向こう見ず？——な子には見えません」

「人は見かけによらないものよ」

倉田はわかったような口を利く。

「今の世の中、考えられないことじゃない。それに、偏見の眼を向けるわけじゃないけれど、施設の子は時に自棄的な行動に出ることもあるの」

それは確かに彼のいう通りではあった。養護施設の子供たちというのは時に自分を虐待した両親や捨てられたという現実、ひいてはこの世界そのものに対する深い憎しみに呑みこまれて、その衝動の果てに、暴力的な行動に出たり、自棄的な行為に身を委ねてしまうことがある。喧嘩、いじめ、自傷、レイプ、妊娠——。

マルグリッドはぐうの音をあげた。

「とにかく」

倉田がいった。

「検査をしてみましょう。彼女が起きたら尿サンプルを採取して——」

「上手く、採れます、かね？」

「うーん。まあ、尿がまったく出ないようなら別の方法もあるわ。なるようになるなる」

「なるなるー」

ぽたりぽたりともったいぶって落ちる点滴の音を数えながら時を刻むのは、もはや苦行を通り越して拷問にも等しかった。ぴたと頑固に張りついて開かなかった眼は、今は、スライスされたハム程度には薄く開くようになっていた。が、あたしはその眼を閉じておいた。開けたところで、その薄い視界に映し出されるのは、真白な天井くらいなものだ。そもそも、ベッドに横になった今のあたしは眼鏡をかけていないのだからそれすらも見えない可能性があった。あたしの視力の低さは生まれつきのようで、幼少の頃から眼鏡をかけていた記憶がある。最近流行のおしゃれなカジュアル眼鏡は当時の小児用にはあまりなかったようで、顔を覆うほど大きな丸眼鏡をかけていた。あたしはそれが嫌でたまらなかった。それが、同級生たちにからかいの種をひとつ与えることになったからだ。けれども不満を口にしたことはない。あたしはそれがなければまともに世界を見ることができなかったのだし、その眼鏡が与えられるだけ、ありがたいと思わねばならない立場であることを自覚していたからである。施設での生活に贅沢はご法度だ。施設の運営は、国からの措置費、地方自治体からの補助金などもあるが、善意の寄付金に頼る部分も大きく、常にかつかつの状態である。それに下着は別として、衣類などもその多くが寄付してもらった古着などで賄われている。もちろん、その他に必要なものは申請すれば大体は買ってもらえるし、少額ながらお小遣いもいただける(それをこつこつ貯めに貯めて相場よりもずっと安い型落ちのノートパソコンを買った時は嬉しかった!)のだが、あれが嫌だ、これがいいなどと贅沢をいう余地はあたしたちには存在しないのである。

眼を閉じてただひたすらにじっとしていると、普段あたしたちがいかに時計というものを頼りにして生きているかがわかる。意識の流れは、時の流れとはイコールにならない。人間の本質を探るような深遠なる哲学に頭を悩ませていても、それがわずか数秒に満たないこともあれば、晩御飯の献立はなんだろうという詮なき思考に、数十分を費やしてしまうこともある。何分経ったかな?——という疑問にはだから答えようがない。一分といえばそうなのかもしれないし、五時間といえばやはりそうなのかもしれなかった。

先ほどからぐだぐだとくだらないことばかりを考えてしまうのは、きっとあたしが病床にあるという事実と無関係ではないだろう。これまであたしは病気といえば何度か風邪をひいたことはあっても、それによって床に就くということは一度としてなかった。風邪をひくとあたしは大抵の場合まず鼻からくる。春先の花粉症の時期よりもひどいレベルで、ずるずると次々に垂れてくるのだ。そうして鼻がトナカイのように真赤になった頃に喉が腫れ、咳が出る。熱は滅多に出ない。そうした風邪は長引かず、いつの間にか治っているのが常であった。

病床に就いた状態というのはなんとも心細いものだ、とあたしは思う。病は気からという言葉があるが、その逆もまた然りなのだろう。病が、気を落ちこませる。今のあたしの弱気はそれ以外に説明のしようがない。

なるほど、だからか、とあたしはひとり合点する。小説では、病に伏せると人恋しくなるという心情が描かれることがよくある。これまでのあたしには、そうした心情が理解できなかった。だが今、ようやくわかった。なるほど、だからか。だからあたしが、施設の他の子供たちが風邪でダウンした時などに看病した際、その傍を離れようとすると、子供たちはあたしの服の裾を摑んで、いかないでと不安気な瞳をこちらに向けたのだ。つまりあの不安は、病気に対するものではなかった。あれは、病床にひとり取り残されることへの心細さだったのだ。

どんなにつまらない些細なことでも、合点がいくと、充足感が得られるものらしい。その事実に気づいたあたしは、もしかしたら、本格推理小説が好きな人というのはこの、すとん、と腑に落ちる納得こそを愛しているのかもしれない、などと思う。

それにも合点がいくと、あたしはさらなる充足感に包まれて、やがて、まどろみの中へと迷いこんでいった。

8

楽しいおやつの時間が終わりを告げた。片づけはこの葵さんにどーんとお任せしちゃってください、と葵が大見えを切って胸を叩いた。ぼくたちは彼女を残して応接室を出た。勝子は書類の整理、由伊は大学に提出するレポートの作成があるといってそれぞれ部屋に戻っていった。新谷も部屋に戻るらしい。昼寝の続きをするのだろう。ゆかりは夕食の下ごしらえを始めるといってキッチンに入った。ひとり残されたぼくはポツンと廊下に佇んで思考を巡らせていた。議題は先ほどの勝子の言葉、「天城家の人間は総じて料理音痴」と「栄養のバランス」である。少し考えてから、ぼくはおもむろに応接室の扉を開いた。

せっせとテーブルを拭いていた葵が大そう驚いた様子で顔をあげた。どうされました、と首を傾げる彼女に対して、ぼくは扉の隙間から頭だけ出した状態のままでいった。

「いくつか質問があるのですが」

「どうぞどうぞ」といって葵はクロスを丁寧に折り畳みテーブルの上にそっと置いてから振り返った。「好きな人の名前と体重とスリーサイズ以外でしたら、なんでもお答えいたしますよう。あ、やっぱり足のサイズも除外してくださいっ！」

ひとつ。これまでに天城勝史——父がキッチンで包丁を振るっているところをみたことはあるか。二つ。父に食事をひとり分余計に作ってくれと頼まれたことはあるか。三つ。父が食事のあまりものを持ち出していたのを見かけたことはあるか。葵はすべての質問に対して、ありません、と答えた。ぼくは彼女に礼をいい、頭を引っこめて扉を閉ざした。

美船は天城家裏のしきたりによって、当主である天城勝史によってのみ世話をされていた。当然、それには食事の世話も含まれている。だが、勝子はいっていた。天城家の人間は総じて料理音痴だと。その言葉にはきっと、天城勝史も含まれていたはずだ。しかしだからといって天城勝史は、葵やゆかりに食事をひとり分余計に作ってくれと頼むわけにはいかなかった。美船の存在は外に知られてはいけなかったのだから。わざわざ疑われる危険を冒す必要はない。そうした考えと、葵の証言によって、天城勝史は自ら料理をするでもなく、誰かに代わりに作らせるでもなく、残飯をちょろまかすわけでもなく、それでも美船に食事を与えていたことがわかった。どうやって？——思い浮かぶ可能性がひとつあった。

ぼくは廊下を進んで角を曲がり階段へと足をかけた。東館三階、あてがわれた部屋を素通りして、勝子、美弥の部屋も素通りして突き当たりの部屋の扉のノブを握り、回した。大仰な音と共に扉が開く。天城勝史の私室である。煙草と、古い書物のにおいが鼻をついた。手探りで照明のスイッチを入れる。ぼんやりとしたオレンジ色の明かりが灯った。重厚な黒光りのする大きな机の上は乱雑にすぎ、山盛りの煙草は灰皿から溢れている。林立する背の高い本棚には焼けて色あせた分厚い背表紙が並ぶ。机の横には年代物のレコードプレイヤーがあった。その下のガラス戸つきの棚にはレコードがぎっちりと詰めこまれていた。入りきらなかった分は床に山となって積みあげられている。キングサイズのベッドには枕がひとつ。宮には文庫本が並んでいた。ベッドの向こうに冷蔵庫があった。一般家庭で使用されるタイプのものだ。ぼくは冷蔵庫を開けた。ビールとミネラルウォーターがずらりと並ぶ。次に冷凍庫を引き出した。大量の氷。冷蔵庫の周囲を探る。段ボール箱。

「思った通りだ」

そこに入っていたのは大量の酒のつまみだった。様々な種類がある。ジャーキー、魚の干物、フライビーンズ、スルメイカ、柿の種などなど。どれも調理の手間がいらず、それでいて味が濃く、それなりの満腹感を得られ、かつも日持ちもするという、ずぼらな呑兵衛にとって最高のシロモノである。

だが、これだけで健康を維持できるほど人は——単純ではない。

部屋を出て足早に廊下を進む。ぼくは、美船の発熱それればかりに気を取られてもっと単純な可能性を完全に失念していた。そう。栄養失調だ。通常、バランスよく栄養を摂っている人間は、四日か五日栄養を摂り損なった程度では躰に重篤な失調をきたしたりはしないものだ。生物というのはそうした緊急時に備えて、常に必要な栄養を体内に蓄積しておくものなのだから。だが、普段から偏った食生活をしていれば――酒のつまみだけでは、人が生きるために必要な栄養は絶対的に不足する。そのくらい子供でもわかりそうなことだ――話は別だ。常にかつかつの生活費しか与えられなければ、貯蓄などできようはずもないのは道理だろう。だから供給が途切れればすぐに必要な栄養が足りなくなり、躰に失調をきたす結果となる。

思い出す。美船は頭を大きく揺り動かしていながらも、眼の中央に瞳を据えて動かさなかった。これはおそらく眼筋が麻痺しているせいだ。そして、足を外側に開きながら極端に狭い歩幅で歩いていた。これは歩行失調だ。加えて、発作を起こした。

これらの症状から考えられるのは、ウェルニッケ脳症――ビタミンＢ１欠乏――だろう。

東館二階、医務室に飛びこんで薬品棚を漁る。お目当てのものを発見した。ウェルニッケ脳症の治療法は、当たり前だが、欠乏しているビタミンＢ１――チアミンを投与してやることである。美船が本当にウェルニッケ脳症なら、これで症状は改善されるはずである。ぼくはチアミン一〇〇ミリグラムを二パックと、それから発熱しているということはやはりなんらかの感染症が疑われるのでそれ用の抗生物質、点滴用の管、複数の針を持って医務室を出た。

必要以上に人目を気にしながら物置部屋の扉を開けて、鬱々とした陰りに足を踏み入れた瞬間、まったく場違いな爽やかな香りが鼻をついた。林立する棚の合間を縫って進んでいく。もぞもぞと動く気配があった。古びた段ボールが押しこまれた棚の隙間から奥を覗いてみた。新しいふわふわの毛布にくるまれた美船が壁にもたれて、こっくり、こっくりと舟を漕いでいた。かさかさの唇は半開きで、肩を上下するのに合わせてそこから白い靄がのぼる。葵が整えてくれたのだろう、ぼさぼさに爆発していた髪は多少の落ち着きを取り戻し、だらりと前に垂れたそれは地面についで小さくとぐろを巻いていた。

ぼくは美船を驚かせないよう細心の注意を払って棚から身を乗り出した。彼女は反応を示さない。すぐ傍で膝を折り頭の位置を同じくしてようやく、彼女はゆったりと頭を動かしてこちらを見た。雨に濡れた野良犬のようなにおいはすでになく、彼女は清潔な石鹼の香りをまとっていた。ぼくは点滴一式をいったん置いて、天城勝史の部屋で一本拝借してきたミネラルウォーターの蓋を開けた。美船は、ぼくの手元には眼もくれず、ぼくの眼だけを見つめ続けていた。ボトルの注ぎ口を彼女の乾いた唇に近づけてみる。それでも、彼女はそちらを見ようともしない。ぼくは彼女の顎下に軽く右手を添えてから、ボトルをゆっくりと傾けて、半開きになった唇の隙間から水を流しこむ。美船が一瞬びくりとして、それから、唇を閉ざし、こくりと喉を鳴らした。唇の端から零れた滴が顎の先から落ちてぼくの手を濡らした。そこでようやく彼女はぼくの眼から視線を離して、新鮮な水の入ったボトルを見た。前傾姿勢で、もっと水が欲しいとねだるように突き出された唇の先に注ぎ口を近づけて、もう一度、ボトルを傾けてやった。お腹も空いているだろうと思い、ポーチからビスケット——ビタミンも入ったバランス栄養食である——を取り出して適当な大きさに砕いたものも与えたが、これは美船の気に入らなかった。結局、美船はボトルの半分ほどを飲み終えたところで一応の満足を得たらしく自ら唇を離して、また、壁にもたれた。

ぼくは輸液用のパックと管を繋げてすぐ近くの棚の上に固定した。少し待って、まさに骨と皮だけでできたような細く冷たい美船の前腕を持ちあげた。手の平を上にして、だらりと垂れさがる。その指先には、ネズミか、あるいはコウモリにかじられたらしい痕が残っていた。彼女はなんの反応も示さない。視界不良の中、なんとか静脈を見つけ出した。お目当ての位置に針を近づける。そしてそれが触れるか触れないかの際どいところで、美船は鋭敏に危険を察知したらしく、ぼくの腕を振り払ってそのまま毛布を頭からかぶり躰を丸めた。

やはり、こうなったか。事前に多少の懸念はあった。隔離されて外の世界のものを知らずに育った美船は、虫に刺されたり、鍾乳洞に巣くうネズミ等にかじられたことはあっても、己の躰に針を刺された経験などない。経験がないものに対しては、誰だって恐怖を抱くものだ。

「美船」とぼくは努めて優しい声で彼女の名を呼ぶ。

それで反応が返ってくるかどうかはわからない。しかし、美船が、それを自分を示す言葉であると認識している可能性は決してゼロではないとぼくは踏んでいた。もし、天城勝史が美船の世話をする時に、彼女の名を、自らの娘の名を呼んでいたのなら、——妹に対してこんなことをいうのもなんだが、名を呼べば振り向く犬のように、言葉の意味を理解できなくとも、その言葉の響きが自分を示すものだと認識している可能性があったからだ。

「美船」とぼくはもう一度呼びかける。

一分待った。それからもう一度呼びかけると、彼女はようやく毛布から頭を出した。美船、といいながらぼくは、管に繋がれていないもうひとつの点滴の針を取り出して眼前にかざす。わずかな照明の光に呼応してきらり煌めくその先端を、美船はじいっと見つめている。ぼくはそれをゆっくりと動かして、空いた片方の手首につんつんと軽く押し当てる動作をして見せる。それからぼくは美船の腕を毛布の中からそっと引っ張り出してきて、その肌を軽く撫でるように、今度は管に繋がれた方の針の先端を近づける。美船は抵抗の素振りを示したが、それは先ほどと比べればほんのささやかなものでしかない。針の先端を美船の腕から離して、もう一度、管に繋がれていない方の針の先端で自分の手首を軽くつついて、今度は本当に針を刺して見せた。そうしてから、再び美船の腕を取り、目指す静脈に向けて、管に繋がれた方の針を通した。その瞬間、美船はわずかに顔をしかめたが、今度は、腕を振りほどこうとはしなかった。

これは、針が怖いとぐずる子供相手に点滴をしなければならない場合に有効だと、臨床研修中に小児科の先生から教えてもらった方法である。まったく同じ形状の別の針を実際に自分の腕に刺して、針を刺すことは怖くない、危険行為ではないのだということを示す。効果のほどはもちろん個人差があってまちまち――意外なことに幼い子ほど成功しやすい――である。

美船は針とぼくの顔とを交互に何度か見遣った後、十二ラウンドをフルに戦い終えたボクサーのようにぐったりと壁にもたれ、やがて、眠りに就いた。ぼくは点滴を終えるまで彼女の傍に寄り添っていた。

点滴を終えてその後始末をしていた時、美船を覆う、なだらかな曲線を描く布の輪郭の一部分が瞬間的に持ちあがって崩れた。ぼくは彼女に近づき膝を折り、問題の部分の毛布を剝ぐ。美船の右腕が、断続的な軽い震えを帯びていた。

「これは」

ウェルニッケ脳症の症状とはまた違うようだ――と、首を傾げたところで、美船の躰が小刻みに震え出した。また発作かと躰中に緊張を走らせた次の瞬間、なにやらちょろちょろと、水音のようなものが聞こえてきた。もしやと思い美船の下半身を覆っていた毛布を剝ぎ取ると、予想通り彼女は、大きな白いワンピースのスカート部分から下に敷いた毛布にまで広がる巨大な地図を描いていた。

「参ったな」

このまま放っておいては風邪をひいてしまうので、とりあえず下着を脱がし、棚の上にきちんと折り畳まれて置かれたタオル——先ほどぼくが持ってきた三枚のうち、使用されなかったらしい一枚——で水気を拭い、毛布の濡れた部分をぽんぽんと叩いた。着替えは、後で葵に持ってきてもらうとしよう。

葵を捜して大ホールに出たところで勝子とばったり出くわした。

「ああ、兄さん。ちょうどいいところに」勝子はいった。「おばあさまが、食堂に集まるようにと」

東館一階の食堂は、天城邸の中では大ホールに次ぐ広さを有している。奥にはレンガ造りのインテリアではない本物の暖炉があり、上から黒い金属製の煙突が延びて、ぐねぐねと壁を伝って外に続いている。だだっ広い縦長の空間を分断するように、中央に細長いテーブルが置かれ、その周りに、現在天城邸にいる美船を除くすべての人間が集結していた。それぞれの前には、空のグラスが並べられている。

張りつめる緊張の中に長く続いた沈黙を、上座の祖母が二度ほど、声の調子を整えるように咳払いをして破った。

「こうして、皆さまにお集まりいただいたのは他でもありません。本日、十数年ぶりにこの天城邸に戻った瀬野上辰史が、偉大なるご先祖さまである天城勝則子爵の定められたしきたりに則って、天城家を継ぎ、当主となることを承諾いたしましたので、ここに報告させていただきます」

祖母はいったん言葉を区切り、一同を見回した。「つきましては、明日、グループの顧問弁護士を呼び、正式な手続きを――」

「お義母さま」

と落ちついた深みのある声で祖母の言葉を遮ったのは美弥だ。祖母は鋭く尖らせた眼で美弥を一瞥し、ふう、と短く息を吐き捨てた。

「美弥さん。話の腰を折るのは感心しませんね」

「申しわけありません」美弥は素直に頭をさげた。「ですが」

「ですが?」

「今回の決定には、やはり、私は断固として反対いたします」

そんな美弥の宣戦布告から戦争は勃発した。偉大なるご先祖さまの定めたしきたりにあくまでこだわる祖母と、それよりも自らの夫の遺言にこだわる美弥と。あの大人しく美しい美弥がまさかここまで激情をあらわにするとは、とびっくりするぼくに対して、この光景はもはや見慣れたものなのだろう、他の面々はすまし顔だ。

「美弥さん」と一切の反論を許さない断固とした口調で、祖母がいった。「あなたがなんといおうと、この決定が覆ることはありません。あなたも天城家の人間ならばわかっているはずでしょう。偉大なるご先祖さまの定められたしきたりを守ること。それが、なにを差し置いても第一であるということを」

「それは――」

「ともかく、勝史が亡くなり、当主不在の今、この天城家におけるすべての決定権はこのあたくしにこそあるのです。由緒ある血を重んじる天城の伝統として、発言力の大きさはその血の濃さにこそ比例するものですからね」

祖母はテーブルの上で固く組んでいた手をほどいて、肩越しに後方を見て右手をあげた。その視線の先の暖炉わきで姿勢よく控えていた葵が、手近のカートから水筒を持ち出して祖母のグラスに液体を注いだ。

「つまり、美弥さん。あなたが勝史の遺言を守るために、辰史ではなく、勝子さんにこの天城家を継がせようと思うのならば、明日、顧問弁護士が手続きを行う前までに、辰史が跡継ぎとなることに賛成派のあたくしと、雅史と――」

祖母は、ちらりと史絵叔母を見る。叔母はふるふると首を振った。

「あたしはそういうのには一切興味ないわよ。あったとしても、放浪癖のある家出娘に発言権なんかないでしょ」

「――あたくしと雅史の、その死をもって、あなたがこの天城家の実質トップの座に立つ他はないということです。そうなれば、あなたの決定に反対する者は誰もおりませんからね」

「ふん」鼻を鳴らしたのは宗史だ。「つまり、明日までにばあさんと伯父さんが死ねば、勝子はおれのものになるということか」

「宗史、あんたは黙ってなさい」と、すかさず史絵がたしなめる。

祖母はグラスを持ちあげてひと口含み、テーブルに戻してからいった。

「お話は以上です。早速、弁護士に電話をして、明日にでも、この天城邸に、きて、――」

言葉が、途切れた。見ると、祖母は青ざめた顔の、その額に玉のような汗を滲ませて、眼をかっと見開き、右手を胸に当てて、はっはっ、と苦しげな呼吸を繰り返していた。お義母さま、という美弥の言葉と、ぼくと新谷が立ちあがったのと、祖母がテーブルに突っ伏してグラスの中身を派手にぶちまけたのはほぼ同時のことだった。

きゃっ、という由伊の悲鳴。ぼくは祖母に駆け寄り、ぐったりと前のめりになった半身を持ちあげた。これは――、

「アナフィラキシーショックだ」

「あ、アナフィラキシーというと、アレルギーの?」雅史叔父が震える声でいった。「確かに母さんはいくつかのアレルギー持ちだったが――葵さん、あんたいったい母さんになにを飲ませたんだね。いつも飲んでるレモン水じゃないのか?」

「お、大奥さまが好んで飲んでらっしゃる、いつものレモン水ですよう」

「そんなことより、早く、救急車を呼ばないと」

動揺を必死に押し隠したような声で、勝子がいった。ぼくは天城邸へと至るけわしい山道を脳裏に思い浮かべ、それじゃ間に合わない、と首を振る。

「おばあさんはエピペンを所持してはいませんでしたか？　アナフィラキシー用の、自己注射キットなのですが」

「い、いやあ、見たことないねえ」

叔父のその返事を聞くや否や、ぼくは廊下に向かって駆け出す。

「お兄さま、どちらへ」

「医務室へ」

先ほど医務室を物色していた時、ぼくは薬品棚の引き出しの中にエピネフリン製剤の注射器を発見していたのだ。エピネフリン——日本ではアドレナリンと呼ぶのが一般的——はアナフィラキシーにおける治療の第一選択薬で、ショックを起こした際にはすぐに投与する必要がある。気管支を広げ呼吸を楽にして、心臓の働きを促して急激にさがってしまった血圧をあげるのだ。アナフィラキシーは一刻を争う緊急事態だ。だから、ぼくはこうして急いでいる。馬鹿みたいに長い階段を二段飛ばしで駆けあがっている。二階につく頃にはもう息があがっていた。しかし立ち止まるわけにはいかない。医務室までの道程は遠い。あの角を曲がった先のどこまでも続く直線を、短距離走の選手のように駆け抜けていかなければならない。遥か頭上の天井に吊りさげられた豪華絢爛なシャンデリアの放つ、明るすぎず暗すぎない柔らかな光に照らされた廊下を駆ける足音が、ぼくの他にもうひとつあることに気づいた。ぼくはぜえぜえいいながら肩越しに振り返り、ものすごい勢いで後方から近づいてくる足音の正体を探る。高い位置に結われた尻尾を振り乱しながら、長いスカートの裾を両手でたくしあげ真っ白なタイツをむき出しにして駆ける人影は葵だった。葵はあっという間にぼくと並ぶ。

「お手伝いいたしますよう」

そういった葵はまったくといっていいほど息を切らしていない。

「薬品棚の、二段目の、左の、引き出しの、注射器を」

「わっかりましたあ。葵さんにお任せあれ！」

ぼくを追い抜いた葵はぐんぐんと速度をあげていく。対するぼくは急ブレーキがかかったように減速し、膝に手を当てて、だらしなく口を開き舌を伸ばして、喘ぐように酸素を求めた。それからきた道を引き返す。階段の踊り場の辺りで葵がもう追いついてきた。

「辰史さまあ、これでいいですかあ」

差し出された葵の左手には、透明の保護フィルムに包まれた注射器が握られていた。それは確かにエピネフリン製剤の入った注射器だった。
「これです。これです」
「それじゃあ、急いで食堂に戻りましょう」
食堂に戻ると祖母はすでに虫の息になっていた。兄さん、一応、救急車は要請しておきました
よ、という勝子の報告に頷いた。注射器の保護フィルムを破り、針を覆っていたカバーを歯で咥
えて引き抜き、そのまま勢いをつけて祖母の右太ももに針を突き刺した。それから聴診器を装着
して祖母の胸元に差し入れた。
まずい。
「呼吸停止!」
叫んだが、挿管のための準備をしてくれる看護師はここにはいない。絶望に打ちひしがれなが
らもぼくは、医者の端くれとしてできる限りの処置を試みる。だが、――それは結局、功を奏さ
なかった。
「死亡時刻、午後五時三十七分」
ぼくが時計を見ながらそういうと、わっと泣き声があがった。振り返ると、由伊が、床に膝を
ついて顔を両手で覆いながら肩を震わせていた。

「そんな、まさか、こんなことが」

その呟きは、前方から届いた。美弥が、ぐったりと力なく椅子に背を預けて高い天井を見あげていた。

「辰史くん」と名を呼ばれて振り返った。すぐそばに叔父の顔があった。「ご苦労さま。――ところで、アナフィラキシーといっていたが、原因はいったいなんだったんだね」

「わかりません」とぼくは正直にいった。それから食堂入口の扉の前で背筋をぴんと伸ばして立ちすくむ葵に声をかけた。「葵さん、先ほどおばあさんが飲んだのは、レモン水だということでしたが」

「あ、はい。そうです」

「いつも飲んでいたというのは」

「本当ですよう。一日に、あの水筒一本を飲まれるんです。それで毎朝、あたしが新しいものをお作りして冷やしておいて、大奥さまが欲しいとおっしゃったときにあたしがそれをお持ちすることになっていたんです」

「なるほど」今度は叔父に訊いた。「おばあさんがいくつかのアレルギー持ちだというのは?」

「ああ、そうだね。結構なもんだったよ。まずソバがダメだろ、それから生卵に、カニ、ピーナッツ――」

「牛乳に大豆もよ」と叔母が補足した。

「それじゃあ、食事も相当厳しく管理されていたんですね」

「ええ、それはとても」と葵が答えた。

きゅぽん、と音が鳴った。顔をあげると、暖炉わきに置かれたカートのすぐ傍に新谷の姿があった。彼女は件の水筒を手にしていて、そして今まさにそのキャップを開けたところらしい。彼女は、水筒の中にレモン水以外のなにかが混入していたと考えたようだった。確かに理にかなった考え方である。彼女は中身を手近にあったグラスに移し替える――ことなく、水筒をいきなり逆さにして、床にぶちまけ始めた。

「い、いきなりなにをしとるんだね、あなたは」と叔父が狼狽の声をあげた。

「あぁあ、お掃除が大変だぁ」とぼやく葵の声が後ろから聞こえてきた。

きらきらと輝くレモン水が一本の滝となって勢いよく流れ落ち、ぴちゃぴちゃと音を立てて床を叩く。水流は少しずつ弱まり、滝は雨に変わり、数粒の滴となって、やがて、止んだ。だが、新谷はまるで拷問のように水筒を逆さにし続ける。空っぽの水筒は応えない。新谷はそれを許さず今度は上下に激しく揺さぶって見せる。

やがて、
ぬるり、――と、空っぽのはずの水筒の口から姿を現したものがあった。水筒の口にへばりついてしばらくとどまっていたそれは、新谷がもう一度、上下に振ってやることでずるりと弾かれ、べちゃりと音を立ててレモン水の湖に着水した。

「な、なんだ」叔父が声をあげた。「なにかが出てきたぞ」

新谷は腰をかがめて、それを指にすくい、ぺろりと舐めた。

「ちょ、ちょっと、しんちゃん」

彼女の突飛な行動を制止しようと思ったのか、勝子がつかつかと歩み寄る。新谷はそんな勝子をちらと見て、にやりと笑みを浮かべた。

「実に美味い。まったく、明日の朝が今から楽しみですよ、このピーナッツクリームをサクサクのパンに塗って食べたら、最高でしょうね」

「なるほど」ぼくは納得の声をあげた。「アナフィラキシーの原因はそれか」

「そ、それ、まさかゆかりの作ったピーナッツクリームなのか？」

「ピーナッツクリームなんて、いったい、なんでそんなものが水筒の中に？」と、葵が首を傾げる。

「そんなの、決まってんだろ」

その声に振り向くと、椅子にもたれた格好の宗史がにやにやといやらしい笑みを浮かべていた。

「ばあさんに死んでもらいたいと願っていた誰かが入れたんだよ。ばあさんがピーナッツアレルギーだってことは、この家にいる連中なら誰でも知ってるんだからな」

「つまり、これは、殺人、だと？」

叔父が、殺人という言葉の重みを噛みしめるようにゆっくりとした口調でいった。

「ピーナッツクリームがひとりでに動き出して水筒を開けてその中に入ったっていうんなら話は別ですがね」と宗史が飄々（ひょうひょう）といった。

「とにかく、警察にも通報します」と勝子はいった。

食堂の隅に座りこんで、ぐずぐずと鼻をすすっていた由伊が、ぼそりと呟くようにいった。

「ひどい。いったい、誰が、こんなことを」


「遅いですね」と勝子はいった。「通報してからもう三十分経つというのに」

「たぶん、雪のせいじゃないかな」と、テーブルの上に突っ伏していた叔父が顔をあげる。

「いや。雪はふっていないようですね」窓際に立っていた新谷がカーテンをめくりその向こう側を眺めながらいった。

そしてまた、沈黙が訪れた。

相続問題が持ちあがっている現在の天城邸において、もっとも強い発言力を持った祖母が殺害された。それに、ぼくが使用するはずだった部屋に残されていた警告などからも、犯人の目的は明らかすぎるほどに明らかだった。犯人は、ぼくがこの天城家を継ぐことを阻止しようとしている。だが、そう考えるとひとつ不可解なことがあった。それはもちろん、犯人はどうして、このぼくではなく、祖母を殺したのかということだ。ぼくがこの家を継ぐことを阻止するのにもっとも確実で簡単な方法は、当たり前だが、ぼく自身を亡き者にしてしまうことなのだ。死んでしまった人間に家は継がせられない。それなのに、犯人はどうしてそれをせず、まず祖母を殺したのか。祖母を殺したところで、祖母の意見に賛成派の叔父が次の権力者となるだけで、意味はないように思えるのだが。祖母を殺すことでぼくが怖気づいて辞退するのを期待しているのだろうか？　いや、どうせ人をひとり殺すのならば、そんな博打のためではなく、もっと確実性のある方を選ぶはずだ。

考えれば考えるほどわからなくなってきた。犯人の目的は本当にぼくに家を継がせないことなのだろうか、それとも、そうと見せかけたかっただけで、他になにか狙いがあるのか――。

不意に聞こえたベルに物思いを破られる。顔をあげて音の出所を探り見ると、ちょうど葵が入口わきの受話器を取りあげるところだった。

「はい。天城でございます。――え？」

葵のあげた呆けた声に、ぼく以外の面々の視線もそちらへと向けられることになる。

「はい。はい。わかりました。失礼いたします」

受話器を置いて振り返る。どうかしましたか、とぼくは訊いた。葵はうつむきしばらく躊躇していたが、やがて意を決したように顔をあげていった。

「あのう、落ちているそうなんです」

「落ちている？　なにが落ちているんですか？」

「その、吊り橋が、なんです」

葵がいかに明るくお茶目な性格だとはいっても、この緊迫した場面でそんな笑えないジョークを飛ばすほど非常識だとはぼくには到底思えなかった。ならば葵の放った言葉は真実なのだろう。しかし同時に、その言葉を信じられない、信じたくないと思ったのもまた事実だった。そこで真偽を自らの眼で確かめるべく、ぼくと勝子と新谷とが問題の吊り橋の様子を見に行くことになったのだ。部屋からコートを取ってきていざ外に出た瞬間、室内からでは気づかなかった強風を受けて一気に体温が奪われ、その急激な落差に本能的に危険を感じたらしい躰が激しく震え始めた。轟々と吹く風に立ち向かって白い砂浜に足音を刻みつつ陰鬱な森を抜ける。前方に、明かりが見えた。救急車の放つ光だった。そしてその手前には、なにもかもを呑みこまんと大口を開けた断崖絶壁がぼくたちを待ち構えていた。おうい、と対岸に向けて勝子が声を張りあげた。しかし、それは谷底からの風に吹かれ一瞬のうちに微塵(みじん)と化してしまった。

新谷がきょろきょろと周囲を見回してから、斜め後方にあった一本の木に近づいていった。大の大人が五、六人手を繋いでようやく一周できるような立派な幹には太いロープが何重にも巻かれていた。新谷はステッキを逆さに持ち替え、幹からだらりと垂れて雪の中に身を隠したロープに柄の部分を引っかけて勢いよく持ちあげた。雪の中からロープが跳ねあがり、新谷がナイスキャッチする。新谷は肩越しに振り返って、ぼくにこっちにくるようにとジェスチャーを送ってきた。なんですか、といいながら彼女に近づいた。

「ご覧なさい」

と彼女が突き出したロープの先端を見て、ぼくはハッと息を呑んだ。ロープの先端には滑らかな切り口があった。それは何者かが、ナイフや斧のような鋭利な刃物を用いて意図的にロープを切断し、吊り橋を落としたことを示していた。

極寒から帰還し、事実をありのままに報告すると、突然、叔父が乱暴にテーブルを叩き、椅子を蹴って立ちあがった。

「お父さま?」と由伊が不安げな声を洩らす。

「こんなところにはいられない」叔父はいった。「橋がこちら側から落とされていたということは、犯人はこの中にいる誰かということだろう」

正確には、その可能性が高いというだけで、外部犯の存在を完全に否定することはできないのだが。

「殺人者と一緒の部屋になんかいられるか。ぼくは部屋に戻るよ。部屋に戻って、鍵をかけて、警察が到着するまで一歩も外に出ない。犯人の目的が、辰史くんに家を継がせないことだとしたら、次に狙われるのはぼくか、辰史くん本人なんだ。そうだろう？　だから辰史くんも同じようにした方がいいよ、きっとね」

叔父が肩を怒らせて歩き扉のノブに手をかけた、その時だった。

「今この場で、すべてを終わらす方法がありますよ」と宗史が声をあげた。「これ以上、誰の身にも危険が及ばない方法が」

叔父は肩越しに振り返り、睨むような視線を宗史に向けた。「それは？」

「伯父さんが、その男を天城家の当主だと認めなければいい。そして、勝子に家を継がせるんです。犯人が誰だかは知らないが、その目的が、その男に家を継がせないことだとするならば、それで、すべてが一件落着だ。でしょう？」

「それはできない」と叔父は即答した。「ぼくは絶対に、辰史くんにこの家を継がせる。それだけは譲れないんだ」

「やれやれ。自分の命が危険にさらされているというのに、カビの生えた古くさいしきたりがそんなに大事ですか」

「その古くさいしきたりに縋ってしか、想い人を手に入れる方法がないきみがそれをいうのかね」

「ふん」と実に面白くなさそうに宗史が鼻を鳴らす。

「しきたりは、大事だ。それは、天城の人間なのだから当然のこと。きみにはわからんかもしれんがね。だが、それだけじゃない」

「といいますと？」

「きみには関係ない」

叔父は吐き捨てて食堂を出ていった。やれやれ、と呟きながら、続けて宗史が席を立つ。

「おれも部屋に戻らせてもらうよ。誰だか知らねえが、おれの都合のいいように動いてくれてるやつがいるらしいからな。まったく、ありがてえこった。さあさ、果報は寝て待つことにするさ」

宗史が食堂を去り、残された人たちはそれぞれの席に根を張って微動だにせず、ことの動静を見守っていた。ぼくはそこで、肩を縮めてうつむく由伊の、だらりと垂れた髪の隙間からのぞく顔色がひどく悪いことに気づいた。由伊、とぼくは彼女に声をかけた。由伊はぼくを見、顔にかかった髪を払うように頭を揺さぶった。

「顔色が悪いな。少し、休んだ方がいい」

「あの、私、平気です。お兄さま」

由伊は、とても平気だとは思えないほどひそやかな声色でいった。

「でも、本当に顔色が悪いようだぞ、由伊さま」とゆかり。

「そうですよう。仮にもお医者さまが休めといっているのですから、少し、お休みになられたらどうですか？」と葵。

「仮にもっていうのは、少し傷つくな」ぼくが冗談めかしていうと、葵は悪戯っぽく小さく舌を出して見せた。ぼくは由伊に向き直る。「まあ、こんなでも、医者のいうことは聞いておいた方がいい。医者の誤診率ってのは、意外かもしれないが、実はそれほど高くはないんだからな。信用してもらっても構わないぞ」

由伊は口元にわずかな笑みを浮かべて、ようやく頷いた。

「部屋まで送っていくよ」

「ありがとうございます。お兄さま」

食堂内に満ちた空気がやたら息苦しいと感じていたのはどうもぼくだけのことではなかったようで、廊下に出て扉を閉めた瞬間に、由伊は張りつめた緊張の糸が切れたかのように、足元から崩れ落ちそうになった。

「おっと」ぼくはとっさに彼女を抱き留めた。「大丈夫かい？」

「は、はい」彼女は、ぼくの胸に片頬を当てたままでいった。「力が、抜けちゃって」

「無理もない」

背中に回した手でさすってやる。

「お兄さまの手、懐かしい」

「うん?」

「私が泣いた時、お兄さまはいつもこうして私の背中をさすってくださいました」

「そうだったかな」

「お兄さまは、覚えていないんですか?」少し不満げな様子の由伊がぐりぐりと頭を押しつけてきた。「まったく?」

「まあ、おぼろげになら」とぼくはしどろもどろにいった。

「私はまるで、昨日のことのように思い出せます」

ぼくは彼女をゆっくりと立ちあがらせた。それから、ふらふらとおぼつかない彼女の肩に手をやって支えながら歩き始めた。緩やかに、狭く、音を立てることなくぼくたちは廊下を進む。大ホールに出るまでぼくたちの間に会話はなかったが、居心地は悪いものではなく、むしろ、穏やかな安寧すら感じられた。

「ひとつ、訊いてもいいかな」大ホールに入った時ぼくはようやく言葉を発した。「さっきの、叔父さんのことなんだけど」

「はい」

「叔父さんが、しきたり以外で、ぼくにこの家を継がせようとする理由って、いったいなんだろう？——由伊はわかる？」

「それは」と由伊はいいよどみ、下唇を噛む。「その、これは、私の、想像でしかないのですが——」

「構わないよ」

「えっと、あの、その、これは、お兄さまだからこそお話するのであって、あの、他の方には決して」

「大丈夫、いわないよ。医者は口が堅いんだ」

ぼくの言葉に由伊は、ありがとうございます、と頷いた。

天城勝史とその弟、雅史はひとつ違いの兄弟である。彼らは昔から、似ていない兄弟だといわれてきたそうだ。顔つきだけのことではない。彼らは、なにもかもがまるで正反対だったのだ。躰が弱く、口も性格も悪く、酒癖煙草癖さらには女癖まで悪いが、なにかにつけて優秀な兄勝史と、痩身のわりには病気ひとつしたことない頑強な躰を持ち、柔和な性格で人当たりもいいが、その他にはなにひとつとして誇れるものがないといわれた弟雅史。

「お父さまは、いつも、伯父さまと比較され続けてきました」

血縁的にも、グループにおける名目上の立場においても、弟は、常に兄の監視下に置かれて、なにをするのにも兄の許可を必要とした。

「それでお父さまは、伯父さまに対して、強い劣等感を抱いていたのです」

そしてその劣等感を、最大にまで高めたできごとがあった。結婚である。弟が結婚相手に選んだのは、グループのとある会社で出会った女性で、それはとても美しい人だった。女好きで知られた兄とは違い、弟は女性に関して非常に内気な性格だったが、女性からの積極的なアプローチが、彼の心を開く結果になった。しかし結婚後しばらくして、彼は、とある事実を耳にする。

「その方は、私のお母さまは、お父さまと出会うより以前に、伯父さまとお付き合いをしていたことがあったのです」

それは、社内では周知の事実だったらしい。愚鈍な弟だけが、その事実を知らなかったのだ。弟は裏で、できの悪い弟は兄貴が使い古したおさがりの女をいただいている、とバカにされ、結婚した女性もまた、できの悪い弟にしがみついてでも天城本家との関係を持ちたがった小賢しい女だ、とこけにされたという。

「そんなことが」

「あったそうなんです。前に、お父さまがお酒を飲んで酔っぱらってしまわれた時に、独り言のように呟いてらしたのを偶然、耳にして」

由伊は、西館二階の自分の部屋のベッドに腰かけて、足をゆらゆら揺らしながら、閉じた両太ももにできたくぼみの上に乗せた拳を見つめながらいった。

「私は、お二人の愛はとても純粋なものであって、そんな、周囲の心ない方々がおっしゃったような、裏などは決してなかったと信じています。それでも、いえ、だからこそ、お二人はずいぶんと悩まれたと思います。そのことが原因かどうかはわかりませんが、結婚から数年後、お母さまは私を生んで間もなく、自ら命を絶たれました」

叔父は兄である天城勝史に対して強い劣等感を抱いていた。それは、あらゆる面においてのことだ。そんな叔父が、天城勝史の子であるぼくに天城家を継がせようとしている。それは、天城勝史の遺言に反することだ。叔父は、反抗しようとしている。常に自分の上に立ち続け、自分を見くだし続けた兄に対して。自らに、計り知れない劣等感を抱かせ続けた兄に対して。そうすることで、自分はもう、兄のいいなりなどではないのだぞ、という意思を表明しようとしているのではないか、というのが由伊の推論だった。

「お兄さま」といって由伊は顔をあげた。「お茶をお持ちしましょうか」

「いや、いいよ。それより、長話をさせてしまって悪かったね。そろそろ横になった方がいいな。まだ少し顔色が悪い」

由伊は頷いたが、すぐに行動を起こそうとはしなかった。

「あのう、お兄さま」

「うん?」

「横になる前に着替えたいので、その」

「ああ、すまない」ぼくは立ちあがる。「悪かった」

由伊の部屋は多少、少女趣味的なところがある。家具はシンプルでスタイリッシュな北欧デザインで統一され、それぞれの色も多種多様で鮮やかだ。チェアには大小様々なテディベアが洩れなく腰を据え、チェストの上には小物が無数に並べられて、壁にかけられたコルクボードにはモノクロの風景写真が貼りつけられていた。ベッドの反対側の壁には百インチ超のプロジェクタースクリーンが吊りさげられていて、両脇には、ぼくの腰くらいの高さと、ぼく二人分の幅を持った圧倒的な存在感を放つスピーカーが二基置かれていた。そのすぐ傍にCDラックが並んでいる。

「やたらCDが多いね」

「音楽鑑賞が趣味なんです」

「なにを聴くの?」

CDラックを見つめたままそんな質問をして、思い出した。由伊は確か三歳頃からピアノとヴァイオリンを習っていたはずだ。ならば、やはり主にクラシックなどを聴くのだろう。あのう、と由伊がなにやら口ごもったので振り返ると、彼女は少し恥ずかしそうに顔を赤らめていた。

「その、主にヘヴィ・メタルなんかを」

意外だな、と思いながらCDラックに近づいて、ずらりと並べられたCDケースのラベルを見た。

「ジューダス・プリースト、アイアン・メイデン、メタリカ、ブラック・サバスにスレイヤー」

まさに王道のラインナップである。

「お兄さまも、メタルを聴かれるのですか?」

由伊の声が、なんだかうきうきしているように聞こえたのは気のせいだったろうか。

「まあ、どちらかというと、よく聴く方かな。海外ものがメイン?」

「ジャパメタもありますよ」

眼を皿にしてCDケースの文字を追う。

「アンセム、アースシィエカー、ラウドネス、人間椅子にX。最近のものは少ない感じかな」

「いわれてみれば、そうかもしれませんね」由伊は下唇に可愛らしく指先を当てて「うーん」と唸る。

「一番好きなバンドとかってある？」

「そうですね。一番好きというわけではありませんけど、最近はエレクトリック・ウィザードとかをよく聴きますね」

「それはかなり渋いよ。ドゥームだよね」

「最近、ハマり始めたんです」

「へえ。なにかきっかけでもあったのかい」

「恥ずかしながら」といって由伊は本当に恥ずかしそうに顔を紅潮させた。「以前はスラッシュ・メタルばかり聴いていたのですけれど、そのせいかどうか、最近になってどうも聴力が落ちてきたようでして」

ぼくはあのでかいスピーカーをチラ見して、

「なるほど。あのスピーカーを使って、爆音で鳴らしてたんだな」

といった。彼女は両頬に手を遣ってうつむいてしまった。

「特に高音が聞き取りにくくなりまして、それで、低音重視のドゥームに手を出してみましたところ」

「ハマったというわけだ。気持はわかるよ。ぼくは元祖ブラック・サバスや、その直系ともいえる人間椅子が好きだけど、妙な中毒性があるよね」

「ええ、ええ。そうなんですよね」由伊の眼がきらきら輝いている。「さすが、お兄さまはご趣味がよろしいです」

「そうかな」ぼくは苦笑する。一般にドゥーム・メタルはかなり人を選ぶジャンルなのだけれども、それを趣味がいいといえるからには、由伊は相当なレベルでハマっているらしかった。

その後しばしメタル談議に花が咲いたが、ぼくはその話の途切れるタイミングを計り、気になっていた質問を由伊へとぶつけた。

「ところで、病院にはいったのかい」

「え？」

「耳の」

「あ、いえ、その、まだです」

「鼓膜が傷ついているのかもしれない。早めに治療した方がいいね。なんなら、ちょっと診てあげようか」

「え？――」由伊が顔をあげた。

「鼓膜が傷ついていないかどうか。医務室に器具があったと思うし、すぐに終わるよ」

「え、ええと」

由伊は再びうつむいてなにやらもじもじしていたが、やがて、顔をあげて申しわけなさそうにいった。

「その、遠慮、しておきます」

「そう？」

「は、はい。お兄さまにそんなことされたら」

「されたら？」

「恥ずかしくて死んじゃいます！」といって由伊はベッドに潜りこんでしまった。


「それじゃあ、そういうことでよろしく頼むよ」

「了解しましたあ」

由伊の部屋から出たところで、そんな会話の断片が聞こえてきた。周囲を探ると、隣の部屋——雅史叔父の部屋だ——の扉を葵が今まさに閉じようとしているところだった。ぼくは美船のことで彼女に頼みたいことがあったのを思い出して声をかける。

「葵さん」

彼女はぴんと背筋を伸ばしたまま顔だけをこちらに向けた。

「あ、辰史さま」

「叔父さん、どうかしたんですか」

「いえいえ、別になにも問題はありませんよう。史絵さまをお部屋にお届けしにきたついでに、雅史さまに夕食のことについて少しお話を」

「夕食の？」

「はい。食堂で召しあがるのか、それともお部屋で召しあがるのか」

「ああ、なるほど。他の人たちももう部屋に戻ったんですか？」

「美弥さまはあたしたちが食堂を出るより先に席を立たれましたから、正確にはわかりませんけど、おそらく、お部屋にいらっしゃるかと。その他の皆さまはまだ食堂にいらっしゃるんじゃないですか？」

「なるほど。ところで、美船の件でちょっとお願いしたいことが」


その薄暗い物置部屋にはまるで場違いな存在である美弥が、棚にそっと手を置いたまま佇み、自らの子である美船を見おろしていた。

「この子の顔を見たのは、今日が、初めてのことです」と美弥は唐突にいった。棚から離した手をお腹に当てて、彼女は続ける。「このお腹に命を宿してから四十週も一緒にいたのに。出産後、私はこの子の顔をひと目見ることも許されずに、ただただもうろうとする頭を抱えて、あがったばかりの産声が遠ざかっていくのを聞いていました。そして扉が閉まる音を最後にその声はひたと止み、代わりに、耳元でお義母さまの囁き声が聞こえてきたのです。美弥さんや、残念ですけれど、あの子は鬼の子でありました」美弥は振り返り、薄暗闇の中に輝く瞳でぼくの眼を射た。「あれから十六年。私は、この子のことをなにも知らされず、なにも聞かされずに時をすごしてきました。最初の頃は、この子が今どうしているのか心配で心配で、ご飯も喉を通らなくなってしまって、私の方が倒れて入院する始末でしたが、私は、天城家の娘です。天城家の中でも歴代の当主とその配偶者にのみ伝えられてきた裏のしきたりの重要性というものをようやく理解していました。だから、必死に自分を納得させようと懸命に努力しました。その結果が——白状してしまいますと、私は今の今まで、完全にこの子の存在を忘れていました。母親失格と思われるかもしれませんが、そうやって完全に忘れてしまわなければ、私はきっと、耐えられなかったのですね。そうまでして忘れたこの子を、思い出すきっかけになったのは、あなたが、この家を継ぐことを承諾したという、先ほどのお義母さまの言葉でした。昨日、勝子から話を聞いた時には、あなたはそれを断るつもりだったという。それなのに、あなたは昨日の今日で心変わりをしてしまった。これには、なにかしらの理由がある。私はそう考えました。実は昨日の勝子からの報告は、あなたがそれを断るつもりでいるというお話は、私と共にお義母さまも聞いてらしたのですが、その時、お義母さまはただひと言、そうですか、とおっしゃるばかりでさしたる動揺も見せませんでした。あれだけあなたに家を継がせる姿勢を堅持していた方の態度としては、あまりにもおかしいではありませんか？　それで、私は思ったのです。お義母さまにはなにか、秘策があったのだと。あなたを、確実に説得するための切り札が」

「それが、美船だと」

美弥は頷いた。「もちろん、この子がまだ生きていればの話でしたが、お義母さまなら、この子の存在を取引の材料として使うのに、なんの躊躇いも持たないでしょうからね」

「なるほど」

「それで、もしやと思いここへきたのですが」

「大正解でしたね」

「まさしく」美弥はどこか満足げに頷いた。「あなたは私の予想通り、この子のことでお義母さまに脅されるような形で、意見を変えざるを得なかった。そういうことで、よろしいのですね」

「そうですね」とぼくは正直にいった。「でも、実はそれだけが理由じゃないんですよ」

「え？」

「ぼくの心変わりには、もうひとつ理由があるんです」

「まさか」美弥は、少しからかうような声色でいった。「美しく成長した由伊さんを見て、という、そんな理由ではないでしょうね」

「ぼくはあの男とは違う」自分でも驚くほど冷たい口調で、ぼくはいった。美弥も驚いた様子で眼を瞠った。ぼくは取り繕うようにひとつ咳払いをした。「ぼくが心変わりした理由は、美船と、もうひとりの妹である勝子、ぼくにとって大切な二人の妹を救おうと思ってのことなのです」

「救う？　この子はともかく、勝子を救うとは、いったい」

「あなたが自分の――いや、天城勝史の意見を押し通して勝子にこの家を継がせるということは、勝子があの宗史さんと結婚させられるということになるわけです」

「それが」

「先ほどの、勝子の部屋の前での騒動を聞いていたでしょう。あなたは、あんな男と自分の娘を結婚させるつもりなのですか」

　美弥は無言だった。

「少なくともぼくは、あんな男のところに大切な自分の妹をいかせるつもりはありませんね。本人がそれを望んでいるのならともかく、勝子は、彼のことを――特別好きというわけでもなさそうですしね。結婚というものは互いが望み、望まれてするものでしょう。望まない結婚は、当人たちにとっても、いつか生まれてくる子供にとっても、不幸なものでしかないんだ」

　だからこそぼくは、由伊には本当に申しわけないと思っていたし、できれば、なんとかしたいと思っていた。由伊には、古くさいしきたりに縛られることなく、自分が心から愛する人と幸せになってもらいたかった。

「しきたりに当事者の意思などは関係がありません」美弥はきっぱりといい切った。「この天城家においては、偉大なるご先祖さまの残されたお言葉は絶対なのです」

「しきたりが絶対だというのなら、あなたは何故、しきたりに反した男の意見を押し通そうとしているのですか」

「それは」

美弥は、四十代の終わりにさしかかったとは到底思えない美しい顔を苦々しく歪めた。

「それは？」

「それが、あの人の意思だからです」

「そのいい分が矛盾だとわからないあなたではないと思いますが」

「もちろんですとも」美弥は静かに、けれども力強くいった。「私は天城家の娘です。幼少の頃より、由緒ある天城に連なる者として相応しい人間となるようにと厳しい教育を施されて、特に子爵の定められたしきたりについては、その重要性というものを骨の髄に染み渡るまで理解させられ、私自身、それを充分に承知しているつもりです。そしてあの人は、当然ながら、私以上にしきたりの重要性を熟知していました。事実、あなたが生まれてすぐの頃——とはいっても、四つか五つになる頃までは、あの人はあなたに家を継がせるつもりでいたのです。あなたは、誰がなんといおうと、確かに天城家当主天城勝史の第一子なのですからね。それがある日、突然に覆されたのです。あの人はとても頑固で、よほどの理由がない限りは、一度決めた自分の意見を覆すようなことはしませんでした。だからあの人が急に意見を変えたのには、なにか深い理由があるに違いないのです。それがなんなのかはわかりませんが、私は、あの人の意思を尊重したいと思っています。それが例えしきたりに反することであっても。あの人の存在は、私にとって、それほどまでに大きいものなのです。幼少期に形作られた根源的な価値観を揺さぶるほどの影響力を、あの人は私に対して有していたのです。それがなんなのか、あなたにはわかりますまい。──それは、愛なのです。私は、あの人を、あの人のことを、今でも、心から愛しているのです」

当時の記憶と気持とを掘り起こして書いていると、ぼくは今でも、非常な苛立ちを覚えて胃がむかむかとしてくるのだ。それは、ここまで思ってくれる人がありながら、その人の付き人で親友でもある母に手を出した天城勝史に対する、嫌悪感である。確かに、あの男が女好きな性格で、それで母に手を出さなければ、ぼくはこの世に生まれていなかった。とはいえ、それとこれとは話が別だ。それは単なる結果論にすぎない。天城勝史は、最低の男だ。その評価は、美弥を不憫(ふびん)に思ったあの男が、自らの過ちを償うために天城家絶対のしきたりに逆らってでも、ぼくではなく正妻の子である勝子に天城家を継がせようとした、というぼくの好意的解釈がもし正解だったとしても到底覆るものではない。

「だから私も苦しいのです。しきたりを守らねばならないという気持と、それに反する、愛する人の思いを守りたいという気持が、心の奥で、ミキサーにかけられたように、ぐちゃぐちゃに混じり合っているのです。その結果が、今のこの私の矛盾です。そんなことは、私にだってわかっているのですよ。でも、こればかりは、どうしようもないことなのです」

わずかな沈黙が訪れた。それから、美弥が仕切り直すように口を開いた。

「辰史さん。この件に関しましては、また後で話し合いの場を設けることにいたしましょう。あなたは、一度はお話を断った、そしてそれは、確かにあなた自身の意思だったはずです。それが、お義母さまの卑劣な策によって意見を変えざるを得なくなった、その事実はきちんと認識していただかなければなりませんよ」

つまりぼくが美船に関することで祖母に脅されたという事実が、美弥にとっての切り札となり得るということを彼女はいいたいのだ。

美弥は物置部屋を去っていった。その間際、彼女は肩ごしにちらりと美船を見た。扉が閉ざされてから、ぼくと一緒に物置部屋にきていたが、美弥に見つからないようずっと棚の陰に身を隠していた葵が、聞いてはいけない話を聞いてしまった、とでもいいたげなばつの悪そうな顔をして出てきて、「いやはや、あたしのような部外者が聞いてはいけない話を聞いてしまったような気がします」と実際にいった。「これが家政婦の、いや、メイドの宿命というものなのでしょうか？」

それからぼくはここへきた本来の目的を遂げるため、葵に事情を説明した。棚の上に丸めて置いておいた、美船が汚してしまった下着とぐっしょり濡れたタオルを持っていったん廊下に出た。

「とりあえず、これはぼくがリネン室に持っていきますから、葵さんは美船の着替えを――」

物置部屋とは違う、すべての色彩をくっきりと描き出す照明の下で、手にした布地の固まりに視線を落として、とある事実に気づいたぼくは、自然と言葉尻が小さくなる。

「辰史さま？　どうかされましたか？」

訝（いぶか）しげに問う葵の言葉を無視して、ぼくは手にした球体の皮を剝ぎ取り、中身を晒した。

「あ、あの、それ、一応あたしの下着なんですから、あんまり見ないでくださいよう。くぅ、こんなことなら、もうちょっと可愛いのを選んでおくべきでした。いっそのこと勝負下着とか！」

ぼくはまたもや葵の言葉を無視して、美船に染みをつけられて小さく丸められたシンプルな下着を凝視し、それから、鼻を近づけてにおいを嗅いだ。

「ちょ、た、辰史さま、まま、まさか、まさか辰史さまにそんな趣味がおありだとは。で、でも大丈夫です。きっと、由伊さまなら、由伊さまなら受け入れてくださいますとも。ええ、きっと、間違いありません！」

「これは」とぼくは三度、葵の言葉を無視して、むんと立ちのぼる臭気の元から鼻を離していった。コーラを水で割ったような褐色の液体に浸食された白い布地。くらくらと立ちくらみを覚えそうなほど強いアンモニア臭に混じるかすかな鉄のにおい。これは間違いなく、「血尿だ」

「え？」葵が、呆けた声をあげた。「血尿、ですか？」

「そうです。血尿の原因が尿路にあるなら通常、尿に赤いものが混じる。でもこれは尿が微褐色に染まっている。これはつまり、腎臓がやられているということなんです。腎不全の兆候ですよ。やはり、ウェルニッケ脳症だけじゃない――」

9

あたしは夢を読む。

読む、というこの表現はあたしのような活字中毒患者にならよくわかってもらえると思うのだが、そうでない人たちには中々イメージしづらいものなのかもしれない。普通、夢は映像で見るものだ。だが、あたしは普段から、夢が映像ではなく、文章で表現されるのである。そしてあたしは、夢の中でそれを読んでいる、夢を読むわけである。

◇

暮れなずむ夕闇の下、最近の過保護にすぎる親たちの申し入れにより完全に遊具の撤去された人気のない寂れた公園のベンチに黒づくめの男がひとり座っている。両手を強く握り締めた男はやたらに長い背を丸め足元を往くやけに弱った様子の一匹の蟻をじっと見つめ、やあ、と声をかける。

元気かい、と男は問う。

まあそれなりにね、と蟻は答える。

それにしてはずいぶんと弱っているようだけれど。

わかっているんじゃない、と蟻は反発するようにいう。嫌味のつもりで訊いたの？

いや、気を悪くしたら謝るよ、と男は素直にいう。

冗談よ、からかってみただけ、といって蟻は含み笑いを洩らす。

足をどうしたの。

踏まれたのよ、さっき人間の子供が急に駆けてきた時にね、躰半分だけ。

そう、災難だったね。

そうでもないわ、と蟻は触角を左右に振って見せる。

どうして？

一緒にいた他の子がね、全身を踏まれちゃったの、眼の前で、それに比べたらね、あたしなんて大したことはないわ。

ああ、それはお気の毒に。

人間って、どうして自分の足元に注意を払わないのかしら。

すまないね、傲慢な生き物なんだ、人間って、と男はいう。ところで、踏まれたその子は死んだの？

生きてるわ、蟻の生命力をバカにしないでちょうだい。

これは失礼。

まあ、ゴキブリほどじゃあないけれど、それでも中々のものなのよ。

なるほど、ところで、ひとりだね、いや、この表現が正しいのかどうか、ぼくにはちょっと自信がないのだけれど、と男はいう。

表現は問題じゃないわ、と蟻は澄ました口調でいう。ひとりよ。

その踏まれた子はどうしたの、と男は問う。

さあ、と蟻は考えこむように触角を垂れさげる。たぶんまだそこにいるわ。

助けないの？

どうやって？

方法はわからないけれど。

まあ、無責任ね。

ごめん。

いいわ、ところで、そろそろいいかしら、帰るところなの。

ああ、引き止めて悪かったね、と男はいう。遅くなると家族が心配するだろうから、気をつけてお帰り。

家族って？

お父さんとお母さん。

きみをこの世に作り出してくれた人、いや、蟻かな？

表現は気にしないで。

ごめん。

いいのよ、とそういって蟻は笑う。それより、あたしは最初からひとりよ、あたしをこの世に作り出したのは、神じゃなくて？

神なんかいない、と男は強い口調で断じる。

いない？

いないよ。

じゃあこの世界はどのようにしてできあがったの？

それはこの星のこと、それとも、生命の始まり？

そのどちらにしても、と蟻はいう。神がいなければできあがらなかったはずでしょう。

いや、そうでもないよ、と男は首を振る。そのどちらにしても、いずれ科学によって完全に証明されるはずさ。

ふうん、科学の力ってすごいのね。

そうさ、その科学が、きみをこの世に作り出したのが神ではなく、お父さんとお母さんだということを証明しているんだ。

それで、と蟻は触角を空に向けて振る。あたしのお父さんとお母さんは、どこにいるの？

さあ、それはぼくにはちょっとわからないな。

わからないの？

わからない、と男は申しわけなさそうにいう。ああ、そうだ、でもたった今思い出したぼくの拙い知識によると、蟻というのは確か一匹の女王蟻がたくさんの卵を産み、そうして女王を頂点としたコロニーを形成するという、つまり。

つまり？

きみのお母さんは、きみの巣にいる女王蟻なんじゃないかな。

へえ、じゃあお父さんは？

これまた拙い知識で申しわけないけれど、と男はいい添える。コロニーで生まれた新女王は、やがて時期がくると巣から飛び出して別の巣の雄蟻と交尾する、蟻の寿命は一般に十年以上といわれているけれど、女王が雄蟻と交尾するのは一生でこの時期だけ、女王はこの時にもらった精子を体内に溜めこんで、それで長い間産卵し続けることができるようになるんだ。

ふうん、なんだか、ちょっと難しいけれど。

まあ気楽に聞いておくれ、と男は苦笑を洩らす。交尾を終えた女王はその後たった一匹で巣を掘って子育てを始める、そうして長い時間をかけて少しずつまた新しいコロニーを形成していくんだね。

じゃあ、お父さんは巣にいないのね。

そういうことになる、残念ながら。

残念って、どうして、と蟻は触角を傾げる。

居場所がわからないから、会えないから。

会えないことが残念なのかしら、あなたのいうことが正しければ、あたしの巣の女王さまはあたしのお母さんらしいけれど、あたしはその居場所を知っているけれど、実際に会ったことはないわ、でも、それを残念だとは思わないわね、だって、あたしは家族を知らないんだもの。

本当に？

まあ、疑うの、と蟻は呆れたようにいう。

そうじゃない、と男は困ったように首を傾げる。ただ、ぼくだったらそう思うだけ。

価値観の相違ね、と蟻はさらりといった。蟻と人間だもの、仕方ないわ。

なるほど、そうかもしれない。

楽しいお話をありがとう、それじゃあね。

そういい残して去っていく蟻の後ろ姿を見送る。やがて、その姿が完全に見えなくなると男は立ちあがり顔をあげる。すでに陽の落ちた空は黒く塗りつぶされている。星はない。だが、公園は光に溢れている。申しわけ程度に設置された電灯のおかげ、ではない。外周から幾筋もの強い光が男へと向けられているのである。男は両手をあげて握り締めた拳を開く。男の手にしていた鉄の塊が重力の法則に従って落ち、ごとり、と音を立てて地面を抉り取る。

「銃は手放した。もう抵抗はしない」

と男はいう。その途端、防弾チョッキに身を固めた機動隊員が周囲からばらばらと湧いて出る。男は、蟻の消え去った方に眼を向ける。

「そこの人、足元に気をつけてくれよ」

男の警告などはなんの意味もなさない。男はあっという間に地面に倒され、後ろ手に両手を縛られ、さらにはどさくさに紛れてわき腹や股間を蹴られたりもして苦痛のうめき声をあげる。

「乱暴はよしてくれ。きみたちがわざわざぼくに私刑を執行しなくても、どうせ国がぼくに死刑を執行するんだから。乱暴はよしてくれ。素直に従う。どこへなりとも連れていってくれ」

男はいった。

「だがその前に、たった、一分だけでいい。お願いだ。両親に、会わせてくれないか。頼む。頼むよ！　ぼくに、最後の慈悲をくれ」

◇

ハッと眼を覚ます。あたしはすぐにペンを取り夢で読んだ内容を書き写す。夢は、一瞬で消え去ってしまうものだ。だから忘れてしまう前に急いで書き留める必要がある。いわゆる夢日記である。別に書き留めて夢占いをしようというのではない。あたしは、ユングとかフロイトとかの言葉を真に受けて、夢の内容をすぐになんらかの性的欲求不満と結びつけたり、こじつけのような解釈をして吉兆や凶兆の表れであると一喜一憂したりするのはナンセンスだと思っている。あたしにとって夢とは、面白いか、面白くないかの二択だけのものだ。面白ければ、いずれ小説のネタとして使えるかも、という貧乏性的な意識でこうしてせっせと書き留めるし、そうでなければすぐに記憶から排除してしまうようにしている。けどまあ残念なことに、どんなに夢の中で面白いと思って急ぎ書き留めた物語も、大抵の場合は、後日に冷静な眼で読み返してみると、筋も脈絡もない実にくだらない内容なのだが——。まったく。おかしな話だ。どうなっているんだろう？　夢の中では、どれほど荒唐無稽な物語でも、ハリウッドの大作映画以上に楽しめているというのに。

ペンを置いた時、あたしはまだ半覚醒の状態だった。

まどろみの中の思考は制御不可能だ。

男と、蟻の物語。不思議な物語。どうして男は銃を手に公園にいたのか。どうして男は蟻と話せたのか。どうして男はあれほどまでに強く神を否定したのか。どうして男は機動隊に取り押さえられることになったのか。まったくわからない、気になることばかりだ。この時の、そんな、曖昧模糊とした思考の中であたしが一番に気になっていたのが、この後、男は両親に会えたのだろうか、ということだった。あたしは再び枕に頭を埋める。二度寝すれば、夢の続きが読めるかもしれない。

眠りは、すぐに訪れた。

だが、夢の続きを読むことは叶わなかった。

10

階段を駆けあがり、リネン室に飛びこんだ。葵から、汚れ物は洗濯機横のかごに入れておくようにといわれたのでその通りにした。清潔なタオルを三枚と、新しい毛布を一枚持ってリネン室を出て一階におりた。物置部屋に入ると、葵はすでに美船の着替えを終わらせていた。ぼくは棚の上にタオルを置き、毛布を交換してやった。美船はぐっすりと眠りこけて起きようともしない。ぼくたちは連れ立って廊下に出た。

「毛布はあたしがリネン室に運んでおきますねえ」

濡れた毛布を抱えて階段を駆けあがる葵を見送ってから、ぼくは、大ホールへの扉を開いた。

「あ、辰史さまだ」

ぼくを出迎えたのは、はつらつとしたゆかりの声だった。

「兄さん、お帰りなさい」

と、続けて勝子の声が届く。声は、大ホール玄関側の社交スペースから聞こえてきた。見ると、勝子と新谷は並んでソファに深く腰かけてすっかりくつろいでいた。ゆかりはティーポット片手にその傍らに立っている。テーブルの上には、山と積まれたお菓子があった。

「ここにいたのか。皆でなにしているんだい」

ぼくは彼女たちに近づきながら、広いホールにかき消されてしまわないよう声を張りあげた。

「捜査会議ですよ」と勝子がいった。

ぼくは勝子と新谷が座るソファの対面に腰かけた。すかさずゆかりがカップを置き、茶を注いだ。ありがとう、とぼくは礼をいう。

「なんのなんの」

ゆかりは、にっ、と笑って見せた。ぼくは勝子に向き直り、カップを持ちあげて一口すすり、温かな液体を胃の中に落としてからいった。

「それで、なんの話だったっけ」

「捜査会議ですよ。警察の到着なんて待っていられませんから、ぼくたちの手で犯人を捜し出すんですよ。幸いにも、こちらには名探偵のしんちゃんがついていますからね」

話を振られた新谷は大した反応も見せず、ただぼりぼりとお菓子を食べてご満悦の様子だ。

「新谷さまは本当に名探偵なのか？　さっきからただ食べてばかりで、なんだか、不安だぞ」

まったくである。

「いいですか、兄さん。毒殺――ピーナッツクリームですけど――っていうのはですね、しんちゃん曰く、証明がもっとも難しい殺害方法のひとつなんだそうですよ」勝子はいった。「それは何故かといいますと、毒を盛った時間と、被害者が盛られた毒を飲んで死亡した時間とがイコールではないからなんですね」

「なるほど」ぼくはいった。「確かにそうだ」

「普通の殺人事件でしたら、被害者が殺害された時刻のアリバイを訊いて回ればある程度の容疑者を絞ることができる。ですが、毒殺ではそうはいかない。毒殺の場合は先に、犯人が毒を入れたのはいつか、入れるチャンスがあった時間はいつなのかを特定する必要があります」

「どうやって特定するんだ?」

「ふふふ」と勝子は不敵に笑い、眼鏡を押しあげながら身を乗り出した。「実はですね、その件に関しましては、ゆかりちゃんの証言からすでにもうかなり時間が絞れているのですよ」

　勝子の説明を簡単にまとめると、こうだ。あの水筒には、先ほど葵自身がいっていた通り、祖母が好んで飲んでいた単なるレモン水が入っていた。レモン水は毎朝、葵が新しく作り、それを祖母が一日かけて飲むのだが、常に持ち歩いているわけではなく、普段は水筒ごとキッチンの冷蔵庫に入れられていて、祖母がそれを欲した時に葵かゆかりが届けることになっているという。ゆかりがいうには、祖母がレモン水を欲するタイミングというのは毎日ある程度決まっていて、それが、起床してすぐ、朝食時、十時のおやつ時、昼食時、お昼寝から覚めた時、四時のおやつ時——昼食後に一時間のお昼寝をするために、おやつの時間を一時間ずらしているのだそうだ

――、夕食時、入浴後、ということらしい。そして今日も、起床してから四時のおやつ時まで、祖母はいつもと同じようにあの水筒からレモン水を飲んだ。

「なるほど。つまりあの水筒にピーナッツクリームが入れられたのは、四時以降、ということだな」

「その通りです。そして、ぼくたちが食堂に集められたのは五時頃で、その時には水筒はすでに葵さんのカートに入っていたわけですから、ピーナッツクリームが入れられたのは四時から五時の間というのが確実になりました」

「確かに、かなり絞れているようだ」

「まだまだ、ここからですよ」勝子はにやりと笑う。「ゆかりさん」

「うん」

「四時のおやつ時に、おばあさまのところへ水筒を持っていったのは葵さんでしたね？」

「うん。そうだぞ。ゆかりは、由伊さまたちとのおやつの時間を終えた後、大体三時三十分頃から、キッチンにこもって料理の下ごしらえをしてたんだけど、四時少し前に葵が、大奥さまのところへお菓子と一緒に水筒を持っていったんだ。それで、葵が戻ってきたのは十五分後くらい。水筒はすぐに冷蔵庫に入れられて、葵は食堂を出ていった。その後、ようやっと下ごしらえを終えて、各部屋のお風呂とトイレの掃除をしにキッチンを出たのが、確か、四時二十五分頃、だったと思う」

「それで、その後ゆかりさんがキッチンに戻ってきたのは？」

「四時、五十分くらいだったかな。葵から呼び出しがあって、それでキッチンに戻ったんだ」

これでキッチンの空白は約二十五分間まで絞られた。

「それで、その時はもう？」

「葵が色々と準備を始めていた」

「つまり、葵さんがキッチンに入った時間がわかれば、さらに時間を絞ることができるということだな」

「その通りです」勝子はにっこりいい笑顔だ。「後は、絞りに絞ったその時間帯の、各々のアリバイを確認すれば、容疑者を炙り出すことができるという寸法です」

ぼくが感心してカップを持ちあげるのとタイミングを同じくして、西館側の扉が開いて葵が大ホールに飛びこんできた。

「お、グッドタイミングですよ、葵さん！」と勝子が叫ぶ。

「それはよかったです！——で、いったいなんの話ですかあ？」

足早に近寄ってきた葵に、勝子は先ほどと同じ説明を繰り返した。

「なるほどお」葵は、ぽんと手を打つ。「ええと、あたしがキッチンに戻ったのは、四時四十分頃でしたよ。確か、三十分頃でしたかねえ、お洗濯している途中で大奥さまに呼び出されて、それで大急ぎで話を聞きにいきましたら、こういわれたんです。五時に皆さまに食堂へ集まっていただきますのでその準備をお願いします、って。それで四十分頃にキッチンに戻って、ゆかりちゃんを呼び戻して、てんやわんやで準備に勤しんでいたというわけです」

「葵さんが戻ってきた時は、もちろんキッチンは無人だったんですよね？」

「そうですねえ」

こうして、キッチンの空白時間――イコール、犯人が水筒にピーナッツクリームを入れた時間、入れることのできた時間は、ゆかりがキッチンを出た四時二十五分頃から、葵が戻ってきた四時四十分頃までの、約十五分間にまで絞られた。その後、葵とゆかりが手わけして天城邸の面々にアリバイを訊きに向かった。


「うぅん」

五分後、二人の報告を受けた勝子が前かがみになってテーブルに肘を乗せて頬杖をつきながら、チワワのような可愛らしい唸り声をあげた。

「まさか、アリバイを証明できる人間がひとりもいないとは」

「天城家の方々はまるで協調性がな、――むがっ」

雇用主に対し暴言を吐きかけたゆかりの口を、葵の手がさっと塞いだ。

「せ、セーフ」

「アウトですよ」と勝子が苦笑していった。「ばっちり聞こえました」

「あわわわわ」葵の眼がこれでもかと泳いでいる。「えっと、その、あたしたちはお仕事があるので、そろそろ失礼させていただきますう。ほらほら、ゆかりちゃん、あなたは夕食の支度ですよ。あたしはリネン室で洗濯物をしまいますから」

「おお、任せて！」

二人は東西二手にわかれて逃げるように大ホールから去った。

「まあ、天城家に個人主義の人間が多いのは否定できない事実ですから、別にどうでもいいのですけど」

勝子がぼやくようにいい、カップを持ちあげて口に寄せ、傾けた。

「個人主義というより、利己主義のような気もするな。父や、おばあさんの、自分本位なあの頑固さを見るとね」

「中々痛いところをついてきますね」勝子は眼鏡を外して目頭を軽く揉む。「あの頑固さはまさしく遺伝ですよ。天城家特有のね。由伊だってそう。相当な頑固者じゃなきゃ、離れ離れになった兄さんを十数年も慕い続けるなんてことは到底不可能ですからね」

「十数年もずっと兄と慕い続けてくれていたなんて、本当にありがたいことだよ」ぼくはいった。「ところで、天城家特有というのなら、勝子もかなりの頑固者なのかな」

「もちろん」勝子は眼鏡を装着し、にやりと笑う。「犯人捜し、まだ諦めてませんからね。すぐになにか他の手を考えますとも。ね、しんちゃん」

そういって横を向いた勝子の視線を追って、ぼくも新谷を見た。彼女は眼を閉じ、頭をゆらゆらと揺らしながら夢と現実の狭間を彷徨(さまよ)っていた。道理で静かだったはずである。

「てい」

勝子が新谷をちょいと押す。それだけで新谷は簡単にソファに倒れこんだ。彼女はすぐさまハッとして飛び起き、周囲をきょろきょろと見回した。

「なんだ、地震か？　なんてことだ、お菓子の家が瓦解する！」

勝子のけらけらと笑う声が止んだ頃、ようやくぼくは立ちあがった。

「少し部屋に戻るよ。二人はまだここに？」

勝子は頷いた。新谷がいつの間にか口にしていた棒つきキャンディを口から抜いて、その先端をぼくに突きつけた。

「こういう場面で自室に鍵をかけてひとりで閉じこもるなんてのは、ミステリ小説ではもう完璧な死亡フラグですからね。つまり、愚の骨頂。見通しのいい広い場所で信頼できる人と一緒にいた方が安全です。あなたも、命が惜しければ止めておいた方が身のためですよ」

新谷の言葉にぼくは苦笑した。「それ、後で叔父さんにも教えてあげなくちゃいけませんね」

大ホールから東館に抜ける。後ろ手に扉を閉めてノブを握ったままの体勢でしばらくじっとしていた。

遺伝。

そうか。遺伝なのか。

喘息、肺炎、腎不全、肝硬変、白内障、咽頭がん。天城勝史の病歴を繰り返し口の内で呟いてみる。小児喘息の多くはアレルギー性で、その半数以上が成長の過程で自然治癒する。喘息の発作がひどくなると肺炎を併発することがあり、死亡例も多いが、その大半は一過性。肝硬変の原因は主にB型及びC型肝炎ウイルス、アルコールだ。天城勝史の酒豪っぷりは有名で、実際に眼にもしているので、間違いなくアルコール性肝硬変だろう。そして咽頭がんの原因は、煙草だ。残る腎不全と白内障。これらの症状と、遺伝性とを組み合わせて考えてみれば、

答えはひとつだ。

「アルポート症候群」

腎機能低下と血尿、時に難聴や白内障等による視力低下を引き起こすX連鎖優性遺伝疾患だ。X連鎖優性遺伝疾患は、X染色体にある遺伝子の異常が原因のため、X染色体を二つ持ち、片方

の遺伝子異常をもう片方の正常な遺伝子がある程度相殺する女性に比べて、X染色体をひとつしか持たない男性が発症すると重症に陥りやすい。アルポート症候群でもその法則は当てはまり、男性の場合は通常二十歳半ばまでにほぼ確実に腎不全を発症し、難聴、白内障の合併率も高い。対する女性は通常、症状が現れることはほとんどなく、腎不全にまで陥るのは全体の約一割程度といわれている。それも、発症するのは四十代をすぎてからがほとんどだ。

そんなことを考えながら階段をあがり、二階の医務室に入った。先ほど訪れた際、デスクの一番下の引き出しに『カルテ』と表示がされているのを見ていたので、ぼくは迷うことなくその引き出しを開けた。ずらりと並ぶバインダーから祖母のものを選び抜き取る。祖母は、重度のアレルギー症以外には重病を患ったことはない。ただ、尿検査の結果、顕微鏡的血尿が確認されている。続けて史絵叔母のカルテを見る。X連鎖優性遺伝疾患は、罹患した父親からはすべての娘に疾患を遺伝するが、母親からは、異常遺伝子がひとつだった場合は——女性の場合でも、異常遺伝子が二つ重なった場合には、男性とほぼ同様の重症度になるので、祖母の無症候性血尿が遺伝性腎炎によるものだった場合は、異常遺伝子はひとつだけと考えるのが妥当だろう——平均して子供の半数に疾患を遺伝する。叔父は天城勝史と違って病気ひとつしたことのない健康体らしいので、間違いなく遺伝はしていない。そして叔母は、カルテによると祖母と同じく顕微鏡的血尿が確認されていた。

美船は、アルポート症候群だろう。祖母から天城勝史、天城勝史から美船へと遺伝した。それは間違いがない。

だが、とぼくは思う。

「本当にそれが原因だろうか？」

先に書いた通り、X連鎖優性遺伝疾患のアルポート症候群では、十六歳の少女――少年ならまだしも――が、肉眼的血尿が出るほどの深刻な腎不全に陥るとはやはり考えにくい。もちろん、天城勝史だけではなく、母親である美弥も同様の遺伝性疾患を抱えていたのであれば話は別だが、カルテにその形跡は見当たらなかった。

それに美船には、手の痙攣と、発熱といった症状もあった。

どちらも、ぼくが推論として挙げた病気には当てはまらない症状である。やはり違う。なんだろう。ぼくは、なにかを見落としている。そんな気がしてならなかった。

医務室を出て階段をおり、大ホールに入る。遥か遠くのソファにてくつろぐ勝子と新谷を一瞥して、ホールを横切り西館に抜けた。

腎不全の原因が、長年に渡り塩気の多いジャンクフードを与えられ続けたがゆえの腎硬化症によるものであるという可能性はどうだろう？　しかし通常、腎硬化症での血尿は軽微か、ほとんど認められないものである。ただし、アルポート症候群と、あの過酷な環境下で育てられたという事実、さらに美船は元々病弱であったという祖母の言葉などから、そうした様々な小さなリスクが積み重なって血尿を伴うほどの深刻な腎不全になった、という可能性も考えられなくはない。

そういえば、美船のいたあの地下には野生のネズミが巣くっていた。ならばレプトスピラはどうだろう？　これならば発熱の説明もつく。だが、依然として手の痙攣の説明はつかない。脳腫瘍を疑うには若すぎるし、頭部に外傷は見られなかったから硬膜下血腫でもない。

廊下の角を曲がり、周囲を確認してから物置部屋の扉を開けた。廊下との明暗の差に眼が慣れるまでの数秒間、妙な唸り声のようなものを耳にしながら、ぼくは戸口に立ち尽くした。それからようやく奥へと進む。棚の林から身を乗り出して、美船が眠っていたはずの一角の様子を窺う。美船は、起きていた。壁際で足を前に投げ出し背中を丸めて座っていた彼女は、しきりに、躰のあちこちを手で払うような動作を繰り返している。

「うー、うー」

表情は窺えない。ぼくは静かに接近した。まるで幽霊のようにぼんやりと暗闇に浮かぶ青白い顔は、休日のデパートでぐずる子供のようなしかめっ面だった。そんな顔をして彼女は、せっせと、躰のあちこちを払う。払う。払う。

「これは、——間違いない。新しい症状だ」

その動作はまさしく、

「幻覚を見ている」

躰中から湧き出てくる幻の虫を、必死に払いのけているようだった。

その後しばらく、美船は自らの躰を手で払い続け、時には爪で引っかいたりもした。やがて、疲れが出たらしくうとうとし始めて、彼女はようやく眠りについた。ぼくは腰をおろしてポーチから消毒薬と絆創膏を取り出して、彼女に処置を施した。

「発熱、痙攣、腎不全、幻覚」

ぼくは症状を羅列する。可能性としては、なんらかの感染症、脳腫瘍、他にハンチントン舞踏病、白質脳症、てんかん、うつ——。

どれも決定打に欠ける。検査もできないこの環境では、どんな意見にも確実性がない。美船を見る。彼女は安らかな寝息を立てている。眠っている。そこで、ふと、ぼくは思う。

少しばかり、睡眠の量が多すぎるのではないか?

美船は、先ほどから眠ってばかりいる。もしもこれが、症状のひとつだとしたら?——発熱、痙攣、腎不全、幻覚、過眠。少し考えた。ぼくは、ようやくその病名を思いつく。

「アフリカトリパノソーマ症」

別名アフリカ睡眠病。寄生性原虫トリパノソーマ——西及び中央アフリカではガンビアトリパノソーマ、東アフリカではローデシアトリパノソーマ——によって引き起こされる感染症である。主にツェツェバエによって伝播され、発熱、頭痛、関節痛などといった初期症状から臓器障碍、さらに進行すると中枢神経系が侵されて神経、精神障碍を引き起こし、集中力の欠如や人格変化、日中の傾眠、夜間の不眠、過食、痙攣などを経て、最後には昏睡に陥り死に至る——。

「そうだ。これならすべての症状に説明がつくぞ」

だが、

美船は生まれてからずっと、この家の地下牢に閉じこめられて生きてきたのだ。陽の光すらまともに浴びたことのない彼女が、どうして、海外の虫によって引き起こされる感染症にかかるというのだろう。

「違う。駄目だ。どう考えても、あり得ない——」

いや、

「待てよ。——美船は、天城勝史によってのみ世話をされていた」

アフリカトリパノソーマ症は、通常、ツェツェバエに吸血されることにより感染する。だが、感染経路はそれだけではない。輸血、臓器移植、注射器の使い回しや母子感染などがあり、そして、

「ならば、もし、あの男が、アフリカにいったことがあったとしたら？――あの大の女好きのクズが、美船に、手を出していたとしたら？」

性接触による感染もあり得るのだ。

廊下に飛び出た。大股に廊下を進み、大ホールへ抜ける。ぼくは一直線に東館へ続く扉に向かいながら、遥か遠くのソファに座って眼鏡を曇らせながらカップをすする勝子に向かって、怒鳴るようにいった。

「父はアフリカにいったことがあるかい」

勝子は電池を抜かれたおもちゃのように一瞬ぴたりと動作を止めて、それから立ちあがり、ぼくに負けじと声を張りあげた。

「ありますよ。グループ企業が進出する際の交渉で中央アフリカへ。最初はいつも通り、本来お飾りでしかない父抜きでの話し合いだったのですが、向こうのお偉いさんが、大事な交渉の場にグループのトップを連れてこないのはどういう料簡かとお怒りになったことがありましてね。まあ向こうからしたら、名目上とはいえ会長は会長ですからね。それで急遽――」

「ありがとう」

勝子の言葉を遮って、ぼくはそのまま東館に抜けて階段をあがり、三階の美弥の部屋の扉をノックした。はい、と声が聞こえた。

「辰史です。少し、よろしいですか」

ほんのわずかな沈黙を経てぼくは入室を許可された。美弥の部屋はシンプルかつエレガントなイタリアモダンの内装で統一されていた。真っ白なソファに躰を傾けて座る美弥が手にした文庫本を閉じ、手前のローテーブルの上に置いて、姿勢を正し、両手を膝の上に乗せた。

「どうかしましたか？」

天城勝史のことは美弥に訊くのが一番だろうと、勢いでここまできてしまったが、さすがに、単刀直入にこんなことを訊くのは気が引けた。ぼくはまず美船が、アフリカトリパノソーマ症である可能性があることを説明した。

しかし、だからといってどうしてここへきたのか？――美弥はわずかに眉根を寄せることでぼくにそう問いかけてきた。

「訊きたいことがあるのです」

ぼくはアフリカトリパノソーマ症の感染経路を簡単に話した。

「もし本当に美船がアフリカトリパノソーマ症だとしたら、感染経路として考えられるのは」

「あり得ません！」美弥はぼくの言葉を遮り、ぼくを正面から睨みつけてぴしゃりといった。それから身を乗り出して、「そんなことは、断じて、あり得ません。あの人は確かに女性が好きでした。一度きりの過ちとはいえ、私の親友にまで手をつけるような方でした。その他にも、外に何人もの女性がいたことも事実です。でも、だからといって、自分の実の娘にまで手を出すような人外鬼畜では決してありませんでした」ふと、美弥がその瞳に哀しみの色を浮かべた。「あ、あなたは、あの人を、自分の実の父親を、そんな畜生にも劣るような人間だと、本気で、そう思ったというのですか?」

返答に窮した。本気かどうかは別にしても、その可能性はあると思ったのは事実だったからだ。父親が娘に性的暴行を加えるケースは、この日本のみならず世界中で多発している。それは揺るぎようのない、厳然たる事実である。

ぼくは医師免許を取得後、出身大学の卒後臨床研修プログラムに則って、二年目の四月から七月までの三か月間、附属病院の救急部にて臨床研修を行った。研修医は通常研修の他に一定回数の夜間研修をする必要があった。当たり前の話なのだが、ERでは夜間も患者を受けつけているからである。そこでの、最後の夜間研修でのできごとだ。その日の夜間ERは、ベテランの救急科専門医一名と、後期研修医が二名、そしてぼくと、ナースが数名という顔ぶれだった。白髪をオールバックにした専門医の先生は夜勤専門で、これまでの夜間研修でも顔を合わせていた。少々厳めしい顔つきとは裏腹に気さくな人で、まだ右も左もわからないぼくにとても親切にしてくれた。後期研修医の人たちとは、夜勤で一緒になるのは初めてだったが、日勤ではちょくちょく顔を合わせており、互い見知った仲ではあった。そのためか、その日の夜勤は割合のんびりとした雰囲気で流れていった。患者は次々と運びこまれてきたが、重篤患者は少なかった。空いた時間にはスタッフルームに集まってお茶を飲みながら談笑したりもした。そして、夕方の六時から始まった夜勤がようやっと終わろうとした翌朝の七時、その患者が運びこまれてきた。

ストレッチャーに乗せられて救急車からおろされた十歳前後らしい少女は息も絶え絶えだった。いくつものあざが目立つ顔はでこぼこに変形しており、半開きの唇の端からどす黒い血を流して、その奥の歯は何本か欠けてしまっていた。折れた鼻からも血が溢れ出ていた。はだけたパジャマから覗く肌にもあざが目立つ。少女は、血生臭いにおいを漂わせながらERの廊下を駆けて処置室に運びこまれる。ストレッチャーから処置台の上に移し替える間に、ぼくは専門医に滅菌ガウンを着せる手伝いをしていた。パジャマを着た状態で暴力を受けたということは家庭内のできごとに違いない。ぼくは、虐待ですかね、と先生に訊いた、彼は、ただの虐待じゃない、といった。性的虐待だな。どうしてわかるんですかと問うと、彼は、においだよ、といった。この生臭いにおいは血だけのものじゃない、おれたち男にはお馴染の、あれのにおいが混じってる。

その後わかったことだが、彼の言葉通り少女は父親から性的虐待を受けていた。一晩中酒を飲んで帰ってきた父親に、少女は顔を殴られ躰を蹴られ、そして、レイプされたのだった。

ぼくは昔、とある方から『児童虐待は、紙上の遠い世界の話などではなく、もっとも身近な、そして、もっとも卑劣な犯罪のひとつである』と教わったことがある。だからぼくは疑った。論理の飛躍は承知の上、女好きで有名な天城勝史が、妻の親友に手を出すほどのクズであるあの男が、実の娘をレイプする可能性が、ゼロではないとそう判断して、ぼくは、疑ったのだ。

「いいえ」とぼくは実に医者らしい平坦な声色でいった。「ぼくはただ医者として、考えられる可能性を述べたまでです。あの人だから疑ったということではありません」

「それは嘘でしょう」と美弥は深い息を吐く。「あなたの言葉からは、どうもあの人に対する怒りが滲み出ているように感じられます。それは、私の気のせいなのでしょうか？」

ぼくは彼女の言葉を無視した。「ありがとうございました。あなたの言葉なら、信用できます」

くるりと回した背に言葉がぶつかった。

「それはつまり、あの人のことは信用していないということですか」

下へと続く階段を見おろした途端にふっと力が抜けて座りこんだ。何度も往復した疲労が一気に足にきた感じだった。ふうと軽く息をつきつつ、ふくらはぎと太ももを丹念にマッサージする。勤務する病院で、たとえ一階層の移動ですらエレベータを使っていたつけが回ってきたようだった。運動不足。今日はいいが、明日には筋肉痛がやってくるかもしれない。自らの老いをひしひしと感じ悲嘆に暮れていた時、下から軽快な足音が駆けあがってくるのに気づいた。ふと視線を遣ると、踊り場に、文字通り踊るような軽やかな足取りで、葵が姿を現した。彼女は階段を見あげ、一番上の段に腰をおろしていたぼくを確認すると、辰史さま、と声をあげて、二段飛ばしで階段を駆けあがってきて、座っているぼくと目線を合わせた位置で足を止めた。

「そんなところで黄昏て、どうかされました?」と彼女は相変わらず息ひとつ切らさずにいう。

「迷子にでもなりましたかあ?」

「ぼくが家を継いだならば、まず真っ先にこの天城邸にエレベータを設置しようと考えていたところですよ」

葵は明るい笑い声をあげた。「それは大賛成ですよう。本当にこの屋敷は古いだけあって不便すぎますからねえ。ああ、それと、東館と西館を結ぶ渡り廊下なんかも作っていただけると、大変助かるのですが」

「葵さんほどの体力の持ち主でも、やはりこの無駄に広い屋敷をいったりきたりするのは大変ですか」

「大変ですよう。まあでも、そのおかげでスポーツをやってた学生時代の体重を未だに維持できているんですけどね」

「そういえば勝子から聞いたのですが、葵さんは陸上をやっていたんですって? やはり、マラソンですか」

「まあ、一応マラソンもやってはいましたよ。でも、陸上では十種競技がメインでしたねえ」

「陸上以外にも？」

「後は空手と競泳と——ま、そんなところですかねえ」葵はちろりと舌を出して笑った。

「大したものですね。ぼくも少しは見習わないと」

しばしの談笑を終えて葵とすれ違いに階段をおり始めた。少し休んだおかげか、平常通りの歩行速度は維持できていた。ようやっと二階と一階の間の踊り場にたどりついたところで、葵に追いつかれた。

「辰史さま、先ほどいい忘れていたのですが、そろそろ食事の支度が整いますので、今から、ええと、十分後に食堂にお越しくださいませ」

それだけいうと葵はぼくをさっさと追い越して階段を駆けおりていった。

時間までに一度、美船の様子を見てこようと思い大ホールへの扉を開けた。途端に、女性たちの華やかな声が耳に届いてぼくは西館に向けた足を止めて声のした方を振り向いた。ソファには、相変わらず勝子と新谷の姿と、そして新しく由伊と史絵叔母の姿があった。由伊と史絵叔母はこちらに背を向けていたが、扉の閉まる音に反応してか振り返った。由伊と視線が合う。彼女は可愛らしく微笑んで、すぐ、恥ずかしげに視線を逸らした。

「ああ、辰史くん」史絵叔母が声をあげ、頭上に掲げた手でおいでおいでをして見せる。「ちょっと、ちょっとこっちきなさい。ほら」

いわれるがままにぼくは四人が集まるソファに近づいていった。由伊と並んで座っていた史絵叔母がちょいと横に躰を動かしてソファの真ん中にスペースを空け、そこをぽんぽん叩いて、ぼくに座るよう促した。

「なんですか？」

由伊から聞いたわよ、と叔母は安酒場にたまる酔っぱらいのような調子でぼくの首に腕を回して顔を寄せてきた。そのぼくの隣では由伊が、叔母さま、と困ったように声をあげる。

「由伊の耳の穴を覗こうとしたんだって？」

「ええ？　まあ、鼓膜に傷がついていないか見てあげようと思ったんですけど。――なにかいけませんでした？」

どういうわけか、いきなり勝子がくすくすと笑い出した。

「いけないなんてもんじゃないわよ。まったく、辰史くんときたら、女心ってものがまるでわかっていないようだわね」

「だからいったでしょう」勝子が口元を押さえながらいった。「なんの心配もいらないと」

「お兄から受け継いだものが顔の造形だけで、本当によかったといえばよかったんだけど、さすがにこれはちょっといただけないわね」

　叔母はさらに顔を寄せてくる。もしかして酒でも入っているのかと訝ったが叔母の吐息は酒臭さを微塵も感じさせないミント系の爽やかさだった。

「いい？　辰史くん。お兄みたいな節操なしも困るけど、きみみたいなデリカシーがないのもちょっと問題だわよ。最低限のデリカシーは身につけておかないと、お兄とは別の意味で女の子を泣かすことになるんだから」

　人は非日常に遭遇すると、身に馴染んだ日常を無意識的に求めてそこに自らを置こうとする生き物だが、そういう観点から考えるに、女性はやはりコイバナというものが好きらしい。唐突に語り始められた叔母の海外での恋愛遍歴を、真面目な勝子と、恥ずかしがりの由伊までもが熱心に聞き入っている。間に挟まれたぼくはとても肩身が狭い。しかし新谷だけは例外だった。彼女は気のない表情を浮かべて、チョコレートでコーティングされた棒状のお菓子を口に咥えてリスのようにちびちびかじり続けていた。

　背後で扉の開く音が聞こえたが、叔母と由伊に挟まれたぼくは窮屈な体勢を強いられているために振り返ることができない。対面の新谷はお菓子にご執心で気にも留めない様子だったが、勝子は身を乗り出したままの体勢で首を伸ばしぼくの後方を見遣り、それから、傾けていた半身を起こした。

「あのう」

いきなり、すぐ後ろで声がしたものだからぼくは大そう驚いた。躰をもぞもぞ動かしてなんとか振り返ると、困り顔の葵が立っていた。

「ご歓談中、お邪魔をして大変申しわけないのですが」

「食事の時間ね」叔母はいった。「すぐにいくわ」

「ええと、それは、そうなのですけれど」

葵の言葉は歯切れが悪い。

「どうかしましたか」とぼくは訊ねる。

「あの、お訊ねしてもよろしいでしょうか」

「なんです？」

「あのう、雅史さまを、お見かけになりませんでしたか？　あたし、先ほど雅史さまから、食事は食堂で皆と一緒に食べるから、支度ができたら呼びにきてくれといわれたものですから——」

「部屋から一歩も外に出ないなんていってたくせにねえ、ったく、雅兄は意志が弱いんだから。いや、ただ単に寂しがり屋なのかも」

「——それでたった今、雅史さまのお部屋にいったのですが、扉を何度叩いてもお返事がなくて。それで」

「ぼくたちはずっとここにいましたけれど」勝子がいった。「叔父さんと、それと宗史はまだ一度もここを通ってませんよ。ね、しんちゃん」

「もぐもぐ。百パーセント保証するよ」と新谷はいった。

「つまりまだ西館にいるんでしょ」

西館から東館へ移動するにはこの大ホールを通る他にないのだから当然そういう理屈になる。

「入れ違いになったんじゃない？　三階の美術品室とか見てみた？　雅兄はなにかあるとすぐに美術品室にこもって、ゴッホの『ひまわり』眺め出すんだよね。あれ見てると元気が出てくるんだってさ」

「一応、西館の一階から三階まで見て回ってみたのですが、いらっしゃらないんです」

「それなら、いないわけないんだけどね。ここ通らなきゃ東館にはいけないんだからさ。もう一度部屋にいってみたら？　案外、寝ててノックの音に気づかなかっただけかも」

「はあ」と葵が返事ともため息ともつかぬ声を洩らして肩を落とす。「それでは、もう一度見てまいりますねえ」

祖母を殺害した犯人の目的が、ぼくに家を継がせないことだとすると、犯人が次に狙うべき相手は第一にぼく、第二に叔父ということになる。そんな状況下での叔父の所在不明に、ぼくはなにか嫌な予感がした。葵に同行を申し出る。同様の不安を感じ取ったらしい由伊の頭を軽く撫でて立ちあがる。それと同時に立ちあがったのは新谷である。

「私もいきましょう。お菓子をたらふく食べた後の腹ごなしにはちょうどいい」

「しんちゃん、お菓子を食べたらちゃんと歯を磨くんですよ」

「夕食の後で磨くよ」新谷はいった。「やれやれ。かっちゃんは将来口うるさい母親になりそうだね」

「入れ違いになるといけないから、三人はここにいてくれるかい」

残された三人は素直に頷いた。

葵は左手を胸に当てながら、右手に握り締めたノッカーで二回、扉を叩く。

「雅史さま」

決して小さくはない葵の声は確実に室内に届いているはずだ。しかし返事はない。葵が困ったような顔をして振り返り肩をすくめた。

「鍵は？」

「うーん、閉まっていると思いますけど。先ほど夕食についてお訊ねした時も、扉を閉めたらすぐに鍵を回す音がしていましたし、もし部屋にいらっしゃらないとしても、やはり鍵をかけていかれますし」

といいながらも葵がノブに手をかけくるりと捻ると、

「あれ？」

いとも簡単に、扉が開いた。

真っ暗闇に支配された室内はまるで外に出たような極寒だった。吸いこんだ冷気が、鼻の奥をツンと攻撃する。

「あれ、暖房が——雅史さま？　電気をお点けしますよう」

次の瞬間、室内が昼になった。アラビアン式のゴージャスな家具が、照明を受けて一斉に煌めき出した。

「これはひどい。悪趣味がすぎる」

あまりにも辛辣な新谷の言葉である。雅史さま、と葵が再度呼びかける。返事はない。

「あたし、トイレとバスルームを見てきますね」

戸口にて未だ呆然と立ち尽くすぼくを置いて葵はずんずんと奥に進んでいく。続けて、新谷がぼくの横をすり抜けて室内に入る。ぼくはその背中を追った。新谷が向かった先は、金ぴかのフレームに凝った装飾が施されたキングサイズのベッドだ。中に人がいるような膨らみはなくフラットにならされている。彼女はステッキの先で器用に掛け布団を剝ぐ。当然ながら中身は空っぽだった。

「こちらにはいませんねえ」トイレとバスルームを点検し終えた葵が戻ってきた。「それにしても、暖房が切れているだけにしては、少し寒すぎるような気がしますねえ。おお、ぶるぶる」

新谷はさっと身を翻して、完全に閉め切られた東側のカーテンを一枚一枚めくっていく。

「寒いはずですよ。見てください。窓が開いてます」

雪国らしい二重サッシの掃き出し窓がぽっかりと口を開けて、続くベランダにぼくたちを誘っていた。

窓が開いていたのにそれを覆うカーテンがはためいていなかったことからわかるように、外は先ほどとは打って変わってまったくの無風だった。西館から東館側に向けて突き出したベランダは、幅が約十メートル、奥行きが約二メートルほどの広さがあった。ベランダはがらんどうで人どころか物ひとつ置かれていない。ぎっしりと雪が詰めこまれた中庭を挟んだ先に東館がそびえ立っている。一五〇センチほどの手すりから身を乗り出して下を覗きこむ。不純物のひとつも混じっていない異様なまでの純白にめまいがした。

新谷がぼくの隣に立ち真っ直ぐに腕を伸ばした。手にはステッキが握られていて、先端が、講義で使う指示棒のように、東館のとある一点を指し示していた。

「見てください」と新谷はいった。「あれです」

「向こうの窓が、開いている？」とぼくが首を傾げる。

その部屋自体は照明が落ちているようではっきりとはわからないのだが、西館の叔父の部屋と丁度向かい合った東館の小窓が、どうも開いているように見えた。

「ええ？　どこ、どこです？　どこの部屋が開いているんですか？」

「あそこです、正面の」

「ありゃりゃ、本当だあ」葵がいった。「あそこは、大奥さまの茶室の窓ですねえ。でも、どうして開いているんだろう？」


ぼくたちは部屋を出て問題の茶室に向かってみることにした。誰もなにも口にはしなかったが、皆が皆、嫌な気配を感じているのは確かなようだった。叔父を探しに西館に向かったはずのぼくたちが無言で大ホールを抜け東館へ向かうのを、勝子、由伊、史絵の三人が訝しげに見送った。東館に出たところでキッチンの扉が開きゆかりがひょいと顔を覗かせた。

「おお。もうお食事の準備は――あれ、なんで皆上にいくんだい？」

ばらばらと足音を響かせて階段をあがり二階に出た。廊下の角を曲がり、露地に続く扉をくぐって茶室への道程をゆく。茶室の裏側の、茶道口と呼ばれる勝手口から踏み入れたぼくの足先に、なにか、硬いものがぶつかった。

――蹴飛ばされたそれは、重く、ごろりと転がって、ぽっかりと口を開けた小さな窓からうっすらと射しこむ四角いスポットライトの下で、ぴたりと動きを止めた。

ぼくたちは、ハッと息を呑み絶句した。

それは間違いなく、人間の生首であった。

かちりと音がして明かりが点る。

絵具で塗られたように真っ青な顔色をした叔父が、カッと見開いた眼でぼくたちを睨めつけていた。薄く開いた唇からは舌が飛び出している。手前の壁際には、腰のあたりで真っ二つに両断された叔父の躰が、手足の関節をあらぬ方向に向けて捻じ曲げた状態で折り重なっていた。ぼくは、その切断面を観察した。赤錆びた鎌で無理やり引きちぎられたかのような荒い断面は、寒さのせいでカチカチに凍ってしまっていた。

それにしても。切断は別にして、叔父のこの躰の損傷具合はどうだ。手足のそれぞれが、まるでゴリラが人間の赤ん坊の手足を全力で折り曲げたかのような、実に現実離れした恐ろしい捻じ曲がり方をしている。大の男の躰をこれだけ捻じ曲げるのは、人力ではまず不可能といってよかった。――では、これはいったい？

新谷が小窓を覗く。隣からぼくも外を眺めてみた。正面に、先ほどぼくたちが立っていたベランダが見えた。その隣にもうひとつのベランダがある。由伊の部屋だ。視線をあげた三階はリネン室。リネン室は通常の二部屋分の広さがあるから、当然、ベランダも二つ分が連結された長さがあった。

「これはいったい、どういうこと、なのでしょうか」

震える声で、葵がぼくたちの気持を代弁した。


最大の疑問はもちろん、誰が叔父を殺害したのか、ではなく、なぜ叔父の遺体がバラバラになっていたのか、でもなく、どうして叔父の遺体がここにあるのか、ということだった。

祖母の一件の後、叔父は確かに西館二階の自分の部屋に戻った。それはぼくが、葵と叔父との会話を聞いたことからも間違いない事実だ。叔父は、西館にいた。そして叔父は西館を出ていない、はずなのだ。それは、ずっと大ホールにいたという勝子と新谷が証明してくれた。二人はホールの玄関側を背にして、つまり、東西の館の扉を監視するような向きでソファに座っていたのだから、叔父がそこを通ったのなら見逃すことはまずあり得なかった。西館から東館へ移動するには、大ホールを通る他に道はないのだから、結果として叔父は、西館を出ていないという結論になる。だが、叔父はこうして東館の茶室にいた。叔父がここで殺害されたのか、それとも別の場所で殺害されたのかはわからないが、前者だとしたら、叔父はどうやって西館から東館へ移動したのか、後者だとしたら、叔父を殺害した犯人はどうやって叔父の遺体を西館から東館へと移動させたのか——。

11

人間は、一度何事かを先延ばしにするとクセになってしまう怠惰な生き物だ。というわけで翌日の朝、あたしはなんとか絞り出した尿を提出してからずっと、気分が悪いといって頭から布団をかぶり、狸寝入りを決めこんでいたのである。

「妊娠検査はシロ。生理がこないという彼女の言葉は気になるけれど、先に腎不全の原因について考えてみましょうか。なにが考えられる?」

と倉田はいった。

「うーん」

とマルグリッドが可愛らしい唸り声をあげた。

「自己免疫疾患はどう?」

「えっと、ＳＬＥ? 抗核抗体は、正常。光線過敏や、口腔内潰瘍も、ありません」

「バセドウ病は? 生理がこないという月経異常に説明がつくわ」

「甲状腺に、腫れがありませんし、眼球突出も、ありません。そもそも腎不全に、なりません」

「アルポート症候群」

「十六歳の、女の子で、ここまで重症化するのは、考えられません」

「多発血管炎」

「それもやはり、年齢が。それに、発熱もありませんし」

「ファブリー病」

「四肢疼痛の訴えが、ありませんし、血管腫も、見られません」

「糖尿病」

「血糖値は、正常です」

もはや手当たり次第といった様相である。

「マル、否定するばっかりじゃなくて、あなたもなにか意見を出してちょうだいな」

「はい。えっと、えっと。ドラッグ？」

「あのね、マル」

「あたしの母国、むつかしい症例が出たら、まず、ドラッグ疑います」

「まあ確かに、ドラッグの乱用はありとあらゆる症状を引き起こす可能性があるものね。でも、マル。日本はまだそれほどドラッグが蔓延している国じゃないから」

「では、では、アミロイドーシスは、どうでしょう」

「うーん。あり得るわね。――いいわ。腎生検をしましょう」

生検とは、患部の一部を採取して顕微鏡などで詳細に調べる検査のことだ。今回の場合は腎臓の組織を採取する。生検は検査による合併症の可能性があるため、患者本人か、患者が未成年の場合には保護者の同意が必要となる。親のないあたしは、施設の園長先生が保護者ということになるのだが、日夜激務に追われる彼女が説明を受けに病院へとこられたのは、その日の夕方遅くになってからだった。

あたしは病床の心細さというものに震えてはいたが、園長先生がきてくれたことに対しては、素直なありがたさよりも先に申しわけのなさを感じていた。忙しい先生方の負担を少しでも減らそうと、園の年長者として普段から積極的に下の子の面倒や施設の手伝いなどをしてきたあたしが、逆にとんでもない負担を増やしてしまったという、あまりにもお粗末にすぎる、その申しわけなさである。先生は、気にすることないわ、と優しくいってくれたが、あたしは、気にしないわけにもいかなかったのである。周囲がなんといおうとも、そういう立場を自覚しなければならないのが、あたしたちという人間なのだ。

萌は、園長先生と一緒にお見舞いにきてくれた。園長先生が説明を受けている間、あたしたちは他愛無い話をした。その日の萌はとてもご機嫌だった。新しい友達ができたのだといってはしゃいでいた。あたしたちよりもずっと年上のおばちゃんらしい。それからあたしの耳にそっと唇を寄せて、ナプキンの使い方もその人に教わったのだといった。あたしは、娘の独り立ちを喜ぶような、寂しがるような父親になったつもりで、静かにその話に耳を傾けていた。

夜が開けて、まただらだらと時間がすぎた。昼食を終えた後で検査室へと移動した。検査室はあまり広くはなかった。中央にベッドが置かれて、その周囲をごてごてしたディティールの機具やら、モニタやらが囲んでいる。照明は明るすぎず、暗すぎず、まさしく無味乾燥といった印象を受けた。

「これからここで検査を行うけど、その前に、流れを少し説明しておくわね」

倉田がいった。あたしは頷く。

「まずそこのベッドに、うつ伏せになって寝てもらうことになるわ」

「うつ伏せ。腎臓は、背中側に、あるからですね」

マルグリッドが異様に高い位置にある自らの腰の辺りを撫でながら説明を補足する。

「次にこの」

倉田が、背後のモニタ付きの機器と有線で繋がれた、変わった形をしたリモコンのようなもの(プローブというらしい)を手にしてあたしの眼前に突き出した。

「超音波診断装置、一般にはエコーと呼ばれているものね。これで腎臓の位置を確認する。それから局所麻酔を注射するわ」

「ぷすり、と刺して、続けて生検針を、刺します。ぷすぷす。二ヒットコンボです。やったね」

「針が腎臓の近くに達したら、少し、息を止めてもらうことになるわ。そして腎組織を採取する。痛くないし、すぐに済む検査だから、安心してね」

それからあたしがベッドにうつ伏せになって検査が開始された。倉田が超音波診断装置の電源を入れる。マルグリッドが、なにやら冷やっこいジェル状のものをあたしの背中へと塗りたくった。それはエコーゼリーと呼ばれるもので、皮膚とプローブとの間に空気が入らないようにして、超音波を伝わりやすくするためのものらしい。倉田が手に取ったプローブをあたしの背中にあてがった。倉田がプローブを当てていた時間はわずか五秒にも満たなかった。すぐにマルグリッドがゼリーを拭き取り、ペンで印をつけるのを背中越しに感じた。

「それじゃあ、麻酔、打ちますね」

直後に、ちくりと肌を刺す感覚があった。

「じゃ、針を刺すわよ」

彼の集中が検査室の冷たい空気を伝わり、肌を刺した。

12

ぼくたちは茶室を出て一階におり、大ホールに残した三人を呼び、先に食堂にいた美弥と宗史とゆかりを含む全員の前で、叔父の身に降りかかった不幸を告げた。皆が一様に驚愕の表情を浮かべる中で、まったく異なる反応を示した者が二人いた。ひとりは由伊である。父が殺害されたという事実を突きつけられた彼女は、即座に気を失い崩れ落ち、テーブルに頭を打ちつけてしまったのだ。そしてもうひとりは宗史だった。

「誰だか知らないが、本当に感謝するぜ」彼は立ちあがり席についた一同の顔を見渡して、異様な高笑いをあげた。「本当にすべてが、おれの都合のいいように動いてやがるんだからな」

その後、宗史、史絵、美弥——動機という面から考えれば、容疑者足り得る三人だ。宗史、美弥はいわずもがな、また、宗史がいった通り、ことがすべて彼の都合のいいように動いていることから、彼の幸せを願う身内、つまり史絵も容疑者の圏内であるといえる——の順で食堂を後にした。夕食はいらないという。それから気を失った由伊を応接室に運びソファへと寝かせた。一連の事件の真犯人の目的がぼくにこの家を継がせないことだとするならば、祖母と叔父を殺害したことによってその目的はほぼ達成されたということになる。従って、彼女をひとり応接室に残していっても、その身に危険が及ぶ心配はほとんどなかった。が、葵は念のためといって応接室に鍵をかけてくれた。ぼくらは食堂に戻り、残ったメンバーと共に軽い食事を済ませてから事件を検討することにした。焦点はやはり、西館にいたはずの叔父の遺体が、どうして東館の茶室にあったのかということだった。

これには二つの考え方がある。ひとつ目は、叔父がなんらかの理由があって、または誰かに呼び寄せられて自分から茶室に向かい、そこで殺害されたという考え方。しかし、

「ぼくたちはずっと大ホールにいました」と勝子は繰り返し主張した。「見逃しは絶対にあり得ません」

「大ホールを通らずに西館から東館へ移動する方法は」とぼくは訊いた。

「一階の窓から外に出て、東館一階の窓から入った、とか？」と葵。

「でも、ゆかりたち、まだ正面玄関から吊り橋に至る道程の雪かきしか済ませていないから、建物の周りも、中庭も、雪は手つかずで残っているぞ？　結構な高さで」

「まあ、無理をすれば通れないこともないと思いますけどねえ」葵はいった。「その場合、確実に足跡が残っているでしょうから、ちょっといって、確認してみましょうか」

実際に確認してみたところ、邸の周囲に足跡らしきものは一切残されていなかった。それに二階から見おろした限りでは、中庭もまた同様であった。

「そもそも、もし雅史さまがなんらかの理由があって、もしくは誰かに呼び出されて自分から茶室に向かったのだとしても、大ホールを通らずわざわざ誰にもわからないようなルートで移動する必要なんて、どこにもなくないですかあ？」

この葵の意見には一同が賛成し、それでひとつ目の考え方については完全に棚あげとなった。

二つ目は、叔父を殺害した犯人がその遺体をなんらかの方法を用いて西館から東館二階の茶室に移動させたという考え方である。

「でもさあ」とゆかりが首を傾げる。「もしそうだとしたら、方法はともかくとして、犯人はどうして、雅史さまの遺体を、わざわざ東館へ移動させる必要があったんだろう。しかも切断なんかしたりしてさ」

「なぜを考えるのは後回しにしましょう」ぼくはいった。それを考え始めると議論が堂々巡りになるのは眼に見えていた。「ここはやはりどうやって、すなわち東西館の移動方法を探るのが先決だと思います」

「正規ルートでも、迂回ルートでもないわけですから」勝子が眼鏡を押しあげていった。「そうですね。叔父さんの部屋と茶室とは真正面に位置している。つまり、荒唐無稽ですが、なんらかの方法によって、中空に道を作ってやれさえすれば」

「ロープを結んで綱渡りとか？」ゆかりが立てた指先を頬に当てて小首を傾げる。「でも勝子さま、中庭は十五メートルほどの幅があるんだぞ？」

「犯人が雅史さまの遺体を担いで渡るのには、さすがに少し無理がありますよねえ」葵が腕を組み頷く。それからなにか閃いたように、「あっ！」と叫んだ。

「なんだ？　どうしたんだ、葵」

「ふふふ。この超絶有能なお手伝いさんであるこの葵さんが、ついに閃いちゃいましたよ。細いロープの綱渡りが難しいのであれば、そう、頑丈な橋をかけてやればいいのですよ！」

「橋だって？」

「そうです」葵は力強く頷いた。「雪国名物、氷橋（すがばし）なのです！」

氷橋は、昔の北海道などの雪国で見られた、文字通り氷でできた橋のことである。両岸に丸太やロープを渡してその上に藁や枯れ枝と雪を載せ踏み固め、水をかけて凍らせるのだ。

「昔、なにかの本でそんなトリックを見たことがあるのです。タイトル、なんだったっけ。面白かったなあ。実はあたし、その手の物理トリック大好きなんですよ。ほら、ゴッド・オブ・ミステリーこと島田荘司が得意とするような、思わず、おいおいって突っこみたくなる感じの豪快にぶっ飛んだトリック。もう、最高ですよね。そんな荒唐無稽なトリックこそミステリの華ですよ。ミステリはそれだからこそいいんですよ。だというのに、まったく、最近のミステリときたら、リアリティを無視したあり得ないキャラクター設定ばかり重視するくせして、トリックや動機や捜査手順なんかの細かいところにはやたらリアリティを求めて、結果としてちまちま小さくまとまったものばかり。これじゃあ、あたしの心はまったく満たされません！　あたしはキャラクター小説じゃなくて、ミステリ小説が読みたいんですよ！　ああ、今一度、人間が書かれていないとバカにされていた頃の古きよき本格ミステリの復活を！」

「おいおい葵、ちょっと興奮しすぎだぞ」ゆかりが嘆息した。「でも、確かにそれなら、たとえ雅史さまの遺体を担いでいても、足場はばっちりと安定するから安心だな」

葵の慧眼に対して、ぼくが賞賛を送ろうと口を開きかけた、その時である。それはあり得ない、と声があがった。見ると、これまでひと言も発さずにじっと腕組み瞑目していた新谷が身を乗り出していた。

「葵さん、すみませんがその推理は、ぐうの音も出ないほどに反論させてもらいますよ」新谷がぴしゃりといった。「先ほどゆかりさんがいった通り、西館から東館までの中庭の距離は、大ホールの幅から考えておおよそ十五メートル。壁の厚みや、西館側のせり出したベランダ分を考えて差し引いてもまだ十三メートルはある。そんな長い距離の氷橋を作るのはひとりではまず不可能。犯人と被害者が協力するという可能性はほぼゼロだろうし、またもし仮に犯人が二人いたとしても、今度は材料の問題が出てくる。互いの窓と窓とを繋ぐ長いロープ、大量の藁や枯れ枝、それに雪。これらはどこから調達したのか。またまた、それらの問題がクリアされたとしても、次に持ちあがるのは、橋の処理の問題だ。氷橋の撤去は、通常、油を撒いて火を点けて行う。ロープや藁や枯れ枝を燃やせば当然、灰が残る。油を使えばにおいが残る。いかに強風が吹いていようとも、そのどちらもが一片の塵さえも残さず完璧に消え去ってしまうことはあり得ない。しかし無風の中庭はしみひとつない雪に埋められ、油のにおいもしなかったのです」

「ぐぬぬ」こてんぱんにやられた葵は渋い顔だ。「た、確かにぃ」

「だが、荒唐無稽なトリックこそミステリの華。その意見には私も素直に賛同しましょう」

検討は暗礁に乗りあげ建設的な意見はぱったりと途絶えてしまった。勝子はテーブルに肘を乗せて両の指を絡ませ合いながらうんうん唸り声をあげ、新谷はどこからか取り出した棒つきキャンディーを口の中に転がしながらじっとうつむき、葵とゆかりは居心地悪そうにそわそわと躰を揺り動かしている。全員が無言を貫いていたせいで、ぼくが椅子を引く音は妙な響き方をし、皆の注目を引いた。

「由伊を部屋に連れていくよ」ぼくはいった。「ソファじゃ、躰は休まらないだろうからな」

「ああ、そうですね」勝子が頷く。

「由伊さまのお食事はどうされますか？」と葵が訊いた。

「眼が覚めたら、訊いてみます」

葵から鍵を受け取って応接室に入った。由伊はソファの上でぐっすりだった。テーブルにぶつけた額が赤く腫れあがっている。後で冷やしておく必要がある。ぼくは由伊を起こさぬようにそっと抱きあげた。応接室を出て、廊下の角を曲がり、大ホールに抜けたところで、由伊は、うぅん、とうめき声をあげて躰をよじる。支点がずれて、重心が傾き、安定性を欠いた由伊の躰がわずかにずり落ち、それに驚いた彼女は薄く眼を開け、「やだ、落ちる、落ちる」と泣き声をあげた。

「大丈夫。落とさないよ」とぼくはいって彼女の躰を抱き直す。

その動きに脳が揺さぶられたせいか、彼女は寝ぼけ眼をぱっと見開いた。

「あれ？」由伊は、きょとん、とした表情でぼくを見あげて、それから首だけを動かして周囲を見回し、現状を理解する。そして、慌て出す。「あわわ、お、お兄さま。あの、これは、いったい。どうして、私が、その、お兄さまに、だ、だ、抱っこされて」

「まあ、落ちついて」ぼくは歩行ペースを落としていった。「由伊は、気を失ったんだ。覚えていないかい」

「私が、気を？——ああ」彼女は両手で自らの胸を掻き抱く。「そう、そうでした。お父さまが。まさか、お父さまが、亡くなられてしまったなんて」

由伊の眼に涙が滲む。それをぼくの眼から隠すように両手で顔を覆う。ぼくは彼女の震える肩をしかと抱き、大ホールを抜けて階段に足をかけた。由伊の自室にたどりつき彼女をベッドの上に横たわらせた。由伊はそのままごろりと転がってうつ伏せになり、さめざめと泣き続けた。ぼくはベッドに腰かけて彼女の肩をさすってやる。震えがおさまってきた頃、ようやくぼくは口を開いた。

「お腹、空いてないかい」

由伊は首を振った。

「じゃあ、お腹が空いたら、葵さんかゆかりさんを呼んで、食事を持ってきてもらうといい」

ぼくは立ちあがる。

「お兄さま」

歩き出したぼくを遠慮がちに呼び止める弱々しい声に振り向いた。由伊はうつ伏せのまま顔だけをこちらに向けて、真っ赤に腫らした眼でぼくを見あげていた。

「ひとりは、いやです」

「大丈夫」

祖母と叔父とが殺害されたことにより、天城家の実質的なトップの座は反対派の美弥へと移った。つまり犯人の目的がぼくにこの家を継がせないことだとしたら、犯人はすでに目的を達したことになる。

「もう怖いことはなにもない」

「ひとりでいるのは、怖いです。お兄さま」

「だけど由伊、きみは少し休まなければならない」

「手を」由伊は、母親を求める赤ん坊のように腕を伸ばした。「手を、握っていてください。お兄さま。せめて私が、眠りに就くまで」

「いいよ」即答した。振り返り、再びベッドに腰かけて、ぼくはその温かな手を両手で包む。

「ありがとう」由伊は、そっと微笑んだ。「由伊の、お兄さま」


由伊が確かな眠りに就いたのを確認してから、ぼくは握った手を離して部屋を出た。階段をおりて向かった先はもちろん美船のいる物置部屋である。殺人事件もそうだが、美船を蝕む病気の正体も、ぼくはまだ特定できてはいないのだ。

物置部屋の扉を開けると同時に、きゃっ、という叫び声があがった。声は、部屋の奥から聞こえてきたのでどうやら美船のものらしい。扉を閉めて棚から身を乗り出して見ると、美船は両手で顔を覆い、うめき声をあげながら毛布の上をのたうち回っていた。

「な、なんだ」美船に駆け寄る。「どうしたんだ、美船」

美船の躰に触れた瞬間、その手に、焼けるような熱を感じた。体温が上昇している。それもかなり。美船はじたばたと暴れ続けてぼくの手を払いのける。とにかく落ちつかせなければならない。美船、美船と何度も呼びかけながら、ぼくは彼女の肩に手を置き軽い躰を揺する。

「うー、うー」

美船はいやいやをするように髪を振り乱し、その細腕からは想像もつかない強力な一撃でぼくの手を払う。錯乱し、リミッターが外れてしまっているのだろう。

「美船、大丈夫だ。落ちついて、さあ」

ぼくは抵抗する美船の躰を強引に抱きすくめる。燃えるような熱が直に伝わり、非常事態を告げていた。美船はぼくの躰を押したり叩いたり突き飛ばしたりして逃れようと頑張るが、ぼくとて負けるわけにいかなかった。初めての兄妹喧嘩は五分以上も続いた。段々と美船が大人しくなった。観念したわけではなく、ただ単に疲れただけだろう。ぎゅっと強く閉じていたまぶたを開けて、とろんとした瞳でぼくを見ると、やがて、再びまぶたが閉ざされていった。完全に力の抜けた美船を毛布の上に横たえてポーチから取り出した体温計で体温を計る。

四十度三分。

急激な体温上昇。錯乱。――これはいったいどうしたことか?

いや、あれこれと考えている暇はない。

今は迅速な処置が必要な場面である。

とにもかくにも行動開始、と立ちあがると同時に、背後で物音が聞こえた。振り返ると、棚から頭だけ出してこちらを見ている葵の姿があった。

「あのう」

と、なにやらいいたげに口を開いた葵を遮ってぼくはいった。

「ああ、ちょうどよかった」

「はい?」

「少し、手を貸してください」

桶に冷水を汲んで持ってきてくれるよう葵に頼んでおいて、その隙にぼくはリネン室から新しい複数枚のタオルを持ってくることにした。扉を開けて中に入ると若干の違和感があった。少し考えて、それは先ほどきた時に部屋の真ん中にあった布の塊が、小さくなっていることによるものだと気づいた。おやと思い、窓辺に寄って外を見る。ああ、なるほど。そういうことだったのか。一部の布は、ベランダへと移動していたのだ。それからぼくはタオルを腕一杯に抱えてリネン室を出た。物置部屋に戻るとすでに葵は水の張られた桶の傍で待機していた。タオルを冷水に浸けて固く絞り、端を摑んで半分に折り、上下に強く振った。一度、二度。ばさばさとタオルが一瞬はためく。そして、三度目。タオルのはためく音は聞こえない。あまりの寒さに、タオルが一瞬にして凍りついてしまったのだ。拳に力をこめてみる。簡単には割れない。なかなか頑丈なようだ。さらに力をこめてみてようやく、ぱりぱりと小気味よい音が鳴った。

「なるほど。これは面白い」

だが面白がっている場合ではない。キンキンに冷えたタオルを葵に手渡して、二枚目のタオルを水に浸しながら指示を出す。

「額の上に」

「熱があるのですね?」

「そうです」ぼくは二つ目を手渡す。「次、頸部。首の後ろから側面を覆うように」

「はい。熱はどれくらいあるんです?」

「四十度を超えてます」

「え。四十度って、大丈夫なんですかあ?」

「次は服をはだけさせて両わきの下へ。大丈夫。四十二度以上にならなければ、死にはしません。が、人は体温が四十度を超えると内臓に損傷が出始めます。だから、迅速に体温をさげる必要があるのです」

「なるほど、なるほど」

「最後、下着を脱がせて鼠径部、つまり、両太ももの付け根あたりに」

「え、あ、はい」

葵は一瞬、戸惑ったような声をあげたが、すぐにいう通りにスカートの中に手を入れて、下着を脱がせ、代わりにタオルを差し入れた。

「助かりました」

「いえいえ、それで、あのう、ちょっといいですか？」

「どうぞ」とぼくはいった。

「額と首筋はなんとなくわかるんですけど、わきの下とか、太ももつけ根とかって、冷やして効果があるものなんでしょうか」

「発熱時に頸部、わきの下、鼠径部を冷やすことを三点クーリングといいます。で、何故この部位なのかというと、これらの部位は皮膚表層近くに太い血管が通っているからなんですね。そこを冷やすことにより、血管内の血液が冷やされ、それが循環することによって効率よく体温をさげることができるのです」

「なあるほどお」

「いや、本当に助かりました」とぼくは再度礼をいった。「それで、ぼくになにか用でしたか？」

「はい？」葵はわずかに首を傾げる。

「いや、ここへきた時に、なにかいいかけたようだったので」

「あ、ああ。そう。そうなんですよう」葵はぽんと手を打つ。「葵さんとしたことが、すっかり忘れちゃってました。あの、奥さまが、辰史さまにお部屋までいらしていただきたいとおっしゃっていました」

「ああ、そうでしたか。でも――」

「美船さまのことでしたら、このあたしがちゃあんと見ておきますから」葵がポンと胸を打った。「万事、ど、ど、ど、どーんとお任せください。とりあえずタオルがぬるくなったら、取り換えて差しあげればいいんですよね」

「ええ。それじゃあ、すみませんが、よろしくお願いします」


三度のノックに対して返ってきた沈黙をたっぷりと味わってから、ぼくは美弥の部屋の扉のノブに手をかけた。鍵は、かかっていなかった。彼女は、ソファに腰かけ前かがみになり頭を抱えた姿勢でぼくを出迎えた。ぼくはなにか口にしようとして、しかし、なにも口にすることなく後ろ手に扉を閉めて、そこに立ち尽くした。頭を抱えた腕の袖がずり落ち、白い肌が露わになっている。そこに垂れて絡みつく黒髪がよく映える。

「辰史さん」顔をあげずに発した美弥の声は震えていた。「私は、恐ろしくなりました」

「なにがですか」

彼女はわずかに顔をあげ、腕と腕の隙間から濡れた瞳をちらと覗かせた。

「宗史さんです」と美弥はいった。「私は、先ほどの、食堂での、宗史さんのあの笑い声、あの顔を見て、とても恐ろしくなりました。初めて、彼に対して恐怖を感じました。そして、あんな人に勝子を任せて本当によいものかと、自問してしまいました」

「別にそれがいけないということはないでしょう」

むしろ気づくのが遅すぎたくらいである。

「私は天城家の娘なのです。幼少より、本家の嫁となるべく教育を受けてきました。幼い頃に植えつけられた価値観というものは、大人になっても消えることはありません。私にとって、天城家のしきたりというものは、絶対的なものであって、その正当性を疑ったりすることは、決してあってはいけないことなのです」

「ですが、先ほどもいいましたが、あなたはしきたりに反したあの人の意見を押し通そうとしている」

「それは、私も先ほどいいましたが、私があの人を愛しているからであって――」

「それですよ」

「え?」

「愛です」とぼくはいった。「あなたが、あの人へと向けた愛が、あなたの根源的な価値観を揺さぶることができたのなら、母親としてのあなたが、娘へと向けた愛が、娘に幸せになってほしいと思う気持が、根源を揺さぶることがあってもいいはずでしょう」

美弥は再び頭を垂れて、そのまま石像のように固まってしまった。か細い吐息が室内にやけに響く。

「ですが」ようやく、美弥は口を開いた。「図らずも、現在の天城家における実質的な権力者となった私が、勝子のために、勝子と宗史さんを結婚させないために、勝子をではなく、あなたを跡継ぎとして認めれば、私は、あの人のことを裏切ることになってしまいます。あの人の、遺言を、意思を。裏切ってしまう。私には、それが耐えられない。私の側からの、例え一方通行な繫がりであっても、私はあの人と繫がっていたいのです。それを、手放してしまうなんてことは、私にはとてもできないのです。私には、もう、それしか残されていないのですから」

彼女が天城勝史に対する強い愛情を示せば示すほど、それを裏切ったあの男への怒りがこみあげてくる。

「だがあの男はあなたを、幾度となく裏切ったのでしょう」とぼくは語気を強めていった。

「――そうですね」美弥は頷いた。「ああ、ようやくわかりました。あなたは、その事実が許せなくて、あの人に対し怒りを抱いていたのですね」

「人として当然の怒りです。浮気をする人間というのは総じてクズです。決して許されるべき存在ではない」

美弥が頭をあげてこちらを見た。「あなたは、どうも浮気というものをひどく嫌悪しているようですね。もしかして、過去になにかあったのですか?」

「なにかあったかとおっしゃいますか」ぼくは半ば叫ぶようにしていった。「いいですか、あなたが先ほどいったように、幼い頃に植えつけられた価値観というものは、その人間を形作る上で重要なもので、大人になっても消えることはない。まったくその通りです。ぼくは、幸いにも天城家の偏った価値観をあまり押しつけられることなく幼少期をすごしました。四つか、五つの時に幸運にもあの男が、ぼくに家を継がせないといってくれたおかげでね。しかし、その間、幼少期のぼくが代わりになにを見て、なにを感じてきたか、わかりますか」

美弥は答えなかった。

「あなたですよ」とぼくは美弥を指さした。「あの男に裏切られて悲しむあなたの顔だ。そして、あなたの悲しむ顔を見て悲しむ母の顔だ。もちろん幼少期のぼくには、あの男のしたことなどなにもわかっちゃいません。けど、ぼくの愛する二人の母の悲しむ顔だけは、しかと心に刻みついた。幼少期の心に、深く、深く、傷を残した。だからなんですよ。やがて成長し、あの男が根っからの女好きであることを知り、当時のあの男がしていたことが浮気だとわかると、ぼくは、浮気というもの、浮気をする人間すべてを嫌悪するようになった」

「そういう、ことだったのですね」美弥は、ぼくから眼を逸らす。「すべて私が、いけなかったのですね」

「違う」ぼくは叫ぶ。美しい自己犠牲も度がすぎれば腹立たしいだけである。「悪いのはあの男です。あなたを、あなたの愛を裏切り続けたあの男が全部悪い。あなたは立派な方だ。あなたは、ぼくにも、母に対しても辛くあたることはなかった。愛してくれた。笑顔をくれた。すべての元凶はあの男にこそある。あの男を愛しているあなたにこんなことをいうのは酷でしょうが、あの男はとんだ大罪人ですよ。まったく。ぼくじゃなく、勝子に家を継がせることであなたに対する自らの罪を償おうったって無駄だ。あの男の罪は、そんなもんじゃあ少しも償えない」

「罪を償う、とはどういう意味ですか？」

ぼくは、天城勝史が頑なになって、家のしきたりに背いて自らの主張を押し通そうとしたその理由を、ぼくの単なる推測にすぎないという注釈つきでいって聞かせた。

「ああ」涙が美弥の頬を濡らす。「それがもし本当なら、あの人は、ほんのわずかといえども、私のことを思ってくれていたということ。私からの一方通行だけじゃない。私は、そう自惚れてもいいのでしょうか」

裏切り続けた妻への贖罪として、その子供の勝子を当主の座に据えさせるために、鉄のしきたりに逆らい続けた——。

確かに聞こえはいい。でもやはりそれは結局、ぼくの希望的解釈でしかない。こうであって欲しいという、あの男の子供としての切なる願望にすぎない。

だが、

「ああ、ああ、こんなに、嬉しいことはない」

美弥は歓喜している。ぼくの単なる推測を、疑いもせず、事実として受け止めて、涙を流して喜んでいる。ああ、あの人の眼には、天城勝史という人間が、いったいどのように映っていたのだろう？

ぼくと美弥との、天城勝史に対する致命的な認識のずれに、ぼくはなにかうすら寒いものを感じていた。それは暴力を振るう夫と離婚しようとせず、あの人は私がいないとだめなの、と儚げに笑って見せる女性を見た時の感覚によく似ていた。

「ならば」涙を拭った美弥は背筋を伸ばしきりりと表情を引き締めた。「もはや、迷うことはありません。私は、あなたにこそ、この家を継いでいただきたいと思います。しきたりを守るために。それ以上に、勝子の幸せのために」

「それはぼくにとってもやぶさかではありません」ぼくはいった。「宗史の思惑から勝子を守れますし、それに、美船のこともあります」

その時ぼくは、由伊との結婚に関してはあえて触れなかったのだ。ぼくは、天城家を継ぐと祖母に告げてからというもの、由伊に対して申しわけない気持でいっぱいだった。何度もいうようだが、ぼくは、ぼくの決定によって彼女の将来が縛られてしまうことが大変心苦しかったのだ。なんとかしたいと思った。だが、その時はまだなにもいい案が浮かんでいなかったのである。

「ありがとうございます」美弥は高貴な笑顔を湛えた。「それでは、さっそく皆さんを集めてそのことを――」

「待ってください」ぼくは彼女の提案を制する。「あなたは興奮して、どうもまだ冷静になり切れていないようです」

「どういう、ことでしょう?」美弥はまるで少女のような無邪気さで首を傾げた。

「それを皆の前で発表するのはまだ時期尚早だということです」

「どうしてでしょうか」

「今回の事件の犯人は、その、皆の中にいるんですよ。犯人の目的が、ぼくにこの家を継がせないことだとするならば、祖母と叔父を殺害し、あなたがこの家の実質的なトップに立ったことで、すでに目的を達したことになる。わずか数分前まであなたは反対派の筆頭だったのですからね。そのあなたの考えが変わったことを知るのは、今はまだこの場にいるぼくとあなたの二人だけ。つまり、現状を維持すれば、これ以上の悲劇は生まれない。わざわざあなたの考えが変わったことを公にすれば、次はあなたに危険が及ぶかもしれない。いや、犯人は次こそは本丸を、つまりぼくを狙ってくるかもしれない。そうした危険を、わざわざ冒す必要はないでしょう」ここまでまくし立てるようにいって、ぼくは苦笑した。「ぼくだって、命は惜しい」

「ああ、そう、そうですね」美弥は膝の上で組んだ手を見つめながらいった。「あなたを、危険な目にあわせるわけにはいきませんものね。ならば明日、橋が復旧して警察が到着するまで待たねばなりますまい」

「もしくは」ぼくの言葉に美弥が顔をあげた。「それよりも先に犯人を捕まえてしまうか」

「辰史さん」美弥がハッと息を呑む。「まさかあなたは、あなたには、犯人が、誰なのか、わかっているというのですか」

「いいえ、残念ながら」首を振った。「容疑者を二人にまでは絞れているのですけれどね。どちらにしても、まだ確証が得られないのです」

この件に関してはまだ口外してはならないと念を押してから、ぼくは美弥の部屋を出た。視界の端に新谷の姿が映った。彼女は棒つきキャンディをしゃぶりながら、本来ぼくが使う予定だったためちゃくちゃに荒らされた部屋の戸口に立ち中をじっと見つめていた。

職業探偵である彼女は、今回の事件の真相にどれだけ近づいているのだろうか。もちろん小説などとは違い、現実の探偵というものは人捜しや浮気調査などがメインの仕事であって、殺人事件の犯人捜しなどとは縁遠いものなのだろうが、それでも、やはりその考えを聞いてみたいという思いはあった。

「新谷さん」声をかけると、彼女は、動画のスロー再生のような緩慢な速度で振り返った。「どうです、なにかわかりましたか」

新谷はしばらくぼくの眼をじっと見つめていたが、やがて、ぷいと顔を背けて、再び室内に視線を戻した。先ほどから感じていたのだが、どうも彼女は、深く考えこむと口数が減る性分らしかった。ぼくは彼女の背後に立ち、同じように室内を見た。ひどい有様は、何度見直してもひどい有様のままだった。

「実はぼくの方でですね、西館にいたはずの叔父の遺体が東館にあったという、その不可能を可能にするトリックがわかったのですよ」

その言葉にも新谷は眉ひとつ動かさない。それどころか、

「あんなものは、猫にだってわかることです。そんな得意気に吹聴するような代物ではありませんよ。気をつけてくださいね。ただのバカに見えますから」

と、にべもない返事をする始末である。まあ、ぼくにわかって、本職の新谷にわからないはずがないといえばその通りなのだけれど。

「いったい、どちらなのでしょうね」

と、ぼくがいった。すると、彼女は一瞬、顔を動かしてこちらを見た。

「どちら、とは？」

「えっと、だから、あのトリックが実行可能な人物は二人いるわけですから——」

「二人？　ご冗談を。ひとりでしょう。辰史さん、あなた、なにか見当違いの考え方をしているのではないのですか？　あんなトリックができるのは、ここにはひとりしか存在しませんよ」

そこで新谷はトリックについての解説をしたが、それはやはりぼくの推理したものとまったく同じものであった。

「同じならば二人という結論にはならないでしょう。だからこそ私はこうして腑に落ちずにいるというのに。それともあなたまさか、まともに数も数えられないというのではないでしょうね？」

だいぶ調子の出てきた毒舌に苦笑しながら、ぼくはその二人の名前と、トリックを実行可能だという根拠を口にした。

「それは、本当なのですか？」

「ええ、本当です。そして片方には明確な動機があり、もう片方には動機が見えない。しかし、そのどちらにしても、わざわざあんな無茶なトリックを用いて死体を移動させた理由がわからない――」

　わずかな沈黙があった。やがて新谷がいった。

「理由？　そんなものは、簡単ですよ。答えるまでもないほどにね」

「え？」

「窓が開いていたでしょう？」新谷はにやりと笑みを浮かべた。「やはり、私は正しかった。これで、すべてがわかりましたよ」


　新谷と別れて階段をおり、医務室で必要なものを調達してから、美船の元へと向かった。

　薄暗い物置部屋では、美船の傍らに座る葵が献身的な看護を続けていた。彼女はぼくに気づくと、冷たい桶に手を浸したそのままの体勢で顔をあげた。

「あ、辰史さま」と葵はいった。「ご用はお済みですか」

「ええ。美船の様子はどうでした」

「苦しがる様子はありませんでしたし、熱も、少しはさがったと思いますよう」

「計ってみましょう」体温を計ると三十九度三分だった。「よし、さがってる」

「ああ、よかったです」葵はタオルを固く絞り、水気を取って広げ、それから美船の額に載せた。

「葵さんのおかげですね。ありがとうございました」

「いえいえ。そんなことありませんよう。あたしはなあんにもしていません。ただ、タオルを取り換えていただけですからね」とからからと葵は笑う。

ぼくはポーチをがさつかせ、小さなチューブを探し出して彼女に手渡した。

「よかったら、使ってください」

「え、ああ、ハンドクリームですか」葵はいった。「いやいや、この場面であえて歯磨き粉を出すという、辰史さま渾身のボケの可能性が――」

「いやいや」ぼくは苦笑した。「冷水で手が荒れたらいけませんからね。女性の手は大事にしないと。差しあげますのでどうぞ。一応、本物の医者が出すものですから効きますよ」

「あはは」葵は朗らかな笑みを浮かべる。「それでしたら、遠慮なく使わせていただきますねえ」

葵はチューブのふたを外して左手の甲の上に少量を押し出し、両手を擦り合わせて全体に馴染ませる。「おお、なんかすごい効いてる！――の、かなあ？」

「そんなすぐにはわかりませんよ」ぼくは再び苦笑する。「本当にありがとうございました。後はぼくが面倒見ますので」

「はい。それでは、あたしは本来の仕事に戻らせていただきますねえ。あまりに色々なことが起こりすぎて、仕事がてんこ盛りになってるんですよう」

葵はすっくと立ちあがり、美船から少し離れてからふわり膨らむスカートの埃を軽く払い、一礼してぼくに背を向けた。

「ああ、そうだ」ぼくはその背中に声をかける。「ひとつだけ、お願いできますか」

彼女は俊敏に振り返り、なんなりとお申しつけください、と頭をさげた。

「今から、ええと」ぼくは時計に眼を落とす。「二十五分後にですね、ぼくと、美船と、それと新谷さんを除く全員を、ぼくの部屋の前に集めていただけますでしょうか。あ、美弥さんにはぼくからすでに伝えてありますので」

「ええと」葵は、難しい顔をして少し考えるように沈黙したが、やがて、ぱっと顔を綻(ほころ)ばせていった。「はい。よくわかりませんけど、辰史さまがそうおっしゃるのであれば、そのようにいたします」

13

神さま。あなたはいったい、どうしてこのような仕打ちをなさるのでしょうか。

乳児の頃に両親に捨てられて施設で育ち、小中学校時代はそれをネタに散々いじめられてきた。——子供というのは、どうも自分が意識せず当たり前に持っているものを持っていない者を本能的に見くだす習性があるような気がしてならない。持っている自分が上の立場であると認識して、持っていない者を邪気のない残酷さで攻撃する。施設育ちのみならず、ひとり親の子や、ちょっと貧乏な子、障碍を持った子がいじめに遭いやすいのは、まさにそのせいなのではないか。——話が逸れた。そういう難しい話は教育の専門家に任せておけばいいのだ。あたしの意見は結局はあたしの体感でしかないのだから、なんの客観性もない。統計的データもない。文脈にも関係がない。反省。

ともかく。

これまでも、そうした仕打ちに必死になって耐えてきたというのに、さらには原因不明の病に侵され苦しんでいるだなんて、神さまは、あたしのことを嫌っておいでなのでしょうか、

◇

ページをぐちゃぐちゃに塗りつぶしたい衝動を必死にこらえて、そっとペンから手を離す。

——まったく、なんだこれは。あたしの手から離れ、コロコロと転がったペンがベッドテーブルから落ち、かつん、とリノリウムの床を叩いた。

生検後は翌朝までベッドに縛りつけられることになる。安静が必要で、立って歩いたり椅子に腰かけたりは一切禁止だと注意を受けた。そんなことはどうでもよかった。あたしは完全に気が滅入っていた。落ちこんでいた。どん底だった。なにもしたくない。なにも考えたくない。そんな、窮地に追いこまれるとすぐに思考停止を起こすおとぎ話のお姫さまのような精神状態に陥っていた。あたしはそれがたまらなく嫌だった。おとぎ話であれば、そうしてうじうじしていればやがて救いの手も現れよう。都合のいい王子さまが現れよう。しかしあたしは現実だ。魔法使いのいない世界のシンデレラ。あたしは、だから、ベッドの背を少しだけあげて、テーブルに日記帳を広げ、無心にペンを走らせたのだ。

その結果が、

——まったく、なんだこれは。この自己憐憫に満ちた文面は、いったいどういうことだ。あたしの身の不幸など、——施設の他の子供たちに比べたら、吹けば飛ぶたんぽぽの綿毛のように軽いものだというのに？

無意識の内にこんな弱音を吐いた自分が嫌になる。どんなことがあっても、絶対に弱音を吐いてはいけないと、そういつも自分に課してきた。それは、施設の中では自分はまだ恵まれた方なのだという認識があったからだ。

でも、——何故だろう。

今、あたしの眼には涙が浮かんでいる。視界が滲む。水槽越しに覗きこんだように不明瞭に、ゆらゆらと揺れている。

あたしは、天井を見あげて、両手で口を押さえつけた。ぎゅっ、と強く。強く。

指の隙間から嗚咽が洩れた。溢れた雫が頬を伝って落ちた。

それでも、あたしはその言葉だけは口にすまいと懸命に頑張った。

だが、

「なんで、あたしばっかり、こんな目に、——」

ついに、その言葉が洩れた。同時に、お父さんがいて、お母さんがいる、普通の温かい家庭で、普通に愛されて育ち、普通に学校に通って、普通に友達を作り、普通に楽しく遊んでいる、同年代の他の子供たちに対する、醜い感情が浮かんでくる。お父さんもいない、お母さんもいない、心身ともにズタボロの寂しい眼をした者たちが寄り集まった施設で、親切だが明確な一線を引き距離を保つ職員に囲まれて育ち、寄付された服とランドセルを背負って学校に通い、それが好奇の視線と嘲笑を呼び友達もできず、散々にからかわれ、いじめられ、施設では歳の離れた子の世話やお手伝いに追われて子供らしい自由も満足にない、そんなあたしが今、さらには原因不明の病に侵され苦しんでいる、――その事実に、あたしは肩を震わせ、声を殺しながら、しくしくとすすり泣いたのだった。

しばらくしてからノックの音が耳に飛びこんできた。あたしはびくりと躰を震わせ、袖口でごしごしと涙を拭った。それから顔をあげ、ゆるりと振り向き、どうぞ、と声をかける。扉が開かれる。戸口に、ひょい、と現れたその姿を見て、あたしは、ぎょっとした。

その人は、萌が顔全体の右半分を眼帯で覆っているのと同じように、その右半分を、グロテスクに焼けただれた火傷の痕によって覆われていた。眼は完全に潰され、本来の役割を放棄してしまっている。

「間違いない。ようやく、見つけた」

声帯が焦げついてしまったかのような、ざらざらとかすれた声だった。おそらくあの火傷と関係があるのだろう。その人は、あたしをちらりと一瞥して中に入り、後ろ手に扉を閉めた。着物の裾をはためかせながら、三本の足をゆっくりと動かして部屋を横切り、ベッドの足元にあるカルテを手に取ると、そのまま隅の椅子に腰かけた。カルテを開き、眺める。

「ふむ、なるほど。ここはやぶ医者揃いの病院のようだな」

その人はカルテを閉じ、あたしに視線を投げかける。わずかな沈黙の後、不意に、その人が口を開いた。

「やはり、私は正しかった。きみは、アミロイドーシスじゃない」

「あ、あなたは、——お医者さま、なのですか？」

と、あたしが訊いたのは、その後のかなり長い沈黙を経てからのことだった。

「医者？——いや、違う、そうじゃない」

その人がいう。

「私は、きみの行方を捜していた者だよ」

「どういうこと、ですか」

息苦しさに喘ぎながら、あたしは問う。心臓が、今にも肋骨を砕き胸を突き破り飛び出さんばかりに強く脈動している。ベッドわきに置かれた、あたしの躰と繋がれた生体情報モニタに微細な変化が現れた。

「どうして、あたしを」

「ある人に頼まれた」

「それは、いったい、誰なのですか」

「きみの知らない女性だよ。その人から、きみを捜してほしいと、そういう依頼を受けたんだ」

「その人は、どうして、あたしを捜す必要があったのですか」

先ほどからすっかりと質問をするだけの機械と化している。その事実を認めても、今のあたしには苦笑する気すら起きなかった。

その人が立ちあがり、こちらに歩み寄りながら懐に手を差し入れる。そしてあたしの日記帳にも似た、しかしそれよりも年季の入った、やたら黒光りのする分厚い手帳を取り出すと、テーブルの上に置いた。

「きみを捜し出して、そしてこれをきみに渡してほしいと、そう頼まれたんだ」

「これは？」

あたしは手を伸ばす。その指先が触れるか触れないかというところで、

「きみの父親の手記だ」

という声が聞こえて、あたしの指先が、カタツムリの触角のように、ひゅっ、と委縮して引っこんだ。

あたしの、――父親？

その意味を解するのにはそれなりの時間を要した。心臓が口から飛び出さんばかりに強く脈

打っているというのに、頭にまでまったく血が通ってきていないような感じで、思考が停滞していたのである。その人は、その間じっと微動だにせず佇んでいた。あたしが顔をあげた。眼が合う。それが、合図となった。

「きみに」

その人は、大儀そうにベッドわきの椅子に腰かけながらいった。

「その手記を、読んでもらいたい」

14

予定通りの時間に、天城邸の面々がぼくの部屋の前に顔を揃えた。群衆の先頭には、葵が無事に任務を遂行したせいかにこにこ顔で立っている。その後ろに立つ勝子と由伊はぼくになにか訊きたそうな顔をして、しかしそれを口にすることはせず、しきりに眼鏡を気にしたり、髪の毛をいじくったりしていた。その横の美弥と史絵はひそひそと言葉を交わしていたようだが、その内容は聞き取れない。そしてさらにその後ろに立つゆかりは頭しか見えない。群衆から少し離れて壁に寄りかかる宗史は渋い顔だ。

ぼくは、扉の前に立ち、彼らの顔をひとつひとつ見回してから咳払いをしていった。

「さて、皆さん」続きを口にしようとした時、おもむろに葵が手をあげた。「どうぞ」

「そのセリフは新谷さんがいうべきだと思いまあす」

「『名探偵、皆を集めて、さてといい』、ってやつだな」いつの間にか前に出てきていたゆかりがいった。

「そのしんちゃんの姿が見当たらないのですが」

「ああ、彼女なら心配しなくても大丈夫だよ」そういってぼくは立てた親指で背後の扉を示す。

「では仕切り直して、皆さんにこうしてお集まりいただいたそのわけを、お話しするその前に、まず見ていただきたいものがあります。それはこの扉の向こうに」

ぼくは躰を横にずらして道を譲る。群衆は、どうしようかといった風にそれぞれの顔を見合わせながら、誰が扉のノブを握るのかを無言の内に探っている。

「勝子」とぼくが白羽の矢を立ててやると、勝子が間の抜けた顔で自分の鼻先を指さす。ぼくが頷くと、彼女は緊張した面持ちで一歩前に出てノブを握り、回す。彼女は、扉を一気に開けてしまわずに、そろそろと慎重に、わずかな隙間を作って、そこから中を覗きこんだ。

「あっ」と勝子が声をあげた。

「どうされたのですか、勝子お姉さま？」

「なになに、いったいなんですかあ。焦らさないでくださいよう」

「うー、ゆかりにも見せて欲しいぞ」

などと口にしながら、群衆は勝子の背後に殺到する。

「お、押さないでください。今、開けますか、らぁっ」

扉を開けた拍子に勝子が前のめりになって、それに覆いかぶさるように集団が部屋へと転がりこんだ。

「こ、これはいったい、どうなっているの？」団子になって崩れた娘たちの後ろから室内を覗きこんだ史絵が声をあげた。「辰史くん、いったい誰がこんなことを？」

皆が驚き、ぼくにそう訊いたのも無理はないことだった。何故なら、今日の昼すぎに葵の手によって、どこを舐めてもらっても大丈夫なほど綺麗に整えられたはずのこの部屋が、本来ぼくが使うはずだった部屋と同様の惨事にまみれていたからである。いや、正確にいうならば、先の部屋に比べれば、この部屋の惨状はまだ多少なりとも軽い。あちらの部屋は、部屋中の壁という壁、カーテンやソファはナイフのようなもので切り裂かれ、家具までも徹底的に破壊され尽くしていたのだが、この部屋においては切り裂かれた壁紙は全体の約半分にも満たない程度で、カーテンやらソファやらの家具にまではまったく手が回っていない様子なのだ。

部屋の奥のベッドに腰かけていた新谷が立ちあがり、戸口の正面に立つ。ぼくは戸口に固まっていた娘たちの背中を押して室内に入れ、外にいるご婦人方、宗史にも部屋に入るよう指示する。そして最後にぼく自身が入室し、扉を閉めた。

新谷と相対するように横に広がった人垣の隙間を縫って前に出て振り返る。面々を右から左に順繰りに見遣った。それから、新谷と顔を見合わせて、互いに頷く。

「さて」ぼくはいった。「これこそが、皆さんに見ていただきたかったもの。ぼくたちの実験の結果なのです」

「実験？」勝子が眉をひそめた。「どういうことですか？」

「ぼくたちは美弥さんの許可を得て、この実験を行いました。そして――」ぼくは一歩踏み出し、その人の手を取り、ぐいと引き寄せて、そのまま反対側にあるソファへと押しやった。「この結果によって、あなたが一連の事件の犯人であるという確証を得ることができたというわけですよ」

ぼくは、その人の名を呼ぶ。

「葵さん」

どよめきが湧き起こる。名前を呼ばれた葵はソファに座り、うつむいてじっとしている。顔色は窺えない。ぼくは軽く咳払いをすることで人々の注目と静寂を取り戻した。

「ぼくがあなたを容疑者として考えたのは、ほんの、つい先ほどのことでした。それは具体的にいうならば、西館にいたはずの叔父さんの遺体が東館で見つかったという、不可解なできごとを可能にしたトリックの正体に気がついた時です」

「え、それは本当なんですか、兄さん」勝子は驚きに眼を見開いた。「トリックがわかったって」

「ああ」ぼくは頷いた。

「どのようなトリックを使って、あれをやったというんですか」

「それは氷の橋なんだよ、かっちゃん」と新谷がいった。

「氷の橋、って」勝子は、ぽかあんと口を開けて、隣にいたゆかりと顔を見合わせた。

ようやく言葉を発したのはゆかりだった。「でも、新谷さま。氷の橋という案は、先ほど検討した時に葵が出して、でも、それは、新谷さまが自分でコテンパンにしちゃったんじゃなかったのか？」

「その通り」新谷が頷く。「しかし、氷の橋を架ける方法は、それひとつだけではないのです。犯人はもっと単純、かつ、荒唐無稽ともいえる方法で東西の館の間に氷の橋を架け、西館にいた雅史さんの遺体を東館へと移動させたのです」

「その方法とは？」

「至ってシンプル。例えば、橋の架かっていない川を渡りたい時、雪国ならば先ほどいった手順で氷橋を作って渡るという手が使えるが、それ以外の地域ならば、どうするのが一番いいと思う？」

「そうですね。道を迂回するという選択肢がないのであれば、まあ、どこからか木材や丸太を探してきて、こちら側から対岸の間に架けてやるのが最も簡単な方法でしょうかね」

「それなんだよ、かっちゃん」新谷はいった。「犯人は、まさしくそれをやったんだ。西館と東館の間の中庭、約十五メートルあるその中空に、同じようにして橋を架けたのさ」

「氷で、ですか？」

「氷で、だよ」

「そんなこと、できわるわけ――」

「できるよ」新谷は力強く断言する。「実に単純な、荒唐無稽な手を使えばね」

「それは、いったいどういう手ですか」

「ここにいる方々は、このあほみたいに寒い地域に住んでいるからよくおわかりだとは思うが、濡らしたタオルを外で振り回すとどうなる？ 一瞬にして凍ってしまうだろう？ 犯人は、それを十八メートルもの規格外サイズでやり、そうしてできた氷の棒を、西館と東館の間に何本も架けて橋を作りあげた。そしてその橋を用いて、雅史さんの遺体を移動させたんだ」

あまりにも重い沈黙がおりた。信じられないのも無理もないとは思う。ぼくと新谷が気づいたそのトリックは、あまりにも単純明快にして、空想的で、古くさい前時代的な探偵小説のトリックのようで、リアリティなどはひとかけらもなく、現実離れしすぎていた。

「なるほど」ようやく勝子が言葉を発す。「十八メートルサイズ、ということは、あの、大ホールに吊りさげられているカーテンを使ったということになるのでしょうが、そもそも、それほどのサイズのものをうまく棒状に凍らせてやることは可能なのですか」

「可能だよ」新谷がいった。「ここのリネン室は通常の二部屋をぶち抜いた造りになっているだろう。だから、反対側から見ればようくわかるが、ベランダも二部屋分繋がっている。ひと部屋のベランダの幅は約十メートルほどあったから、リネン室のベランダは約二十メートルはあるということになる。そこに長さ十八メートルのカーテンを広げて、水で濡らしながら、ねじりあげていく。そして少し放置してやることで、氷の棒が見事完成するというわけさ」

「なるほど」勝子は俯き、わずかに沈黙してから顔をあげた。「しかし、しんちゃん。まだ問題はありますよ」

「うん。強度の問題だな」とゆかりが言葉を継いだ。「凍ってるとはいっても、もとはちょっと厚いだけのただの布なわけだから、どんなに慎重を期したとしても、橋を渡っている途中で、絶対にぽっきりと折れてしまうに違いないぞ」

その通りだった。しかし、

「だからこそ、雅史さんの遺体は、切断されたのですよ」新谷はいった。「氷の橋は、確かに物理学的に考えて、人間ひとりの体重を支えるのには多少心許ない程度の強度しかない。しかし人間半分の体重を支えるくらいの強度は充分に持っていますからね」

「いやいや、ちょっと待ってください、しんちゃん。切断して軽くしたといったって、それを抱えて橋を渡って向こう側に運ぶのはやはり人間なわけですから、結局は同じことじゃないですか。人間二人が、人間ひとりと半分になっただけですよ。切断されて半分になった叔父さんの遺体が、それぞれ自律してひとつずつ橋を渡っていったというのなら話は別かもですが。遺体は所詮遺体であってゾンビではあり得ない。現実はB級ホラーとは違うんです。やっぱり無理ですよ。そんな氷の橋を使って、叔父さんの部屋から叔父さんの遺体を向こう側の茶室に運ぶなんてこと、できるわけありませんよ」

「そうだぞ」勝子の意見にゆかりも追従する。「そもそも、リネン室で作った長さ十八メートルにもなる棒を、いったいどうやって雅史さまのお部屋まで運んだっていうんだい？　そんな長いものを抱えていたんじゃ、廊下の角を曲がることすらできないんだぞ。新谷さまのその推理は、まさしく荒唐無稽で、小説なら面白いのかもしれないけれど、現実にはやっぱりちょっと無理がありすぎるぞ」

「そうかもしれませんね」新谷がにやりと笑う。「では、ここでちょっと違う考え方をしてみましょう」

「え？」

「犯人は、雅史さんの遺体を茶室に運ぶ必要などなかった。犯人は、氷の棒を雅史さんの部屋に運ぶ必要などなかった、と」

「つまり？」

「つまり犯人は、雅史さんの遺体のある二階の部屋に氷の棒を運ぶのではなく、氷の棒のある三階のリネン室のベランダに雅史さんの遺体を運ぶだけでよかったのさ。後は雅史さん自身がひとりで勝手に茶室へと移動してくれることになっていたからね」

「リネン室のベランダから、叔父さんが、ひとりで、勝手に、茶室へ――」勝子が、自分の言葉になにか思いついたようにハッとして呟いた。「まさか」

「そのまさかなのさ、かっちゃん」

そう。

そうでなければ、あの、とても人間業とは思えない叔父の手足の捻じ曲がり具合は、説明がつかないのだ。

半分に切断された叔父の遺体は、リネン室のベランダから茶室へと架けられた、全長約十五メートル――実際には斜めになった分距離が増えるのでおよそ十六メートル強――、そして落差約七メートルにもなる氷の橋、――いや、氷の滑り台をひとつずつ滑らされて、かなりの速度をもってして対岸の茶室の壁に激突した。それが、あの状況を説明できる、唯一の方法なのである。

「さて」と新谷はいった。「氷の棒を作るだけなら猿にだってできる。しかし、その一本一本は細いとはいえ長さがあるためそれなりの重さになる。あの長いカーテンは、乾燥した状態でも重さが一枚約十キロあるという。それに水を吸わせて凍らせるわけだから、氷の棒はもっともっと重くなるわけだ。さて、その重さだが――通常のタオル生地ではたっぷりと水を吸った状態では、元の約三倍から四倍の重さになるとされている。あのカーテンはタオル生地よりもずっと手触りが滑らかでしかも薄手だったから、吸水率はそれよりも下、まあ、多目に三倍と考えても約三十キロ、さらにそこから水を絞って凍らせていくわけだから、実際にはもっと軽くなるだろう。一般に脱水後の洗濯物の重さが約一・五倍になるといわれていることから、精々十五キロからまあ重くても十七、八キロ程度。それを一本一本、それなりの本数を西館三階のベランダから東館二階に渡して、滑り台を構築し、それから死体を切断し、運び、滑らせ、滑り台を処理する、という作業にはかなりの労力と、屈強な上腕筋と背筋を必要とするわけで、そう考えると、このふざけたトリックを行える人間というのは自ずと限られてくる」

すなわち、たくましい肉体を持った男性である宗史と、ウェイトリフティングの名手である葵の二人である。

新谷は、ぼくよりも早くこのトリックには気がついていた。しかし彼女はぼくにその話を聞かされるまで、葵がウェイトリフティングの名手であることを知らなかった。だから彼女は、そのトリックを実行できたのは宗史だけであるという結論を導いたわけなのだが、それは、どうにも彼女の腑に落ちなかった。

彼女は、別の事実からすでに葵のことを疑っていたからである。

「どうして、新谷さまは葵のことを疑っていたんだい」

「新谷さんは、天城家を訪れてからのできごとを脳内でリピート再生しながら、今回の事件について ずっと考えていた。そこでふと、本来、ぼくが使用するはずだった部屋の惨状を思い出した。それで、新谷さんは葵さんを疑ったんだそうですよ」

「だから、それはどうして？　どうして、あの部屋の惨状を思い出すと、葵を疑うことになるんだい？」

「まったく、あなたは医者のわりには説明が下手ですね。そんなことでは、いずれ患者さんに見放されますよ」新谷が口を挟む。「つまり、こういうことなのですよ。葵さんが無実であるとすれば、その証言には信憑性があるということですから、葵さんは、かっちゃんから呼び出されるその直前まで、あの部屋を掃除していたということになる。そして、部屋を出て、私たちと一緒に戻ってくるまでには三十分の間があった」

「うん」

「だがそのたった三十分で、これだけ広い部屋をあそこまで荒らしつくすのは無理ではないか、と私はごく常識的に考えたのです」

「そう、いわれてみれば、確かにそうかも」とゆかり。

「どうして、そこに誰も気がつかなかったのでしょう」と由伊。

いわれれば誰もが、確かにそうだ、と頷くような些細な違和感。しかしそれこそが、すべての決定打となったのである。

「ああ」勝子が納得の声をあげる。「だから、この実験を行ったというわけなんですね」

「そう」新谷が頷いた。「この実験は、あちらの部屋とほぼ同じ広さを持つこの部屋を、三十分でどこまで荒らせるかを調べるためのもので、結果はご覧の通り、全体の半分程度の仕事をこなすこともかなわない。それでは、あの部屋の惨状はいったいどのようにしてこしらえたのか。こう考えてやれば簡単だろう。あの部屋の掃除を任された葵さんが、かっちゃんに呼び出される直前まで、じっくりと時間をかけて部屋を荒らしていた、とね」

　そしてそれは、この部屋に関しても同じことがいえるのだ。あの時、葵は、この部屋を片付けるのに十五分くれといった。その言葉通りに、十五分後に戻ってきたぼくを出迎えたのは、どこを舐めても大丈夫なほどピカピカに磨きあげられた部屋だった。だけど、勝子の言によれば、この部屋は長いこと放置されていてひどい有様だったという。そんな状態の高級ホテルのロイヤルスイートよりも広いこの部屋を、いくら有能なお手伝いさんである葵とはいえ、たった十五分でそこまでピカピカにできるものだろうか。いや、無理だ。ならばどういうことか。先ほどと同じ原理である。葵は、あらかじめこの部屋を掃除しておいたのだ。何故なら、葵は、ぼくが本来使用するはずだった向こうの部屋が使えなくなっていることを最初から知っていたから。だからその代わりとして、この部屋を掃除しておいた。そして、この部屋を使うようにと、勝子に進言したのだ。

突如鳴り響いた、けたたましい拍手の音に振り向くと、葵がソファの上でご満悦の表情を浮かべていた。

「これは、どちらを褒めればいいんでしょうか？　辰史さま？　それとも新谷さま？　どちらにせよ、大変面白い推理でしたよう」

「褒められるべきは、もちろん私の方です」と新谷が余計な口を挟む。「これにて事件は解決です。観念してください」

「いやいやいや。新谷さま。動機の解明がまだですよう。あたしが、今回の事件を起こした、その動機は？」

「動機？――そんなもの、犯人であるあなたが自白すればいいだけの話で、わざわざ探偵が推理するものではありません」

「また、そんな、ミステリ小説を否定するようなことを」

「いいですか。犯罪の動機というのは結局は犯人の主観的な問題なわけで、例えば眼が合ったとか肩がぶつかったとか、太陽が眩しかったとか、そんな些細なことでも犯罪の動機にはなり得るんです。また、現実にただなんとなくという理由で殺人が起きてもいるんですよ。まったく世も末です。つまり、立派な、誰しもが納得する、それらしい動機などなくても犯罪は起こり得るということ。それならば、そんなもの、推理するだけ無駄というものでしょう。面倒なだけだ。そんなものにいちいち頭を悩ませるくらいなら、とっとと犯人を特定して、自白させるのが一番手っ取り早い」

「ふむふむ」葵がにやにやと笑みを浮かべ頷く。「つまり、わからないということでよろしいのですね？」

「おっと」新谷が、苛立たしそうにステッキで床を叩く。「私をバカにする発言は止めていただきたいものですね」

「ほほう」

「私はわからないとはひと言もいっていません。ただ、面倒だといったのですよ。手間を省いたんです。エコです」

「しんちゃん、それ、負け惜しみにしか聞こえませんよ」という野暮なツッコミを入れたのは勝子である。

「でも、まあ、確かに、推理だけで動機まで完璧に暴けというのは、現実には少々難しいのかもしれませんねえ」葵は挑みかかるような視線を新谷に向けた。「でもせめて、あたしがわざわざあの面倒なトリックを用いて遺体を移動させた、その理由くらいは解明していただかなくては」

「ああ、そんなもの、それこそ簡単なことです。答えるまでもないほどにね」新谷が持ちあげたステッキの先端を左下の方へと向けて、とんとん、と軽く床を小突いた。「その理由に関しては、茶室の窓が開いていたという事実から容易に察しがつきます」

葵の顔に喜色が溢れる。

「私がその事実に注目したのは、辰史さんから、葵さんにもトリックが実行可能だったということを知らされた時でした。それまで私は、あのトリックを実行できたのは宗史さんだけだと思っていた——つまり宗史さんが犯人ならば、茶室の窓が開いていた事実は特に気にするべきことでもありませんでした。何故って、宗史さんはずっと西館にいたからです。西館にいた宗史さんに、東館にある窓が閉められるはずもない。ただ開けるだけならば、宗史さんが食堂を出た後にこっそりと茶室に寄っていけばいいだけの話でなんの問題もない。ところが、あなたが犯人だとすると、これは少しややこしい。何故なら、普通ほとんどの犯罪者というものは、犯罪の発覚を恐れ、でき得る限りの隠蔽(いんぺい)をたくらむものだからです。しかし、あなたはそれをしなかった。それができる立場にいたというのに、どうしてでしょう？　あなたは東西館を何度も何度もいきしていた。大ホールに陣取っていた私はそれをきちんと目撃しています。あなたは、その際にちょいと茶室に立ち寄って開いた窓を閉めることができた。そうすることで犯罪の発覚を遅らせることができたし、また、壊れた人形のようになった雅史さんの遺体も少し手を加えてやれば、高いところから落とされたのではないかという疑惑を多少なりとも払拭することができたのに、それもしなかったのです。どうしてか？　これほど荒唐無稽なトリックを思いつき、あまつさえ実行してしまうほど柔軟な思考を持った人間が、そうした事実に気がつかないということはない。ならば、閉めるチャンスがあったにもかかわらずあえて窓を閉めなかったと考える他ないが、それはいったいどうしてか」

「どうしてでしょう」

「簡単です。窓が開いていればそれだけで、このトリックが暴かれた時に、トリックの実行者は東館の窓を閉めたくても閉めることのできない立場にあった人物である、と、そう誤認させることができるから。あなたがあのトリックを用いて遺体を移動させた理由が、そこにあるのです。あなたのすごいところは、トリックを用いるのに、トリックが暴かれる可能性をすでに見越して、しかもそれをまったく恐れていなかったところですよ。トリックに利用したカーテンをそのままベランダに放置して処理していなかったり、それどころか、ヒントともとれる氷橋のトリックを自ら口にすらした。いやまったく、大した度胸です。今もしここにいるのが私以外の探偵なら、向こうの部屋の惨状に違和感を覚えることなく、間違いなくあなたの思惑通りに事が進んだことでしょうね。そう、あなたがあんな荒唐無稽なトリックを用いて、雅史さんの遺体を移動させたのは、そうして、宗史さんにすべての罪をきせようと――」

「なんだと」

新谷がいい終わるより先に、今まで沈黙を保ってきた宗史が声をあげた。肩を怒らせながら大股に歩み出て、ぼくと新谷を押しのけると、葵のその胸倉を摑み、彼女を強引に立ちあがらせた。

「おい、こら、ゴリラ女。てめえ、おれをはめようとしたってのか」

「そうだとしたらなんなんですかあ？」葵は屈託なく笑う。

「この野郎！」宗史が右腕を振りあげた。

「やめなさい、宗史」史絵の制止も、彼の耳には届かない。

宗史の腕が振りおろされる。ぶん、と空気が裂かれる。誰もが、次の瞬間に聞こえてくるのは宗史の平手が葵の頰を打つ乾いた音だと確信していた。しかし、その音がぼくたちの耳に届くことはなかった。

「野郎じゃありませんけど」葵が、宗史の右手首をがっちりと摑んでいた。「さすがは金髪猿、日本語が不得手なんですねえ」

そのまま摑んだ手を捻りあげる。宗史の躰が回転し、こちらを向く。その首筋には、いつの間に取り出したのか、えらく大振りのナイフの切っ先が突きつけられていた。後ろ手にきつく締めあげられた彼は苦悶と恐怖の表情を浮かべている。

「は、離せ。この野郎！」

「だから、野郎じゃ、ないんで、す、ってば」

「ぐっ、いで、いでぇ、や、や、やめろ！」

「や、やめて、お願い、葵ちゃん」宗史のような男であっても、やはり息子は可愛いのだろう。史絵が悲痛な叫び声をあげる。

「ママにだけは愛されているようで、よかったでちゅねー、宗史さま」葵がからかうようにいった。それから、宗史の肩越しにこちらを見る。「いやはや、さすがの名推理でしたね、新谷さま」

「いえいえ。この程度、私ならば当然のことです」新谷はいった。「もっと褒めていただいてもいいんですよ？」

葵がにやりと笑う。「さて、舞台はクライマックスに近づいてきたようですね。それじゃあそろそろ、お待ちかね恒例の自白タイムといきましょうか？」

「あたしは昔から、ミステリ小説が大好きでした。だから昨夜、勝子さまから、辰史さまが明日、十数年ぶりにここへ戻ってこられること、家を継ぐことには乗り気でないこと、そして、探偵さんが同行してくるという話を聞かされて思わず胸が躍りました。雪山に建つ豪邸、名家の後継者問題、名探偵、これだけミステリファン垂涎の要素が揃っていてなにも起こらないのは嘘だと、そう思ったあたしは、ちょっとした悪戯をしかけることにしたのです。それが、辰史さまが使用するはずだった部屋を荒らしたことですね。名家の跡継ぎとして、かつてすごした家に呼び戻された男を待っていたのは、それをよしとしない何者かからの警告であった。中々いい演出でしたでしょ？　え？――ええ、そうですよう。それは本当に、ただの悪戯のつもりだったのです。まあ、今にして思えばちょっと度がすぎた悪戯でしたけどね。我ながら、相当に舞いあがっていたんでしょうねえ。大奥さまの時もそうです。大奥さまに呼び出されて、これから皆さまに集まっていただくので食堂の準備をするようにといわれた時、あたし、ぴんときたんです。はは あ、これは、大奥さまの策略にあっさりとやられた辰史さまが家を継ぐことを承諾し、その発表を行うのだな、とそう思ったんです。そして、皆が集まるその場でなにかひと波乱あれば面白いだろうなと思い、それでこっそり、ピーナッツクリームを水筒に入れたんです。あれなら、誰が入れたか特定される恐れもほとんどないですしね。けど勘違いしないでいただきたいのですが、あたしは、大奥さまを殺すつもりなど毛頭ありませんでした。アレルギーとは聞いていましたが、あそこまで激しい発作がくるとは思ってもいませんでしたし、それに、お医者さまもいらっしゃることですから、大事には至らないだろうと、そう思っておりましたので、五時になる少し前に人目を忍んで外に出て、斧をひと振り、橋を落としました。現場にお医者さまがいらっしゃっても、発作が起きれば念のために救急車を呼ぶだろう思いましたので、その時に、いつの間にかこの天城邸が山の孤島と化していたという演出をしたかったのです。繰り返しますが、あたしは大奥さまを殺すつもりはありませんでした。そりゃあ、いつもいつも些細なことで長時間ねちねちねちねちいわれてましたから、このくそババア今に見てろよ、と思ったことは何度もありますけどね？　ただ少し苦しんでもらって、その決定に不服の者がいて、それを撤回させるためには強硬手段も辞さない者がいると、そう思わせたかっただけなんです。演出です。ええ。ですが、大奥さまは亡くなってしまわれた。そのつもりはなかったとはいえ、あたしは、人を殺してしまった。ええ。とんでもないことです。さすがのあたしもその事実には怖くなりました。どうしようと思いました。でも、それもあまり長くは続きませんでした。平凡な日常を送ってきたあたしにとって、殺人という、縁遠い事柄の当事者となったことで、常識と理性とが完全に麻痺してしまったのでしょう。俗にいう、タガが外れた状態、ってやつでしょうかね。人をひとり殺してしまった以上、それだけであたしはもう人として許されざるべき重罪人なのだから、もうひとりや二人殺したところで同じことではないか、と考えたのです。考えてしまったのです。あたしは常日頃から、ある人物を殺してやりたいほど憎んでいました。皆さん、おわかりでしょうね？　それはもちろんこの金髪猿のことです。こいつです、こいつ。この野郎、日頃から顔を合わせりゃあたしのことをゴリラ女だの男女だの好き放題いいやがって、あげくにすぐ手を出すし。知的レベルが低すぎるんですよね。そりゃあね、あたしは、天城家の方々やゆかりちゃんのように可愛らしくはないですよ、まるで男みたいな体格してますよ、そんなこと知ってますよ、でも、だからなんだっていうんです。そんなこと関係ないじゃありませんか。あたしのこの顔とこの体格は、両親からいただいたものなんですよ、大切なものなんですよ。侮辱されたくないんですよ。そりゃ、他人の感性はそれぞれですから、この顔を見て不愉快に思う人もいるでしょう。でも、こんなあたしを好きだっていってくれる人だっていたんです。不愉快なら、無視してくれればいいんですよ。どうしていちいち突っかかってくるんですか。それで人が傷つくと、どうして想像することができないんですか。どれだけ想像力に乏しいんですか。生きてる価値ありませんよ。――とまあ、この男への不満を述べればきりがないのでここらで終わりにしますが。さて、あたしはこの男を殺そうとした。ところがどっこいしょ。先にあたしが残した辰史さまへの脅迫文のおかげで、皆さまは、大奥さまが殺されたのは天城家後継者問題に関係しているとお考えのようでしたから、大奥さまの次に殺害されるのがこの男であってはまずい。それでは前提が崩れてしまいます。それで、まあ色々と手段を考えまして、まずは大奥さまに代わり天城家のトップとなられた雅史さまを殺害することにしました。もちろん、そこにはこの猿が犯人であるという可能性を残す方法で、ミステリ小説のような不可解性の高い劇的な演出を施すのも忘れずに。それがあのトリックです。実は普段からああいう妄想をしてましてね、いやあ、成功してよかったです。考えてはいましたが所詮は机上の空論で、強度などの面で多少の心配がありましたからね。念のために遺体を半分こにして正解でした。そのおかげでそこはかとないミステリ小説っぽさも演出できましたしね。後は大体、新谷さまがいわれた通りで、あたしにとってあのトリックは暴かれても別に問題はなかったのです。もちろん、ばれないに越したことはありませんでしたが。ちなみに、ばれなかった場合の筋書きはこうでした。この男は自らの欲望のために二人の親類を殺害しその願いをついに手中に収めたが、こんなどうしようもない男にもひとかけらの良心が残っていたらしく、罪の意識に耐えかねて、遺書を残して自殺した。——と、このまま何事もなく夜が明けていれば、そういう展開で事件は終わり、その後誰が天城家を継ぐにしても、勝子さまはこの男の魔の手から逃れられて、あたしは牢屋いきを免れるという、素晴らしき大団円が待っていたのです、——が、まさかこんな結末を迎えることになろうとは。最初の悪戯が、すべての決定打になろうだなんて、夢にも思っていませんでしたよ。ミステリ小説を読んでいつも思うことですが、やはり、事件に探偵が絡んできた時、犯人は真っ先に探偵を葬るべきなんですかね。いや、でも、乱歩の『魔術師』ではそれをやろうとして見事に失敗してましたっけか。まあ、いいです。ミステリファンであるあたしは、事件に探偵さんが絡んできた以上、すべてを暴かれるかもしれないという可能性を常に考えた上での下準備をしていましたから、今さら焦るようなことはありません。え？——なんの下準備をしたのかって？　もちろん、事件を綺麗に終わらせるための下準備ですよう」

葵は手にしたナイフを投げ捨てると、どこからか小瓶のようなものを取り出して、口でふたを開け、その中身を宗史の頭に垂れ流した。橙色の液体は宗史の顔の輪郭を伝い、彼の肌を蹂躙していく。

「なにをするつもりですか」ぼくはいった。「事件を綺麗に終わらせるって」

「館モノのラストといったら」葵は、ぼくや新谷の動きを牽制するように小瓶をこちらに向かって投げつけると、続けてライターを取り出して掲げた。「炎上以外にあり得ないじゃないですか!」

絹を裂くような悲鳴があがった。見ると、半狂乱になって髪を振り乱している史絵を、勝子とゆかりが必死になって押さえている。美弥と由伊は顔色も悪く、今にも倒れてしまいそうだ。

「さあさあ、皆さま、さがったさがった。部屋から出てください。今この猿にかけたのは、よく燃えるガソリンですよう。あたしがこのライターをカチッとやるだけで、この男は火だるまになって悶え苦しみ死に至るのですよ。そんな姿を見ていたいのですか」

葵の脅し文句にもっとも怯えたのはもちろん当事者の宗史である。

「や、やめてくれ。誰か、たす、助けて」

彼は震える声で助けを乞う。泣いていたのかもしれないが、顔はすでにガソリンで濡れていたためその涙は判別できなかった。

「勝子、ゆかりさん、叔母さんを外に」ぼくは葵の方を向いたまま、じりじりと後退しつつ指示を出す。「新谷さん、美弥さんと由伊を頼みます」

「いやあ！　宗史、お願い、宗史を助けて！」

「叔母さん、ここにいたら危険です」

「葵の眼、あれは本気の眼だぞ。とても、おっかない」

天城邸の人々が廊下に出たのを肩越しに確認してから、ぼくは戸口まで後ずさった。

「説得を試みてもいいですかね」とぼくはいった。「葵さんを、それと宗史さんもだ、助けられる命なら、助けたい」

「さすがお医者さまですねえ」葵はとてもいい笑顔でいった。「でも、無駄ですよう。あたしはもう覚悟を決めてますから」

「残念です」いいながら、戸口をくぐる。「ひとつお訊きしたい」

「なんでしょう」

「さっき彼にかけたそれはガソリンとのことでしたが、たったそれだけのガソリンでは、彼を焼き殺すだけならともかく、この大きな天城邸を炎上させるのは無理ではありませんか？　彼が燃えあがれば、それを察知してすぐに消火スプリンクラーが作動する」

「それだけで充分なんですよう」彼女はいう。「このライターで、あたしがこの猿に火を点ける、炎がこの男の全身を駆ける、毛羽立った絨毯に燃え移り瞬く間に広がる、天井まで届く火柱があがる、すると、辰史さまのいう通り、消火スプリンクラーが作動する。そこでさっきいった下準備ですよう。スプリンクラー装置のタンクはあらかじめ中の消火剤を抜いて、ボイラータンクから灯油を拝借して流しこんであるのです。するとどうなるか。まずはこの部屋のスプリンクラーが作動し、文字通り火に油を注ぐ。灯油は燃えにくいとされていますが、さすがに部屋中に広がった炎の中ではそれも関係ない。炎は廊下へと飛び出し、天城邸の至るところに敷き詰められている絨毯を伝い延焼は拡大する。そしてさらに廊下のスプリンクラー装置が作動し――と、まあ、こういうわけなのです」

「素晴らしい」心にもない賞賛を送り、ぼくは肩越しに振り返る。「と、いうことらしいです。すぐに外へ避難してください」

「宗史、宗史を置いてなんていけない」叔母が喚き声をまき散らす。

「実に残念ですよう、史絵さま」葵はどこか、からかうような口調でそういう。「あなたがこの男に、他人の痛みがわかるよう、きちんとした教育をしてらっしゃればと悔やまれてなりません。あなたのせいで、あなたのご子息は焼死し、あたしはこんなクズ男と心中する羽目になってしまいました。もし次がありましたら、そこのところをようくお考えの上、子供さんをお育てくださいませ」

　背後の悲鳴が少しずつ遠ざかっていった。勝子とゆかりが史絵を強引に引っ張っていったのだろう。

「辰史さま、扉を」

「今なら間に合いますよ」無駄だとわかってはいたが、いわずにはいられなかった。「なにも死ぬことはないでしょう」

　彼女は微笑んだ。そしていきなり宗史の足を払い地面に叩きつけると、その背中に膝を乗せて彼をぎゅうと押さえこんだまま、ライターを持っていない方の手でエプロンのポケットからなにやら取り出し、ぼくの方へと向かって投げた。慌ててキャッチする。

「やっぱりそれは、あたしには少しもったいなさすぎますので、お返しいたします」ぼくの手には、ぼくが先ほど彼女にあげた、ハンドクリームのチューブが収まっていた。「でも、嬉しかったです。あたしの愛する、あたしを愛してくれたお方に似た、お優しい辰史さま。嬉しかったですよ、とても——」

　一連の犯行について、葵は、最初は単なる悪戯心だったとそう自白した。しかし、今にして思えば、その言葉には少し無理があるように感じられた。それは、彼女に破壊された家具のその高価さを考えればわかる。家族内の人間ならいざ知らず、単なる雇われお手伝いさんにすぎない彼女が、あれだけ高価なシロモノを、あれだけ大量に破壊したとあっては、単なる悪戯でしたで笑って済まされることではない。首をくくる他ないレベルの損害賠償請求が待ち受けていることは眼に見えていた。もちろん、橋を落としたのも悪戯にしてはやりすぎだし、そもそも、アレルギー持ちの人間にアレルゲンを摂取させることがどれだけ危険かということを、ミステリファンを公言する彼女が知らないはずがないのである。つまり、どういうことか。彼女は最初から、ある覚悟を持ってそれを実行したのではなかろうか。今となってはもう真実を知る由もないが、——ぼくは、彼女の最後の言葉にこそ、その答えがあるような気がした。

同時に、ぼくは、確信した。あの天城勝史が、あの女好きのクズが、ぼくに家を継がせまいとして頑なにしきたりに逆らい続けたのは、ぼくの希望的解釈である、美弥に対する贖罪などではなかったと、そう確信した。あの男は、そんな殊勝なことを考える輩(やから)ではあり得ないと、葵の言葉で確信できた。

ならば天城勝史が、頑なにしきたりに逆らい続けたその本当の理由とはいったいなんだったのだろう?——その答えは今も、ぼくにはわかっていない。

扉を閉めて振り返ると、美弥と由伊、それと新谷が階段のところでぼくを待っていた。

「お兄さま」

不安げな声で、それでいてぼくを心配するような表情で由伊が口を開く。

「さあ、すぐに逃げよう」

皆が頷いて、階段をおり始める。ぼくはしばし足を止めて閉ざされた扉を見つめた。もう、葵は着火したのだろうか。もう、宗史は火だるまになってしまったのだろうか。もう、部屋の中は荒れ狂う炎に蹂躙されてしまったのだろうか。

その時、火災警報器が鳴り響いた。耳が痛いほどの大音量だった。ぼくは扉を見つめたままで、急いで外に出るんだ、と叫ぶ。

が、次の瞬間、獣の咆哮のような声をあげたなにかが、ぼくの横をすり抜けて、例の扉へと向かっていった。史絵叔母だった。その後を、勝子とゆかりが追う。

「危険だぞ!」

「兄さん、兄さんは先にいってください」

「史絵さまはゆかりたちに任せて!」

二人の力強い声、——と同時に、ばん、と音がした。開かれた扉。中からものすごい勢いで、炎を全身にまとった人間らしきものが転がり出て、団子状態になっていた史絵、勝子、ゆかりの三人に襲いかかった。

ああ！　それはとても恐ろしい光景だった。ぼくは今でもそれを夢に見、うなされることがある。あっという間に燃え移る炎。三人の、美しい三人の顔が、苦痛に歪む。こちらに向けて助けを求める、その視線。ぼくには、とても直視できなかった。助けられないと確信したその時の絶望を、ぼくはどう表現していいのかわからない。凄まじい熱気が、逸らした顔の半分を炙る。複数の断末魔の叫びが、火災警報器よりも大きく聞こえた――。


ぼくは階段を駆けおりた。ようやっと一階に到着し、大ホールへ。

「お兄さま！」玄関に通じる扉の前に立つ由伊が声を張りあげた。「お早く！」

だがぼくは必死に手招きする由伊の方へではなく、西館に向かって走り出した。

「お兄さまぁ！」由伊はうろたえたような悲鳴をあげた。

「由伊、外に出ていろ」とぼくは叫び返す。

ぼくは、どうしても美船を助け出さなければならなかった。西館への扉を開き廊下を駆け角を曲がり、物置部屋に転がりこんだ。棚から身を乗り出して奥を見ると、美船は両足を投げ出して壁にもたれ、天井の闇を見つめていた。ぼくは彼女の傍に駆け寄り、膝をつき、肩に手を乗せ名前を呼ぶ。反応がない。肩を軽く揺さぶると、美船は、ナマケモノのような緩慢な動作で反らしていた首を戻して正面からぼくを見つめた。

「美船。さあ、立てるか。ここから出るんだ」

その言葉は、美船にというよりも自分にいい聞かせるためのものだった。そう、ぼくたちは一刻も早くここから出なければならないのだ。

手を引くと、彼女は、引っ張られるがままに前のめりになる。しかし、立ちあがろうとはしない。さあ、といって今一度手を引く。リピート再生。仕方なしにぼくは投げ出された美船の足を跨ぐように正面に立って、中腰の体勢で彼女の両わきの下に手を差し入れ、強引に立ちあがらせようとした。が、それは美船にとってあまり好ましくないことだったらしい。彼女は激しく抵抗してぼくの手を振り払い、身を守るように地面に丸くなってしまった。思案している暇などないのに、さて困ったな、どうするかと腕を組んだ時、背後に気配を感じて振り返った。

「お兄さま」そこには、由伊の姿があった。「その女の子は、誰なのですか?」

「ついてきたのか」由伊の問いを無視して、ぼくが強い口調でそういうと、彼女は肩を震わせて、胸の前で両手を組み合わせてうつむいてしまった。「外に出ていろといったじゃないか」

「だって」

「とにかく、すぐにここから出なくちゃだめだ。この子のことは、後で話すから」

由伊が上目遣いにぼくを見て、頷く。ぼくは美船に向き直り、このまま強引に抱きあげていく他ない、と決意を固めて立ちあがる。

「火はまだそこまできていないね」

「あ、はい。まだ、大丈夫だと思います」

「だが念のため、確認しておいた方がいいな」

いうが早いかぼくの足はすでに動き出していた。すれ違いざまに由伊の肩に手を置いて、そこにいろと釘を刺す。扉のノブに手をかけたところで、それが熱を持っていることに気づいた。これは、最悪の事態になっているのかもしれない。手の平に伝わる熱を感じつつも、ぼくの胆は完全に冷え切っていた。ごくりと喉を鳴らし、覚悟を決めて扉を開ける。

隙間から、紅蓮が押し入ってきた。覚悟を決めていたにもかかわらずぼくは慄然として、ひっ、と情けなく息を呑んだ。それがいけなかった。人間が耐え得る範囲を超越した熱気が、ぼくの喉を焼き、肺を焦がした。バランスを崩して尻もちをつく。慌てて立ちあがり扉を閉めたが、──遅かった。炎は、わずか一瞬のうちに床に積みあげられていたロープの束に燃え移り、さらにそれを伝いベニヤ板へと範囲を広げていた。

ぼくは咳こみながら立ちあがり、奥へと逃げる。

「お兄さま、大丈夫ですか」

大丈夫だ、と声を出したつもりが、うまく言葉にならなかった。声帯を損傷したようだ。それから、きゃっという悲鳴があがった。

「ああ、火が、どんどん燃え移って――」

炎は勢いを増している。振り向かなくてもわかる。それは凄まじい熱気と、薄暗い物置部屋が真昼のように明るくなっていることからも明白だ。うろたえる由伊の横をすり抜けて、熱と明るさに驚いたらしい、本能的な恐怖の悲鳴をあげて震えている美船の傍の、水の張られた桶を持ちあげて、その中身を由伊に向かってぶちまけた。

「きゃあ！」

残りを続けて美船にもかけた。これで少しの間、二人は火傷を負わずに済む。かといって、このまま玄関に走っていけというつもりではない。そんなのは土台無理な話である。ならばどうする。窓ひとつない物置部屋の出入口を占拠され、なおも戦域を拡大しつつある敵に対して、どう対抗すべきか。

残された道は、ひとつしかない。

ぼくは美船の足を無理やりに引っ張ってその場をどかせ、最奥の棚に手をかけた。金属製のパイプはすでに焼けつくような熱を持っている。痛みを我慢して棚を動かす。背後で、由伊の驚く声が聞こえた。現れた扉、ぼくは感覚の鈍る指先で、祖母から預かった鍵をたどたどしく取り出す。南京錠に触れた瞬間、うっ、と声が出た。声を出すと、喉が傷んだ。一瞬、肉の焼ける音が聞こえた気がしたが、空耳だ。きっと。焦る気持が、鍵穴に鍵を挿しこむという幼稚園児でもできる単純作業を、すこぶる困難なものに変えていた。

敵の勢いは留まるところを知らず、もうすぐ背後にまで迫っているようだった。その魔の手から逃れようとするように、美船がぼくの右足にしがみついてきた。左側には、由伊がその身を寄せてくる。早く。早く。気持が急く。そしてようやく、かちりと音がした。本当は、轟々と炎の燃え盛る音にかき消されてしまって、ほとんど聞こえなかったのだが、聞こえたのだ。そう信じた。だがそれだけでは終わらない。南京錠は三つあるのだ。手の平に感じる焼けるような熱を我慢しながら、急ぎ、残る南京錠を開けてむしり取り、これまた非常に熱く、厚い鉄扉を強引に開ける。道が開けた。生存への道が。由伊の躰を引き寄せて、半ば突き飛ばすようにして扉をくぐらせる。同じように、美船を立ちあがらせて、押し飛ばす。前のめりになった彼女はよろよろと数歩進み、倒れこみそうになったところを、由伊がしかと抱き留めた。

「お兄さまも早くこちらへ！」必死の形相で由伊が叫ぶ。

いわれなくても――。ぼくが一歩を踏み出す、その時になにかが、ぼくの背中を押した。烙印を押されたような激痛。振り返る余裕もなく、ぼくの躰は洞窟へと投げ飛ばされた。

15

「その手記を、読んでもらいたい」

その言葉に対する、尋常ではない葛藤があったのはいうまでもないだろう。あたしは、ごくりと喉を鳴らしてから、

「お断りします」

といった。

「ほう」

と彼女は、猿が九九でも諳んじている場面を目撃したかのように興味深げに呟いた。

「まあ、わかるよ。きみが、そういわざるを得ない気持が、私にはようくわかる。だが、きみは本心では、情報を求めている。真実を知りたいと思っている。両親のことを。自分とのその繋がりを。でも、同時にきみは恐れてもいるんだ。きみの知らない真実が、きみを、きみが見くだしている施設の他の子たちと同じところへ落としてしまうその可能性が、きみは怖いんだ。きみは知らないということを免罪符にして、恨みや自己憐憫といった感情を意識的に避けてきた。そうして自分自身に、施設の他の子たちに比べれば、マシな境遇にあるのだと思いこませた。人は、

自分よりも境遇的に、能力的に劣っている人間を見ると安心する生き物だ。きみは、それをなくしてしまうのが怖いんだ。見くだす相手がいなくなれば、きみは、自分の惨めさに耐えられなくなるから。だからきみは、きみの父親の手記を読むのを拒んでいる。そうだろう？」

「い、いったい、あなたに、なにが、——」

わかるというのか。

「わかるよ」

と彼女は断言した。

「私にはわかる。私にはなにもかもお見通しさ。私は優秀だからね。だから正直になるんだ。きみは、両親のことを知りたがっている。繋がりを求めている。そうでなければ、十六歳の少女がわざわざ好んで遺伝学の勉強などはすまい」

床頭台を見る。セミナーのプリントは引き出しに入れっぱなしだ。

「どうして、そんなことまで」

「どうして？」

彼女はいった。

「ハクちゃんから聞いた。いや、あの子はいい子だね。もし私が既婚者だったならば、今すぐにでも養子にしたいくらいだよ。明るく、朗らかで、なにより笑顔が素敵だ。まあ、少しばかり口の軽いのと、私をおばちゃんと呼ぶのが難点だがね」

「嘘です」

「なにが嘘だい」

「口が軽いだなんて。あの子が、大人を怖がっているあの子が、そんな簡単に」

「確かに、簡単ではなかったよ。初対面の時のあの子の警戒具合はかなりのものだった。だがね」

そういって、彼女は自らの顔を指さす。

「コンプレックスの共有、受容、または解消は、警戒を解く近道だ。コミュニケーションにおける裏技ってやつさ。探偵や刑事が訊きこみをする際によく使う手だよ。それでお友達になれたのさ。そうしたらあの子、なんでもぺらぺら話してくれたよ」

萌がいっていた、新しい友達とは、この人のことだったのか。

「とにかく、だ」

彼女が、仕切り直すようにいった。

「きみに、それを読んでもらいたい。いや。きみはそれを読まなければならない。それはね、きみにとって、必要なものなんだよ」

16

振り返り見ると、戸口は炎の壁によって完全に閉ざされていた。どうやら、棚が倒れてきたらしい。これでは、例え鎮火したとしても外に出るのは容易ではない。幸いにも、洞窟側には燃えるものが存在していなかったので、炎の進軍はそこでストップしていた。凄まじい熱気と、もくもくと吐き出され続ける大量の黒煙から逃れるために、鉄扉を蹴り、閉ざしてやった。熱気が遮られる。だが、どういうわけかぼくは背中に凄まじい熱を感じていた。お兄さま、背中に火が、と由伊が悲鳴をあげた。ぼくは慌てて駄々をこねる子供のように仰向けになり背中を地面に押しつけた。やがて鎮火した。背中に火傷を負ったらしく、脈打つような痛みがあったが、氷のように冷たい洞壁の恩恵を受けて、徐々に痛みは減じていった。そのまま天井を見あげた。電線はまだ通じているようで、粗末な電球がぼくたちをぼんやりと照らしていた。真冬の鍾乳洞らしい冷気が肌に心地よかった。唾を飲みこむと、喉にいがいがと不快な感触がある。それは風邪で喉をやられた時とは比べ物にならないほどだ。ぼくは首だけを持ちあげて視線を巡らす。由伊はごつごつとした壁にもたれて頭を垂れていた。美船は、地面に身を丸めて微動だにしない。ぼくは起きあがり、焼けただれた手の平で苦心しながら聴診器を取り出して美船の背中に当てた。心音は正常。呼吸音も正常だ。ぼくのように喉をやられたりはしていない。続けて、由伊にも後ろを向いてもらい同じように聴診器を当てた。こちらも正常。

「お兄さま」

ほっとしながら聴診器を仕舞いこんでいた時、今にも泣き出しそうな声で由伊がいった。顔をあげて見ると、今にも泣き出しそうなのは声だけではなかった。由伊の可愛らしいその顔が、崩壊寸前の危機的状況に陥っていた。ぼくと眼が合ったことで、由伊は続く言葉に詰まったらしく、しばらく瞳を彷徨わせていた。やがて意を決したように唇を噛み締め、身を乗り出していった。

「ごめんなさい」

なにを謝ることがあるんだ――といったつもりが、実際に口をついて出たのはざらついた雑音だけだった。痛むのを無理やりに咳払いをする。声帯に熱を持っているのが感じられる。そんなぼくの様子を見ていた由伊はますます泣き出しそうな、くしゃくしゃの顔になって、元の美貌は見る影もない。

「ごめんなさい、ごめんなさい、お兄さま」

とうとう泣き出した由伊は、その顔を見られたくないと思ったわけでもないだろうが、ぼくの胸に飛びこんできてぐりぐりと鼻の頭をこすりつけ始めた。

「私、私が、お兄さまのいうことを聞かなかったせいで、逃げるのが遅れて、私のせいで、お兄さまが」

ぼくはその頭を抱き、撫でた。ぼくが水をかぶせたはずの髪も服も、もうすっかり乾き切っていた。

幾度か発声練習を繰り返し、ようやく、声が出るようになった。しかしその声は元の調子には程遠く、がらがらに枯れた老人のような声だった。発声するごとに喉が痛み熱が増すので、ぼくは休み休み、由伊への慰めの言葉と、彼女がしきりに気にしていた、美船についての説明をした。

「そんな。伯母さまの、二人目のお子さまは、死産だったと聞かされていましたのに」由伊は開いて塞がらなくなった口を隠すように手で覆った。「その子が生きて、十六年も、こんなところで暮らしていたなんて」

言葉が途絶えた。きぃん――という耳鳴りに混じって、かすかな呼吸音が三つ、そして、水滴の落ち弾ける音が聞こえる。森閑は、氷のように冷たい。美船の躰が震え、彼女はさらに身を丸めた。

「これから、どうしましょう」由伊は横を向き、どこか遠くを眺めるようにしていった。「勝子お姉さまたちは、ご無事でしょうか?」

ぼくは、その問いに答えることができなかった。だが、新谷と美弥は外へと出られたはずである。今は、彼女たちが助けを連れてきてくれることを祈るしかない。

その時、派手な破砕音が扉の向こうから届き、ふっと電球が力尽きて夜になった。

「爆発でもしたかな」

「そうかもしれません」心細げな声で、由伊が答える。

その後、しばし耳を澄ます。続く破砕音はなく、また、元の静寂が訪れた。

「あの、お、お兄さま。そこにいますよね」

「いるよ」

「ごめんなさい、私、暗闇が怖くて」

「そういえば」由伊のその言葉に思い出したことがある。「由伊は未だに豆電球を点けてなくちゃ眠れないのかい」

「やだ、お兄さま、そんなの、大昔のことです。恥ずかしい」

ぼくは苦笑し、胸ポケットに差しっ放しになっていたペンライトを取り点灯する。いつの間にか間近に迫っていた由伊の顔が陰影深く浮かびあがる。

「こいつを預けておくよ、ただし、点けっぱなしだとすぐに電池が切れるから、注意しておくれよ」

下り道を慎重な足取りで進んでいった。ペンライトを持つ由伊が先頭に立ち、ぼくは美船を抱きかかえて後に続く。先に立つのが不安なのか、由伊はしきりに振り返りこちらに視線を送る。

「きちんと前を見て歩かないと転ぶぞ」

「すみません、お兄さま」由伊は前方に向き直った。「あの、本当にこの先に、この子が暮らしていた場所があるんですね」

「まあ、到底信じられないことだが、事実だよ」

「いえ、お兄さまの、お兄さまがいうことでしたら、私、なにも疑いません。でも、このじめじめとした道がどこまでも続くような気がして、少し不安になったもので」

「わかるよ」とぼくは由伊を安心させるようにいった。「ほうら、もうすぐ坂が終わる」

広い空間に出ると、わあっ、と由伊が歓声をあげた。彼女は無邪気にペンライトを振り回して、天井がどこにあるのかを探ろうとした。が、ペンライト程度の光では土台無理な話だった。天井は遥か、遥か頭上にあるのだ。そのまま進み、二つの横穴の、テープで封鎖されていない方に侵入していった。しばらくいくと岩肌に嵌めこまれた扉がある。由伊はそれを開けようと躍起になったが、非力な彼女には不可能だった。ぼくはいったん美船を地面に横たわらせてから、代わりに扉を押し開けた。美船を抱きかかえ直している隙に先に戸口をくぐった由伊が、きゃっ、という悲鳴をあげた。

「これ、鉄格子、ですよね。まるで、牢獄のよう」

「そう」鬼の牢獄。「ここでずっと、美船は暮らしていたんだ」

鉄格子の扉をくぐり、腐った畳を踏み進み、隅の方に置かれた獣のにおいのする薄汚い布きれを美船に巻き、横たわらせた。由伊は、腐った畳の感触によほどの不快感を抱くらしく、なるべく接地面積を減らすよう、バレエダンサーのようにつま先立ちになっている。ぼくが布きれを一枚差し出すと、そのにおいと汚さに顔をしかめずにはいられないようで、受け取ろうともしなかった。

「凍え死ぬよりはましだろう」ぼくは諭すようにいった。

由伊は、それを頭では理解できているらしく、神妙に頷くのだが、中々受け取ろうとはしない。まあ、仕方がない。生粋のお嬢さまなのだから。そのうちにどうしても我慢が利かなくなれば、自ずとそれを手に取るだろう。ぼくは差し出した布を引っこめて、山に戻した。それから、「あの」振り返ると、上目遣いの由伊と眼が合う。「どちらへ」

由伊の横をすり抜けて出獄しようとした。その背中に、声が届く。

「外へ」

「お兄さま、怒ってます？」

「いいや」ぼくは首を振る。「どうして、そう思うんだい」

「あの、私が、わがままいったから」

由伊は叱られた子犬のようにしゅんと項垂(うなだ)れる。耳と尻尾が垂れさがっている様を空想して、ぼくは笑った。

「仕方がないさ。いきなり汚れた布っ切れを手渡されたって困るものな。でも、これから夜が深まればさらに寒くなるぞ」

「はい」由伊は真剣な面持ちで頷く。「それまでには、なんとか、覚悟を決めたいと」

「頼むよ。ぼくは外に出る。火傷した背中が疼くんだ。外の冷やっこい壁に背中を押しつけてくるよ」

「私もご一緒します」

「気づいているだろう？　外よりも、ここの方がほんの少しだけど暖かい。由伊はここにいる方がいい」

「お兄さまと一緒なら寒くたって平気です」

「なるほど」ぼくはいった。「ぼくをカイロ代わりにするつもりだな」

「えっと」由伊が、微かに笑う。「はい、そうです。だめですか？」

「いいよ」ぼくも笑った。「おいで、由伊」

扉を出てすぐの、地面が乾いているところを選んで腰をおろした。壁に背を押しつける。冷たさが背中の疼きにダイレクトに伝わる。電池節約のためにペンライトは消させていた。隣に座る由伊の輪郭は摑めるが、その相までは見通せない。密着した右腕は温かい。が、由伊の躰は小刻みに震えている。ぼくはその躰をそっと押しやると、由伊は素直にちょっと離れる。それから、ぼくは上着を脱ぎ、それを由伊の躰にかけてやった。

「ちょっと破れてるけれど」

実際にはちょっとどころではないのだが。

由伊は無言で、今度は右腕だけではなく、ぼくの胸に頭を埋めるように躰を密着させてきた。ぼくはその頭を撫でる。

少しでも眠りたかった。躰が疲弊しきっている。だが、眠れないでいた。あまりにも色々なことがありすぎて、疲れきった躰とは裏腹に、心が興奮しきっていたのだろう。夜勤で仮眠を取る際、直前に大仕事をしていると、やけに眼が冴えてしまって眠れない時がある。あれと同じことだ。眠った方がいいとわかっている、だが、眠れない。そんな時の思考は取り留めもなく、ただだらだらとめまぐるしく流れる割には、ふと時計を見るとそれほど時間が経過していなかったりする。それが、もどかしい。

背中の疼きはだいぶ落ち着いた。どの程度の火傷かは直に見てみなければ判断できないが、痛みがあるのだからとりあえずＤＢ――Ⅲ度熱傷――ではない。ひとまず安心である。

由伊の頭が動く。彼女は、ぼくの右隣に座り、ぼくの胸に頭を寄せ、腰を捻り、ぼくの躰を抱くように右手を回すという、ちょっと難しい体勢を取っていた。初めのうちはよかったが、次第に辛くなってきたらしい。もぞもぞ動く。ベストポジションを探る。だが、中々見つからないらしい。動く。回した右手を外せば無理な体勢からは解放されるのだが、よほど寒いのだろうかその発想には至らないらしい。あくまで頭はぼくの胸に、右手はぼくの躰に回した上で、由伊は楽な体勢を探る。で、結局は胡坐をかいたぼくの上に横座りになるという格好に落ち着いた。これならば、由伊はぼくの胸に頭を置き、ぼくの躰に腕を回した体勢を楽に維持することができるし、なによりも暖かい。そうぼくが提言したのである。

「重くありませんか」

「重くはない。むしろ痩せすぎなんじゃないか。何キロあるんだい」

「まあ」由伊は心底から呆れたような声を洩らす。「女性にそういうことを訊くのは、あまりに失礼ではありませんか」

「なるほど。――そうか、だから叔母さんに叱られたんだな」

「女心が」

「そうそう」苦笑した。「まるでわからない」

由伊は頭をぐりぐりと押しつけてくる。

「それじゃあお兄さまは、私の、由伊の心もまるでわからないのですね」由伊は残念そうに、しかしどこか安堵しているようにも聞こえる口調でいう。「残念です」

くう、と音が鳴った。小さな、可愛らしい音だった。即座に出所は知れたが口にはしなかった。由伊が、ぼくの胸に当てた頭を持ちあげて、そっと身を離した。再び、くう、と鳴く。由伊の輪郭が、背中を丸めた。それはまるで、お腹を抱えているように見えた。そう。それは、由伊の腹の虫の鳴く声だった。

「お腹が空いたかい」

「う、――」と由伊は言葉に満たない声を発したきり動かない。

「由伊は夕食を食べていなかったからな」

「は、恥ずかしい」

「お腹が空けば誰でもそうなる。恥ずかしがることじゃない」

「そういうことではなくてですね」由伊は、軽く息を吐いた。「やっぱりお兄さまは、わかっていません」

「女心が?」

「そうです」由伊はきっぱりといった。

「参ったなあ」いいながら、ぼくは壁に当てていた背を離し、半身を持ちあげた。懐中の由伊がバランスを崩す。とっさに抱き留める。きゃっ、という悲鳴。「おっと、すまない」

「い、いいえ」

ぼくは開いている方の手でポーチを漁り、それらしい形のものを掴んで、由伊の手に握らせてやった。

「これは？」

「ビスケットだ。少ししかないけど、これを食べるといい」

「ありがとうございます」由伊は素直に礼をいった。「あの、お兄さまの分は」

「ぼくはいい。大丈夫だ」

「でも」

「それより、美船にも少しわけてやってくれないか」

「わかりました」

ぼくが由伊の躰から手を離すとすぐに、足にかかっていた微かな重みが消えた。ぼくは立ちあがり、少し痺れた足を引きずらせて、由伊ひとりでは開けられない扉に近づいて押し開けてやった。すっ、と影がその隙間を抜ける。かちりと音がして、久方ぶりの光が射す。ペンライトの光だ。ぼくは、わずかにでも動かせばじんじんと痺れる足をその場に繋ぎ止め、戸口にて、光と、それに照らし出される由伊の陰影を見守る。彼女は鉄格子の扉をくぐっていく。

「美船の眼は光に弱い。直接当てないように気をつけてくれ」

「はい」

由伊は腐った畳の上を一歩一歩慎重に進む。足を伸ばして体重を移すごとに、ぐちゅ、ぐちゅ、とまるで泥の中を歩むような音がする。ようやっと美船の傍まできた由伊はそっと膝をついて、ペンライトを畳の上に置き、ビスケットを一枚手に、美船の顔を覗きこんだ。

「まあ」由伊がいった。「この子、涎（よだれ）を垂らしています」

それも仕方ない、と思う。美船は、天城勝史の死後、誰も世話をする者がなく、ぼくがここから連れ出してからも結局、ビスケットのひとかけらと水しか口にしていないのだから。おかゆでも作ってもらって食べさせてやればよかった、と後悔しても遅い。殺人事件やら美船の病気を探るので手一杯で、そこまで頭が回らなかった。医者は病気を診ずして病人を診よ、とよくいわれるが、その点、ぼくは医者失格である。医者は病気を突き止め、治療するだけが仕事ではなく、患者自身の肉体、精神の状態にも常に気を配りケアしなければならない。しかしぼくのようにそこそこの規模の病院に勤務する医者は、患者のことは看護師に任せっきりというのが現状なのだ。その環境に慣れたつけが回ったと見える。

「お腹が空いているんだ」

「そう、でしょうけど」由伊の言葉は歯切れが悪い。「でも、これは」

「どうした」

「なんだか、違うんです」

「なにが違うんだい」

「涎が、唇の端からだらだらと垂れて。これは、なんだか、そう。まるで、唾を、飲みこめない、みたいな」

かちり、と、音が鳴る。頭の中。パズルのピースの合わさる音。反射的に叫ぶ。

「由伊、離れろ！」

「きゃあっ」

その悲鳴は当初、ぼくの叫び声に反応してのものだと思った。しかし、由伊はその悲鳴と共に後方に大きくのけぞり、尻もちをつき、なおもその視線は美船に向けられていたから、そうではないと気づいた。

「どうした？」

その言葉に、由伊はようやくこちらに顔を向けた。

「こ、この子がいきなり、――嚙みついてきて」

「嚙まれたのか？」

すかさず駆け出そうとした。が、しかし、未だしつこくこびりついていた痺れに足がもつれて前のめりに倒れた。この、と両足を叱咤し、なんとか立ちあがったぼくはよろよろと歩み出す。

「どうなんだ、由伊。嚙まれたのか？」

「え？——あ、いえ、大丈夫です」

「すぐにここから出るんだ」

「お兄さま？」

「早く」ぼくはぴしゃりといった。

美船の顔を覗きこむ。由伊のいった通りに、唇の端からだらだらと涎を垂らし続けていた。これは間違いなく、美船が唾を飲みこめない状態にあることを示していた。


狂犬病。——それが、美船の躰を蝕んでいる病気の正体だった。

狂犬病は、狂犬病ウイルスに感染した犬など——美船の場合は、おそらく洞窟内に生息するコウモリが感染源だろう——に嚙まれた場合に、その傷から唾液を介して感染する。体内に侵入した狂犬病ウイルスが神経系を通り脳神経に到達することで発症する。そのため、嚙まれた場所が脳に近ければ近いほど発症は早まる。発症した患者はまず風邪に似た症状を呈し、嚙まれた場所に熱感や痙攣などを生じ、さらに進行すると不安を感じたり、興奮したり、幻覚、錯乱などの症状を経て、恐風、恐水などが見られるようになる。恐水症は、水、唾液などを嚥下することによって喉頭および咽頭筋に激痛を伴う痙攣が起こるので、水を恐れ、唾液も飲みこめなくなってしまう。そのため、美船のように涎を垂れ流し続けることになってしまうのである。

ああ、ぼくはまったく、気づけなかった。子供でも知っているようなメジャーなこの病名を、仮にも感染症医であるぼくが思いつきもしなかったのだ。

なにをいってもいいわけになってしまうが、そもそもこの日本において、狂犬病を発症した人間は、ここ五十年で片手の指にも満たない。それも感染先はすべて海外でのことなのだ。そうした症例の少ない病気だから医者は、通常の診断で狂犬病を疑うことはまずない。ぼくは、そうした現実を知った感染症医だからこそ、気づけなかったのである。

ぼくたちはひと塊になって獣臭のする毛布を頭からかぶっていた。由伊はまだ難色を示していたが、ぼくが有無をいわさずかぶせた。そして互いに息をひそめじっとしている。微かな息遣いに混じって、時々、バサバサという羽音が聞こえてくる。

――コウモリである。

洞窟に巣食うコウモリが狂犬病ウイルスを有している。その事実がぼくたちに、単なるコウモリを、よくよく見れば可愛らしくも思えてくるコウモリをまるで正体不明の怪物のように感じさせて、多大なる不安を抱かせていた。もしコウモリに噛まれてしまえば狂犬病に感染してしまう。すぐにワクチンを投与できれば発症は避けられるが、ここから出られるのがいつになるかわからない状況下において、この現実はまるで地獄に相違なかった。

微かな物音に敏感に反応して頻(しき)りに躰を震わせていた由伊は、やがて寝息を立て始める。人間、どんな時にも睡眠は必要だ。ぼくも、眠ろうとした。少しでも、眠りたかった。だが、眠れなかった。いらいらしながら闇の中にじっとしていた。

そのまま数時間が経過して由伊は眼を覚ました。が、彼女は緊張と空腹とで意識がもうろうとしているようだった。

「ああ、寒い。ああ、お兄さま。眼が覚めたら、すべてが夢だったということを期待していたのに、これは、やはり現実なのですね」

ぼくは由伊にビスケットを食べさせてやる。由伊はもそもそと口を動かして平らげた。それからまた、ぼくたちは石像のように固まった。無駄な体力を使いたくはなかったし、それに、こうしていないと寒くてとても耐えられなかった。互いが互いを強く抱きしめる。時折、例の音に反応して由伊の躰が震える。そしてまた、由伊は眠りに落ちた。

乾燥して固まった舌の根をほぐす。バリっという、舌がひび割れてしまったような、なんともいえぬ感触があり、全体がじんじんと痛む。ぼくは水分に飢えていた。それは由伊も同じだろう。由伊は眠っている。眠ることで現実から逃避し、彼女は生きている。空腹や、喉の渇き、闇を跋扈（ばっこ）する病魔の恐怖。そういったものから、眠ることで身を守っている。だが、それも限界があろう。水だ。とにかく水が欲しい。人は、水さえあればとりあえずは一週間を生き抜くことができる。

ぼくは久しぶりに立ちあがる。腰が、ギプスでも巻かれたように凝り固まっていた。ゆっくりと時間をかけて体操をし、それから由伊を毛布でくるみ、その場をそっと離れた。

ペンライトの光を反射した洞壁はカエルの肌のようにぬめぬめと水分をまとっているように見えたが、それを掬い取って舐めることはかなわなかった。表面を覆っているのは薄い膜のような氷であり、蹴っても叩いてもびくともしないのだ。広い空間に出た。ペンライトを上に向ける。相変わらず、弱々しい光は闇に吸収され天井を示さない。だが、その奥にぼんやりと、鍾乳石がいくつもぶらさがっているのが見えた。そうか。鍾乳石があるということは、水が滴り落ちているということだ。そういえば、この洞窟内で水の滴り落ちる音を聞いたような気がする。ぼくたちが拠点としている座敷牢付近では聞こえなかったので、すっかりと忘れてしまっていた。水は、ある。それはどこか。耳を澄ましてみる。確かに聞こえる。微かな、水が滴り落ちて弾ける音が。だがそれはここではない。天城邸の物置部屋に至る道を進んでみる。すると、気のせいだろうか、水音が遠ざかっていっているような、――いいや、気のせいなどではない。ほんのわずか、ほんのわずかだが、水音が小さくなっている。つまり、遠ざかってしまっている。長時間暗闇の中に佇み、耳だけを頼りに周囲を警戒していたおかげで、耳の利きがよくなっているようだ。きた道を引き返す。そこでさてと腕を組む。このまま座敷牢の方へ向かえば、さっきもいった通り、水音は聞こえなくなる。すると、必然的に残された道はひとつということになるのだが、行く手を阻むトラテープにぼくはただならぬ危機感を覚えた。黒と黄の組み合わせとは、どうしてこうも人に危機感を覚えさせるのだろうか。ぼくは別に蜘蛛が苦手ではないし、蜂にも刺されたことはないし、虎も実物を眼にしたことはないというのに、ぞわぞわと鳥肌が立ってくるのである。しかし、だからといって進まぬという選択肢はもとよりない。求める水の滴りは、この奥にあるのだ。テープを引っぺがして開いた闇の口にライトの光を射しこむ。先は見えない。だが、ぼくは意を決して飛びこんだ。緩やかな下り坂を身を屈めて進む。やがて、狭い空間に出た。

「ほう」

と、思わず声が洩れ出た。声が洞壁にぶつかり、幾重にもなって跳ね返ってきた。実に見事な光景だった。天井には天然のシャンデリアがぶらさがり、そちこちに天然の彫像が整然と並んでいる。中には人工物かと見紛うほどのものもあり、それらがペンライトの光を受けて真珠色に輝いているのである。

「天然の美術館か。これは、中々」

感嘆しつつも、ぼくの意識は耳に集中している。水の滴り落ちる音。近い。この空間内にある

ことは確かだろう。

「あった」

ついに目的のものを見つける。彫像の裏側に、斜めになった天井から突き出した鍾乳石が二、三本ぶらさがっている。それはかなりの長さがあったが、今もなお成長を続ける生き物のように、水を滴らせている。つらら状の先端は乳白色ではなく、透き通っていた。純粋な氷らしい。まだ方解石の沈澱が始まっていないのだ。二本のつららの先端を折り、その場を後にした。

由伊は眠っていた。ぼくは毛布の中に潜りこみ、由伊の躰をゆすって起こした。そして不意に、手にした氷を頬に当てた。

「きゃっ」と、由伊は悲鳴をあげる。「な、なんですか？」

「いいものを見つけた」

「いいもの？」

ぼくは氷を手に入れた経緯を語り一本を由伊に与えた。

「アイスキャンディーみたいですね」

「まあ味はないけど」

「そうですけど、今の私たちにとってこれは間違いなく、素敵なごちそうに違いありません」

「まったくだ」

氷はそれなりの長さがあったが、喉の渇きを癒すには足りなかった。それは由伊も同じようで、彼女は少し滑りのよくなった舌を回して、氷はもうないのですか、と訊いてきた。

「もう少し時間が経てば、また氷ができる。その時まで頑張れるか」

「はい」と由伊はいった。「でも、お兄さま」

「うん?」

「次に氷を取りにいくときは、私も一緒に連れていってください。こんな怖いところに、由伊を置いていかないで。ひとりにしないで」

「わかったよ」

「約束、です」由伊が小指を差し出してきた。

「ああ、約束だ」ぼくは小指を絡ませた。

そしてまた、じっとしているだけの時間が始まった。由伊はひたすらに眠り続けている。その見事な眠りっぷりは、まるで冬眠中の熊だ。この危機的状況を生き残るために、動物としての本能がよみがえったのかもしれない。素直に羨ましいと思った。ぼくは、やはり眠れないでいたからだ。闇の中、眼を見開き、虚空を見つめ、ただただじっとしていた。だが、思考はとめどなく流れていた。考えることは意外にもかなりの体力を必要とする。だからでき得ることなら心を無にしたかった、が、できなかった。闇、寒さ、空腹など、諸々の不安がぼくに思考を強制させる。

ぼくは不意に布から頭を出して、そこにあるはずの鉄扉を見た。

美船の病気が発覚して牢獄を出てからぼくは一度もあの扉を開けていない。ぼくは、あの扉を開けるのが怖かった。

狂犬病は治療法が確立されておらず、ワクチン接種をせずに発症した場合の致死率は百パーセント――実際には、発症後に回復した例は数例存在する。しかしその原因は解明されておらず、まったくの不明である――といわれている。発症すると急速に進行し、通常、二日から十日以内に窒息、または全身麻痺などによって死亡する。

ぼくが天城邸に戻った日を発症一日目とするなら、今日で三日目――そう。ここまで闇の中で実に二日がすぎていたのだ――になる。すると、もう、美船はすでに亡くなっている可能性がある。

悔しい、と思った。救えない命があるのが悔しかった。そしてその救えない命が、ぼくの妹だということが悔しかった。

立ちあがろうとして、止めて、再び立ちあがろうとして、また止めて。そんなことを幾度も繰り返して、ようやく立ちあがった。扉を押し開けた。中は静かだった。うめき声も、息遣いすらも聞こえない。まったくの無音。まるで霊安室のようだ、とぼくは直感的に思った。

美船は、死んでいた。

暗く、冷たい、鉄格子の奥で、腐った畳に身を沈ませて、横たわり、背中を丸め、膝を抱えて、色素の抜けた髪を乱れさせて、ぼくの妹は、死んでいた。


扉を出ると異変があった。そこにいるはずの由伊がいない。少しでも寒さを凌(しの)げるように、恐ろしい病原菌を有した獣に嚙まれないようにと、何枚も重ねた布の膨らみが潰れていた。

ぞくり、と躰が震えたのは、寒さのせいなどではなかった。

恐怖。

闇の中、そこにいるはずの人間が、急にいなくなった事実。その心細さ。恐ろしさ。

それを、不意に眼を覚ました由伊も感じたのだろう。

ひとりにしないでといった由伊の言葉を裏切るつもりなどなかった。中の様子を見てすぐに戻ってくるはずだった。だが、ぼくは妹の亡骸を見て泣き崩れた。助けられなかった幾つもの命。己の無力を嘆き、哀しみに酔った。それだって、決して長い時間ではなかった。

自分を正当化するいいわけがいくつも思い浮かんだ。だが、そんなものはなんの役にも立たない。現に由伊はいないのだ。ぼくは由伊の言葉を裏切ったのだ。裏切られたと感じ、不安を抱いた由伊は、ぼくを探しに出た。

その事実だけが重要なのだ。

「由伊」

と叫んだつもりが、喉の渇きと空腹のためにまるで力が入らず、ひどく弱々しい声になってしまった。

道なりに進み、天城邸物置部屋に通じる扉のところまできた。由伊はいなかった。すると必然的に彼女はあの広い空間からトラテープで封鎖されていた小さな穴を進んでいったということになる。ぼくは急ぎきた道を引き返し、広い空間から小さな穴にまず顔を突っこんで由伊の名を呼ぶ。返事はない。身を屈めて、進んでいく。やがて先ほどの天然の美術館に出た。が、そこにも由伊の姿はない。ぼくは、彫像の裏側までひとつひとつ確認しながら由伊の姿を探した。見つからない。だが代わりに、彫像の影に隠れるようにして横穴が空いているのを発見した。入口は大きい。ぼくでもそのまま立って入れるくらいの大きさだ。覗きこむと、急な坂道が続いている。由伊はここを進んだのだろうか。進んだのだろう。湿った地面は滑りやすそうで危険だ。ぼくは、由伊、とひと声かけてから、慎重に足を踏み出して坂道をおりていった。

はたして由伊はいた。下り坂の途中、横に大きく出っ張った鍾乳石の上に腹這いになってぐったりしていた。由伊は道中、湿った地面に足を取られて滑り台に身を投じる羽目になったのだろう。その途中で運よく、鍾乳石に引っかかったのだ。

ぼくは由伊を抱き起こして、出っ張った鍾乳石の上に腰をおろした。頭上にペンライトの光を向ける。もうずいぶんおりた。すでに先が見えない。しかし傾斜角度はせいぜい三十五度といったところだから、慎重に足を運べば上まで戻れるだろう。下にも光を当ててみた。滑り台はまだまだ先があるらしく、底は見えなかった。尖った鍾乳石の先端を折り、それを下に向かって転がり落とした。破片の転がる音に耳を済ませる。からから、というその音は信じられないくらい長く続いた。

「由伊、由伊」何度か呼びかけると、由伊は軽い呻き声を洩らした。「けがはないか。どこか痛いところはないか」

「うぅ、ん、お兄さま?」

「すまない、すまない、由伊」由伊の躰を強く抱きしめる。由伊も、ぼくの首に腕を回して抱きついてきた。「不安にさせてしまって、本当にすまない」

こういう時、下手ないいわけを避けようとすれば、自然と謝罪の言葉を重ねることになる。ぼくはただひたすらに、すまない、といい続けた。そしてもう何度目かもわからないくらい、すまない、という言葉を口にして、さらに同じ言葉を重ねようとした時、唐突に唇を塞がれた。なにか、柔らかいものが、ぼくの唇を塞いでいる。それは、由伊の唇だった。

「んぅ」と、間近に洩れる吐息が艶っぽい。

由伊は唇を離した。ぼくはしばし放心した。

「お兄さま」由伊がいった。「お願い。お願いです。もう二度と、由伊の傍から離れないで。あの時みたいに、もういなくならないで」

「もちろんだ」ぼくはいった。「もう離れないから。安心しろ」

「ああ。お兄さま。ありがとう、ありがとうございます。由伊は、お兄さまさえいれば、なにも怖くはありません。お兄さまさえいれば、他になにも欲しいものはありません。お兄さま、女心のわからない鈍感な由伊のお兄さま。由伊は、お兄さまが大好きです。子供の頃からずっと、お兄さまのことが大好きです。ですがその感情は、お兄さまと離れ離れになってから、由伊が大人になっていく過程で少しずつ変化していきました」由伊はいった。「愛しています。お兄さま。由伊はお兄さまを、ひとりの男性として、愛しています。ずっと、ずっと。もう、由伊はお兄さまの傍を離れません。離れたくありません。なにがあっても。決して。由伊はどこまでも、どこまでもお供いたします」

由伊を抱きかかえて慎重に立ちあがる。石橋を叩いて渡るかの如く、一歩一歩に慎重を重ねる。両手が塞がった状況で足を滑らせれば大惨事になる。ぼくは全身の神経を鋭く尖らせて、細心の注意を払い歩を進めた。上に辿りつくまでの十数分間、由伊は身を縮こまらせたまま、ずっと息を潜めていた。

ぼくたちは互いに身を寄せ合いながら洞窟を進み、牢獄の前の元の場所まで戻った。布の中で抱き合ったぼくたちはどちらからともなく唇を重ねた。それはあまりにも自然な流れだった。そして湧きあがる衝動のままに転がり、熱い躰を探り、言葉に満たない原始的な声をあげて、身悶え、いつまでもいつまでも、絡み合っていた。

やがて、由伊はひときわ高い声をあげて躰を震わせた。直後にその躰から力が抜けて、ぜいぜいと荒い呼吸を繰り返していたが、それはそのうちに安らかな寝息へと変わっていった。

ぼくはポーチからティッシュを取り出して色々な後処理をしていた。その時だった。由伊が軽いうめき声をあげたと思ったら、次の瞬間、間近にちょろちょろと水音がし出した。躰が弛緩しきり、膀胱が緩んでおもらしをしてしまったのだ。

その時のぼくは、まだ、夢の中にいるような気持で、まともな思考力を取り戻してはいなかった。だからなのだろう。背中と喉に火傷を負い、もう数日まともな水分補給ができていなかったぼくは、無意識にそのほとばしる奔流に顔を突っこみ、喉を鳴らしてそれを飲んだ。

靄(もや)がかかったような、見通しの悪い頭でも、渇ききった舌にそれはぼくに鮮烈な印象をもたらした。

ぼくは、彼女がつい先ほどまで処女であったことの証明を舌先に感じながら、

(最後の『』の部分のインクが大きく滲んでいる。そこから、ページ全体が、ぐるぐるの曲線だったり、ぎざぎざの斜線だったり、そんな滅茶苦茶な線の重なりによってすっかりと塗り潰されてしまっていた。そして、その次のページには、それまでの整った字とはまるで違う、怒りとか哀しみとか、そういう激しい感情の赴くままにぐちゃぐちゃに書き殴ったような字で、こう書かれていた)

ぼくはたった今、ある恐ろしい事実に気づいてしまった。そして同時に、父が、天城勝史が、天城家絶対のしきたりに逆らってまで、ぼくを家から遠ざけようとした、その本当の理由が、やっとわかった。わかってしまった。ぼくは、なんという罪を犯してしまったんだろうか。これを、この事実を知ってしまっては、ぼくは、もう、生きられない、生きてはいられない——。

17

手記を読み終えて顔をあげた。窓の外はすっかりと夜気にまみれていた。壁にかけられた時計を見ると、読み始めてからすでに三時間も経過していたらしい。当然、病院の面会時間はすでに終わっている。だが、彼女は当然のような顔をしてまだそこにいた。彼女は、あたしのカルテをじっと眺めていたのである。

どう声をかけたものかと思案しながら、口をぱくぱくさせていると、不意に彼女が顔をあげてあたしを見た。

「読み終えたかい」

いって、カルテを閉じて膝に置く。あたしは頷いた。

「ご感想は？」

「あたしは、あの、こういうお話はあまり得意ではないので」

そうだ。こんな、いかにもなしきたりだの、トリックを成立させる、ただそれだけのために造られた舞台設定や人間関係だのはまさしく、――あたしの苦手な本格推理小説そのものである。

いったい、父（――らしき人）はどうしてこのような小説を書いたのだろう？

また、この人はどうして、この小説が、あたしに必要なものだといったのだろう？

「なんといったらいいのか」

「荒唐無稽に思える？」

「あの、はい。トリックもそうですけど、この、しきたり、とかも、ちょっと強引かなって」

「そうかもしれない。だが由緒正しい血筋の、長い歴史と伝統を持った名家ほど、古くさい妙なしきたりに縛られていたりするものなんだよ。それは今の世も同じことだ」

「そうなんですか？」

「そうさ。そのしきたりを守ってきたからこそ、今まで血を絶やすことなく歴史を紡いでこられたという、実績がそうさせるんだ。ほら、長い歴史を持つ皇室とか王室には、妙な決まり事やら儀式やらがたくさんあるものだろう。武士の家系でも古くからの家訓が定められていたりするし、また、古い集落なんかには摩訶不思議な風習が未だに残っているところもある。比較的新しい話をすると、松下幸之助の言葉が、多くの企業でありがたがられていたりもするだろう。それも、意味合い的には同じことさ」

なんだかわかるような、わからないような。

「それに、この、最後の、――」

「ああ」

「なんなんでしょう、これは。新手の演出なのでしょうか？　もしかしたら、小説の終わり方がわからなくなって、ヤケになって投げてしまったんでしょうか？」

　そういう小説が、時々ある。どれとはいわないが、終盤に収拾がつかなくなって、結局、登場人物を殺すことで無理矢理に終わらせてしまうような小説である。同人誌ならそれも許されるのだろうが、商業でそれをやられるのはたまったものではない。しかも、それが斬新だと評価されているのを見たりすると、あたしはとてもいたたまれない気持になる。

「演出？——ああ、きみはこれを、完全なフィクションとして読んでいたんだね？　そうか。きみは父親の名前すら知らないのだものな。なにも知らなければ、そう読んでしまうのも無理はないか。いや失敬。これは私のミスだったよ」

「どういうこと、でしょう？」

「初めにいっておくべきだったんだ。これは、彼が、きみの父親の辰史さんが、十七年前に巻きこまれたある忌まわしき事件の詳細について書き記したもの。つまり、ノンフィクションなんだよ」

　そんなばかな。

「彼は、執筆のその途中、完結も間近になった頃に、ある恐ろしい事実に気づいた。そして、彼は、その手記にある通りに」

自殺した。

「そしてきみの母親も。きみを施設に預けた後で、彼の後を追った」

あたしは開いた口がふさがらなかった。じゃあ、このしきたりだとか、鬼の子だとか、トリックだとかが、全部、本当にあったことだというのか？

それに、ああ、両親の死（それも、あたしという子供を捨てての自殺だという）を知らされたその時のあたしの心境は、複雑怪奇にすぎて到底言葉にはできない。仮にも小説家を目指している人間が、気持を言葉で表現することを断念するというのは、ただ単に、語彙力が足りないとか、そういうことだけの問題ではない。それは、知っているからだ。どんなに豊富な言葉を尽くし表現してみても、どんなに美しく並べ立てられた言葉の羅列が、人の心を打ち納得と共感と感動を呼んだとしても、結局はそれが嘘でしかないことを知っているからなのだ。

「嘘」

とあたしはほとんど無意識に口にする。

「まあ、その気持はわかる。痛いほどね」

いって、彼女は苦笑する。

「だが、嘘じゃないんだ。私が、その生き証人だ」

「あなたが？」

「私は新谷。辰史さんの記述からではどうもあまりそれが感じられないのだけれど、本当はとってもとっても優秀な探偵さんなんだよ」

新谷はいった。

「その私がいう。そこに書かれてあることは、事実だよ。この火傷を見るがいい。これは天城邸から脱出した後の爆発に巻きこまれて負ったものだ。それに髪も。ほらこの通り。頭皮にまで火傷が及んでいるからね。すっかりかつらなんだよ。爆発の時、美弥さんも一緒に爆風に吹き飛ばされたのだが、彼女は、私以上にひどい火傷を負って、その後、残念ながら助からなかった。さて、ここからは伝聞だ。私はこれのせいでかなり長い間、ベッドに縛りつけられる羽目になっていたからね。洞窟に取り残された辰史さんたちが救出されたのは天城邸炎上から五日が経過してのことらしい。あの地下牢のことは誰にも知らされていなかったから、捜索にやたら時間がかかってしまったのだそうだ。彼らはひどく衰弱していたが命には別状がなかった。その後五日ほどしてから、当時辰史さんが勤めていた病院へと移された。そこで精密な狂犬病の検査をするためだったらしいね。たとえ直接噛まれなくても、狂犬病ウイルスを持った動物が生息する洞窟に入っただけで感染した例があるとかなんとか。それで念のためにということらしかった。幸運にも検査結果はシロだった。その後退院し、二人は結婚した。形式上、辰史さんは天城家を継いだが、炎上した天城邸の再建は行わず、二人は天城分家の小屋地家が管理する郊外の家に留まり続けた。やがて、きみが生まれた。その頃、医者を休業していた辰史さんは、空いた時間を埋めるように手記を書き始めた。あの忌まわしい事件を振り返り、真実を記した。完璧ではないかもしれないが、実に詳細な記録であることは間違いない。彼は長い時間をかけて、事件や、症例のことなんかを細部まで思い出し、よく考えながら、文章を綴っていったのだろう。だからこそ、彼は、いよいよ完結という段に差しかかって、ある恐ろしい事実に気がついた。気がついてしまった。彼は、自殺した。そしてきみを施設に預けた後で、由伊さんもその後を追った」

新谷は続ける。

「彼らの死後、手記は彼らのお世話をしていた小屋地家の女性の手に渡った。彼女はその手記を、誰の眼にも触れぬようにと厳重に封印してしまった。手記には、それがなんなのかまではわからないが、辰史さんが自殺までしてしまうほどの恐ろしい事実が含まれているという。ならば、それが表沙汰になってしまうということは、きっと、辰史さんにとって絶対に避けなければならないことのはずだ。と、そう判断して、彼女は手記を封印したんだ。それから時がすぎた。天城本家唯一の生き残りであるきみの捜索は何度か行われたようだ。彼らは、辰史さんや由伊さんの知人関係を特に重点的に当たって、施設関係の捜索はおざなりにしか行われなかった。というのも、施設の子供たちの情報というのは特に厳しく管理されているものでね、まともな方法ではとても入手できないものなんだよ。そうして結局、ろくな情報も得られないままに捜索は打ち切りとなった。お世話役だった彼女は、数年前に亡くなってしまった。その数か月前だよ。長いリハビリを終え、探偵として復帰して、細々と活動していた私が今回の依頼を受けたのは。彼女は、私にきみを捜し出して、この手記を渡してほしいと頼んだ。小屋地家には内緒で、こっそりとね。でも、私はその依頼をいったんは断った」

「断った？」

「そうだよ。だってそうだろう、両親のことなどなにも知らないきみに、いきなりこれを手渡して、きみの両親はきみを捨てて自殺したのだと、そう告げる必要があるのだろうか？　それはあまりにも残酷ではないか？」

まったく、その通りだ。

「そういうと、彼女は微笑んで、これは自分のエゴなのです、といった。単にわがままといい換えても構わない、とも。つまり、彼女は、きみが両親のことをなにひとつ知らず死ぬまで生きていくのは不幸だと、そう考えたわけなんだな。まったく、なにひとつ不自由なく育ってきた人間のいいそうなことだろう？　いわゆる独りよがりの善意の押しつけというやつさ」

「でも、結局、あなたは、依頼を受けたんですよね？」

「その通り。頑張って捜したよ。私は最初から施設に焦点を絞って調査を開始したが、それでも、三日でとはいかず、軽く数年の時を要した。非合法すれすれの探偵独自のネットワークを駆使して、辰史さんと由伊さんの写真から作りあげた、きみのイメージ画像をばら巻いたりしながらね、なんとか辿りついたよ。それ以上の調査の詳細については、きっと訊かない方がいい」

　新谷はいい、生きている方の眼でウインクした。

「どうも最近、探偵という職業ほど一般の方々が描くイメージと実像とがかけ離れているものはないのではないかと思うよ。各種ミステリ小説、ミステリドラマがエンターテイメントの主流として定着している日本では特にそうだろう。探偵といえば卓越した調査能力と鋭い観察眼を駆使しての人探し、猫探し、浮気調査、それから殺人事件を解決する、組織に属さない孤高な正義の味方というイメージがすっかり染みついてしまっている。だが実際の探偵は、――依頼達成のために尾行や盗撮や盗聴など法に触れるぎりぎりの行為を平気でするし、依頼人も一般人よりはライバルの弱味を握りたい企業役員や政治家ややくざの方々が多いし、さらに性質（たち）が悪いのになると独自に有名人をつけ回してゴシップネタを集め週刊誌に売り捌いたり、直接的な強請（ゆす）りたかりで金銭を手にしたりしているのもいるんだよ。探偵が正義の味方などというのは幻想にすぎないさ。私とて例外ではないよ。私が依頼を引き受けたのは、探偵としての正義感などという理由では決してない。かといって、提示されたバカ高い報酬につられたわけでもないんだ。私は、知らないでいることと、知らないでいいこととは違うのだと、そう考えたんだ。もちろん、どちらが正しいのかなんてことは、専門家でも意見がわかれるだろうがね。しかし私は、彼女の依頼を受けた。──私もまた、きみと同じく孤児だったからだ」

そういえば手記中には、彼女はとある施設出身の孤児だと、そう書いてあった。

「私はかつて、どんな些細なことでもいいから、両親のことを知りたいと思っていた時期があった。両親との繋がりを猛烈に欲していた時期がね。そうして、きみのように、遺伝学をかじったこともあった。だからこそ私は、きみのことがわかるといったのさ。きみは私と、私はきみと、同じだからな」

長い沈黙があった。あたしの思考はぐるぐるぐるぐる空回りし続けて、まともに機能しているとはいいがたかった。

「どうして」

と、あたしは呟いた。言葉が、自然と口をついて出た。

「どうして、その、──父は、自殺など、したのでしょうか」

父が気づいたという、妻と子供を振り捨ててまで、死ななければならないほどの恐ろしい事実とは、いったいなんだったのだろうか。

新谷はすぐには口を開かなかった。やがていった。

「すべての答えは、この手記の中にある」

「え?」

「中途半端なところで途切れていた、本編中の最後の一行があったろう。これには、決定的な間違いがある」

「間違い、ですか」

「そう。仮にも医者だった彼にとってはあまりにも稚拙な間違いだ。きみは気づかなかったか？」

　あたしは再び手記を開き問題の文面に視線を落とした。

『ぼくは、彼女がつい先ほどまで処女であったことの証明を舌先に感じながら、』

　両親の情事後の描写など読んで嬉しいものではない。この短い文面にあるらしい、決定的な間違いとは、いったいなんだろうか。

　あたしは顔をあげて彼女を見、わずかに首を振った。

「これはつまり、彼が口にした尿には、彼女が破瓜（はか）した際の血が混じっていて、その血の味を、すっかりと乾燥し、水分に飢えていた鋭敏なその舌先で感じた、という意味合いで書かれたものだろう」

　そうとしか読めない。

「これが間違いなんだ。わかるだろう。尿も精液も同じ尿道口から排出される男性とは違って、女性は、性交時に使用される器官と、排尿に使用される器官とはそれぞれが独立している。そのため、性交に使用される膣にある処女膜が破れることで流れる破瓜の血が、尿道口から排出される尿と混じることはない」

　確かに、そうだ。保健体育の授業で習ったことをようく思い出してみれば、確かにその通りなのだ。

「医者にとっては、確かに、あまりにも稚拙な間違い、ですね」

「その時の彼は気づかなかったのだろう。暗闇の恐怖と、空腹と、渇きと、動物としての種の保存本能によって導かれた興奮から、彼の頭はまったく正常に機能していなかったのだと思う。そして、その後気持を落ち着けて、明瞭な頭をもって、当時を振り返りながら事実を小説として書き、いざその時のことを思い起こし文章にしたところで、彼は、自分の間違いに気づいた。気づいて、書くのを止めた。そして、自殺を決意した」

　あたしは問う。

「まさかその間違いが」

「父が気づいたという、とても生きてはいられないほどの、恐ろしい事実というのではないのでしょう。医者であった、その、――父が、医者にあるまじきそのような単純な間違いを犯したという事実に気づき、それに耐えられなくなったから自殺した」

自分でいってて馬鹿らしくなった。そんなことで愛する人たちを捨ててまで自殺する人間がいてたまるものか。

「そういう理由で自殺する人間も、確かにいるかもしれないがね」

いる、のだろうか。いや。やはり、いるのだろう。世の中は広い。

「――しかし、違う。彼が、彼女の尿に感じた血の味は確かにあったんだ。だから彼はそう書いた。だが、それは破瓜の血とは無関係だった。と、いうことはいったいどういうことか。簡単だ。答えをいうまでもないね」

「血尿？」

「その通り。血尿だ。彼女には血尿の症状があった。加えて、彼女には軽い難聴の症状もあった。手記の中で彼女は、ヘヴィ・メタルを聴いていたせいで聴力が落ちたといっていたが、実際は違う。それが原因ではなかったんだ。血尿に、難聴。これは、作中で取りあげられていた遺伝性疾患のアルポート症候群の症状と合致する。そう、彼女は、アルポート症候群だった。彼女の祖母や、伯父、叔母、従妹の美船さんと同じようにね。私は、この事実こそが、彼が自殺を決意した原因だと確信しているんだよ」

あたしは首を傾げた。遺伝性の疾患なのだから、同じ一族内で同じ病気になるのには、特に不思議もなにもないように思える。

　そういうと、新谷はわずかに肩を竦めた。

「遺伝学を多少かじっているきみならわかるはずだ。アルポート症候群というのは、X連鎖優性遺伝疾患だ。X連鎖優性遺伝疾患は男性がひとつ、女性が二つ持つX染色体に異常遺伝子が存在することによって発症する。遺伝にはいくつかの規則性があり、大ざっぱに説明すると、罹患した女性の子供には男女の区別なく約半数に疾患が遺伝される。罹患した男性のすべての娘は疾患が遺伝するが、息子には遺伝しない」

「はい」

「祖母である天城秋子さんを患者ゼロと仮定すると、その子供の約半数に疾患は遺伝することになる。彼女の子供は三人で、長男勝史さんと、長女史絵さんには疾患が遺伝している。そして勝史さんの子供は、息子一人に娘が二人。先にあげた遺伝規則から考えると、長男辰史さんには疾患は遺伝しないが、続く二人の娘、かっちゃんと美船さんには疾患が遺伝している。それから史絵さんの息子宗史さんには、約半分の確率で遺伝されることになるが、彼は遺伝していない。アルポート症候群は、X染色体をひとつしか持たない男性で発症すると重症になり、多くの場合、二十歳半ばまでにほぼ確実に腎不全を発症するからね」

　新谷は続ける。

「さて、問題の由伊さんだ。彼女はアルポート症候群だった。これはつまり、両親のうちどちらかがアルポート症候群に罹患していた可能性が高いということを示している。だが彼女の父、雅史さんは、兄勝史さんにはない、風邪ひとつひかない健康な躰を持っていた。つまり、男性で発症すると重症化するアルポート症候群だと考えることはできない」

「つまり、母の、——母が？」

「普通に考えればそうだ。しかし、この病気は決してありふれた疾患ではない。今回のように一族として繋がっている場合は別だがね。可能性はある、けれども、それが限りなく低いということは明白だ」

父親でもない、母親でもない。——しかし母には、両親のどちらかが罹患していなければならない遺伝性の疾患があった、と、いうことは。

「そう」

新谷は頷いた。

「私はこう考えた。由伊さんは、雅史さんの子ではなかった。彼女は、アルポート症候群罹患者である兄、勝史さんの子だったのではないか、——と。彼女の母親は、雅史さんと出会う以前に勝史さんと恋人同士だったという。そして勝史さんは、誰もが認める大の女好きだ。かつての恋人が、時を経て、義理の兄妹となって同じ家に住んでいた。いつかの想いが再燃して間違いを犯したと考えられないこともないだろう。いや、勝史さんの悪名からすれば、それは確実にあったと考えていいだろう。由伊さんは、勝史さんの子だった」

それは、つまり、

「辰史さんと由伊さん、きみのご両親は、腹違いの兄妹だったんだ」


ここまで頭が真っ白になる感覚（なんという陳腐な表現！　だが、それ以外にはまったく書きようがないのである）というのは、そうそう経験できるものではない。あたしは、完全に思考が停止していた。

「彼は、最後の一行を書いている途中で、その事実に気づいたのだろう」

新谷は混乱するあたしを置き去りにしていく。

「そしてそう考えることで、最後に彼がやっと気づいたという、彼の父が、天城家絶対のしきたりに背いてまで、彼に家を継がせまいと頑張ったその本当の理由にさえ、すっきりとした説明をつけることができるんだ」

それは、

——父と母の二人に、近親相姦の罪を犯させないため。

「妻の親友、弟の妻にまで手を出すほどモラルの低い天城勝史さんであっても、一応、それくらいの常識は持ち合わせていたのだろうね」

新谷はどこまでも淡々とした口調でいう。

「彼は父親を嫌っていた。軽蔑していた。手記の中では、浮気する人間、——すなわち天城勝史さんのことをクズだとすらいっていた。決して許されるべき存在ではないと。そんな天城勝史さんですら忌避した、近親相姦という大罪を、彼は、知らなかったこととはいえ、犯してしまった。それが、彼には、耐えられなかった」

あたしは、人が行動を起こすのには必ず理由というものが存在すると考えている。自殺とて例外ではない。日本のみならず世界では、毎日のように自殺する人間が存在する。そのうちの約七〇パーセントは遺書などからその理由が特定されるという。いじめ、健康的な問題、経済的な問題、人間関係、失恋など実に様々だ。

だが、あたしはそのどれよりも、新谷がいった言葉の方に強い力を感じた。幼き日にあのような人間にだけはなるまいと固く誓った、自らが軽蔑したその人物——クズ以下であるという現実を、あまりにも突然に突きつけられた絶望が、父を自殺へと駆り立てた。

これはおそらく、常識に富む多くの方々にとっては、受け入れがたい動機なのだろうと思う。もし推理小説だったら、自殺の動機にリアリティがない、なんて憤慨して壁に本を投げつける人が出るかもしれないレベルの。

あたしだってそうだ。

だが、
人は皆、違うのだ。生き方も、考え方も、好きなものも、嫌いなものも、なにもかもが、違うのだ。違うから、人は、自分以外の人間を完全に理解することはできない。自分を生んでくれた両親だって、長年連れ添った妻だって、血をわけた子供だって。それどころか、時として、自分自身すら理解できないことすらあるのである。それなのにどうして、他人を否定するなんてことができるだろう？　そんなのはあり得ないなんて、リアリティがないだなんて、どうしてそういえるだろう？　それは単なる、自分の価値観の押しつけではないだろうか？　誰かとは、自分ではない。誰かには、自分ではない、その誰か自身の価値観がある。自分にとっての正解が、違う誰かにとっても正解であるという保証はどこにもない。ならば、違う誰かを否定することなどは、自分には本来できるはずもないのである。許されるはずがないのである。

わかっている。あたしにはもう、それが正しいとわかっていた。

「でも、――」

と、あたしはいった。その時のあたしは、プラグを抜かれたパソコンのように機能停止状態に陥っていたから、それは本能からくる、生理的な抵抗だったといえるだろう。

「そんなのは、結局、本当かどうかなんてわからないですよね」

　あたしは自動的に言葉を継ぐ。

「それはあなたの想像にすぎなくて、二人はもう死んじゃってるんだから、だから、証拠なんてどこにもなくて、それで、――」

「あるんだ」

　新谷の低い声音に息を呑む。

「証拠は、ある」

「ど、どこに、そんな」

「ここだ。ここで見つけたんだ」

　新谷はわずかにうつむき、上目遣いにあたしを見る。

「ここへくるまでは確かにきみのいう通り、すべては私の推論にすぎなかった。だが、ここへきて、それは確信へと変わったんだ」

「どういう、――」

「きみだ」

　新谷は鋭くいい放つ。

「きみの躰を蝕んでいるその病気だ。その正体を、医者はまだ特定できていないようだが、私にはわかる」

彼女は膝の上のカルテを手に立ちあがり、それを開くと、あたしの眼の前のテーブルの上に叩きつけるようにして置いた。カルテはほとんどが英語で書かれていてあたしにはさっぱり読めない。

「きみは、アルポート症候群だ。そう。母親から遺伝したんだよ」

心臓が、どくりと大きく跳ねた。

「それですべてに説明がつく。血尿、高血圧、それに伴う強直間代発作は、すべて腎不全によって引き起こされる。それにきみは、眼が悪い。視力の低下は、難聴と同じくアルポート症候群の特徴的な症状のひとつだ」

「でも」

かろうじて、あたしはいった。

「あたしは、まだ十六歳で、もし仮に、アルポート症候群だとしても、女でその年齢では、まずここまで重症化はしないはずです」

先日のセミナーでそう習ったし、実際に医者もそういって、その可能性を除外したのだ。それに、父の手記にもこう書いてあったではないか。

X連鎖優性遺伝疾患のアルポート症候群では、十六歳の少女——少年ならまだしも——が、肉眼的血尿が出るほどの深刻な腎不全に陥るとはやはり考えにくい。

と。

「その通り」

あたしの指摘に、新谷は素直に頷く。

「これが通常のケースであれば、ね」

「どういうことですか」

新谷は、持ちあげたカルテに視線を落とす。

「きみのカルテには『生理がこない』と書いてある。医者は患者のいったことをいちいち正確に書き留める習性を持っているものだから、これはきみがそういったということなのだろうね」

わけもわからず、あたしは頷く。

「だが、仮にも小説家を目指しているというのならば言葉は正確に使わなければいけないな」

小説家を目指していることを知っている事実にもあたしはもう驚きはなかった。名探偵には、隠し事など通用しない。

「しかしまあ、気持はわかる。確かに恥ずかしいだろうね。十六にもなって、初潮がまだだと口にするのは、それなりに勇気のいることだ」

新谷がわざと音を立ててカルテを閉じる。

非常な息苦しさを感じた。例のごとく、どうして、と機械のように問う言葉を発しようとして、口の中がからからに渇いているのに気づく。じっくりと時間をかけ溜めこんだ唾で咥内（こうない）を湿らせて、ごくりと喉を鳴らした。

「どうして」

「ハクちゃんから、きみに関してこんな話を聞いたんだ。つい先日、きみは初潮を迎えたというハクちゃんからナプキンの使い方を教えてといわれた時に、それを断って職員さんから教えてもらうようにいったそうだね。まあ結局、それは私が教えてあげたんだがね。ハクちゃんは不思議がっていたよ。いつもとっても優しくて、なんでも教えてくれるお姉ちゃんが、その時だけは教えてくれなかった、ってね。確かに不思議だ。ナプキンの使い方など三分もかからずに教授できそうなものだ。それなのに、きみはそうしなかったんだからね。だが、そんな不思議も、きみがまだ初潮を迎えていなかったと考えれば、すっきりと説明がつく。人は、自分では使ったことがないものを人に正しくは教えられないものだから。知識と、経験、そのどちらが欠けても、人にものを教えるには不充分だ。あのプラトンだってこういってる、『自ら持っておらず、また知りもせぬものは、これを与えることもまた教えることもできない』とね。それに特にきみのような真面目なタイプは、中途半端な知ったかぶりを嫌うだろうしね。だからきみは断った。そうだろう」

「それが、——あたしにまだ初潮がきていないのが、いったい、なんだというんですか」

あたしは半ば開き直っていた。

「きみは十六歳だ。十六歳で初潮がまだというのは、珍しいケースではあるが、まあないというわけじゃあない。その主な原因としては低身長、低体重などの発育不良が考えられるが、残念ながらきみの場合には当てはまらない。ではきみにまだ初潮がないのはいったいなにが原因なのか。ホルモン異常？　先天性奇形？　いやいや、そうじゃない。もっとシンプルに考えよう」

新谷はいった。

「きみは、男性仮性半陰陽だ。そう考えることによって、すべてに説明がつく。初潮がまだこないこと。本来重症化するはずのない、十六歳の少女のアルポート症候群で苦しんでいること。そしてそれは、きみの母親である由伊さんもアルポート症候群だったという証明に繫がり、さらに辰史さんの自殺の理由、勝史さんがしきたりに逆らった理由にまで繫がっていく。そう。きみの家系における、約四十年の時がすべて、一本の線で繫がるんだ」

「男性仮性、——」

「遺伝学をかじっているきみなら聞いたことぐらいはあるだろう。ないかな？　受精後、人間は初め誰しもが女性の躰として発生し、その後、染色体によって性別がわけられる。染色体がＸＹなら男。ＸＸなら女。ＸＸなら持って生まれたそのままの躰で胎内に成長するが、ＸＹならば次第に変化が現れる。卵巣が睾丸に変化するんだ。そうして徐々に男の躰になっていくのだが、稀に、ＸＹ染色体を持ちながら、睾丸が充分に発達しないケースがある。それがきみだ。医者の辰史さんも気づかず、今までになんの疑問もなく生きてきたことから、きみの外性器は完全な女性型なのだろう。ならば、完全型アンドロゲン不応症だろうね、きっと。アンドロゲンとは、一般には男性ホルモンと呼ばれているものだよ。それが不応、つまりホルモン受容体が働いていないので、外生殖器が男性型ではなく女性型に性分化し、膣はあるが、短いこともある。二次性徴では胸が膨らむなど女性型の変化が表れるが、子宮がないのでもちろん、――月経はこない」

「――あたしが」

喘ぐ。息苦しい。宇宙に放り出されたかのような、絶望の中に今、あたしはいる。

「あたしは、――」

「きみは見た目には、私の昔の友達によく似て、とても美しく可愛らしい素敵な女の子だが、――男なんだ。遺伝子上はね。きみは、父親から受け継いだY染色体を持っている。それが、母親から受け継いだアルポート症候群とは、少しばかり相性が悪かった。それが、答えだ」

新谷の言葉はもはやあたしの脳には留まらない。ただ流れていく。本能が拒絶しているのかもしれない。

その時、突然に咳が出た。激しくむせた。胸が痛かった。

「血圧が上昇しているようだ。まあ、これだけの事実を一度に突きつけられては、無理もないが」

次の瞬間、吐血した。血飛沫(しぶき)が舞う。白いシーツとテーブルを侵す。新谷にもかかった。

「ご、ごめんなさい、――」

反射的に言葉が出た。

「優しい子だ。間違いなく、ご両親に似たんだろう」

けたたましくアラームの鳴り響く中で、新谷はいった。優しい声色だった。

「だが気にしなくていい。謝らなくてはならないのは、私の方だ。きみには、とても残酷なことをしたと思っている。辛かったろう、だから今は、ゆっくりお休み」

18

あたしが退院したその日の夕方は、艶やかな秋の色に満ちていた。支度を終えて病室を出たあたしに、いきなり萌が抱きついてきた。その向こう側には、園長先生の姿もあった。

「ご迷惑をおかけしました」

とあたしはいった。園長先生は、あたしに抱きついている萌ごとあたしを抱きしめて、震える声でいった。

「元気になって、よかったわ」

園長先生が諸々の手続きを行っている間、あたしと萌は病棟の正面ロビーに佇んでいた。夕方とはいえ、病院の人波は大きく揺れていた。その波を搔きわけて、倉田とマルグリッドの大きな姿が近づいてきた。萌が、あたしの後ろにさっと隠れた。二人は、退院おめでとう、とあたしを祝福してくれた。

「お二人のおかげです。ありがとうございました」

「やっと元気になったんだから、これから勉強、頑張ってね。遅れを取り戻さなくちゃ。応援してるわ」

と倉田はいった。

「そしてお医者さんに、なったら、またきてください、ね。それまでは、きちゃ、だめです。バツバツ」

とマルグリッドはいった。

「まあそれが理想ではあるんだけどね、しばらくの間は検診のためにちょくちょく足を運んでもらうことになるから、よろしくね」

二人と握手して別れた。その姿が廊下の角に隠れた頃になってようやく、萌がおずおずと前に出てきた。

「あ、お姉ちゃん」

萌がいった。

「忘れてたの」

「なにを？」

「これ」

といって、萌は、シンプルな封筒を差し出した。

「あたしとおんなじ顔のおばちゃんから、お姉ちゃんが退院したら、渡してあげてって」

——新谷探偵。

「ありがとうね」

といってあたしは手紙を受け取ると、萌の頭を優しく撫でた。

「えへへ」

萌は少し恥ずかしそうに、しかしどことなく得意そうに、笑った。

◇

やあ。きみがこれを読んでいるということは、その後順調に回復して退院しているということだろうね。アルポート症候群には根本的な治療法がないが、まあ、これから上手に付き合っていくしかない。病気も、それとは相性の悪い染色体も、両親がきみにくれたものだ。あまり、嬉しいものではないかもしれないがね。

私がきみに伝えた真実は、きみにとってとても衝撃的な内容だったろうね。きみはまだ、現実を上手く受け止めることができないでいることだろう。きみには、少し時間が必要だと思う。現実を受け止めるための時間が。それが、どれくらい必要なのかはわからない。何か月、もしかしたら何年もかかるかもしれない。だが、受け止められないということはない。何時間とは偉大なものだよ。きみはいつかきっと、真実を正面から受け止められるはずだ。当

き

何年

それで

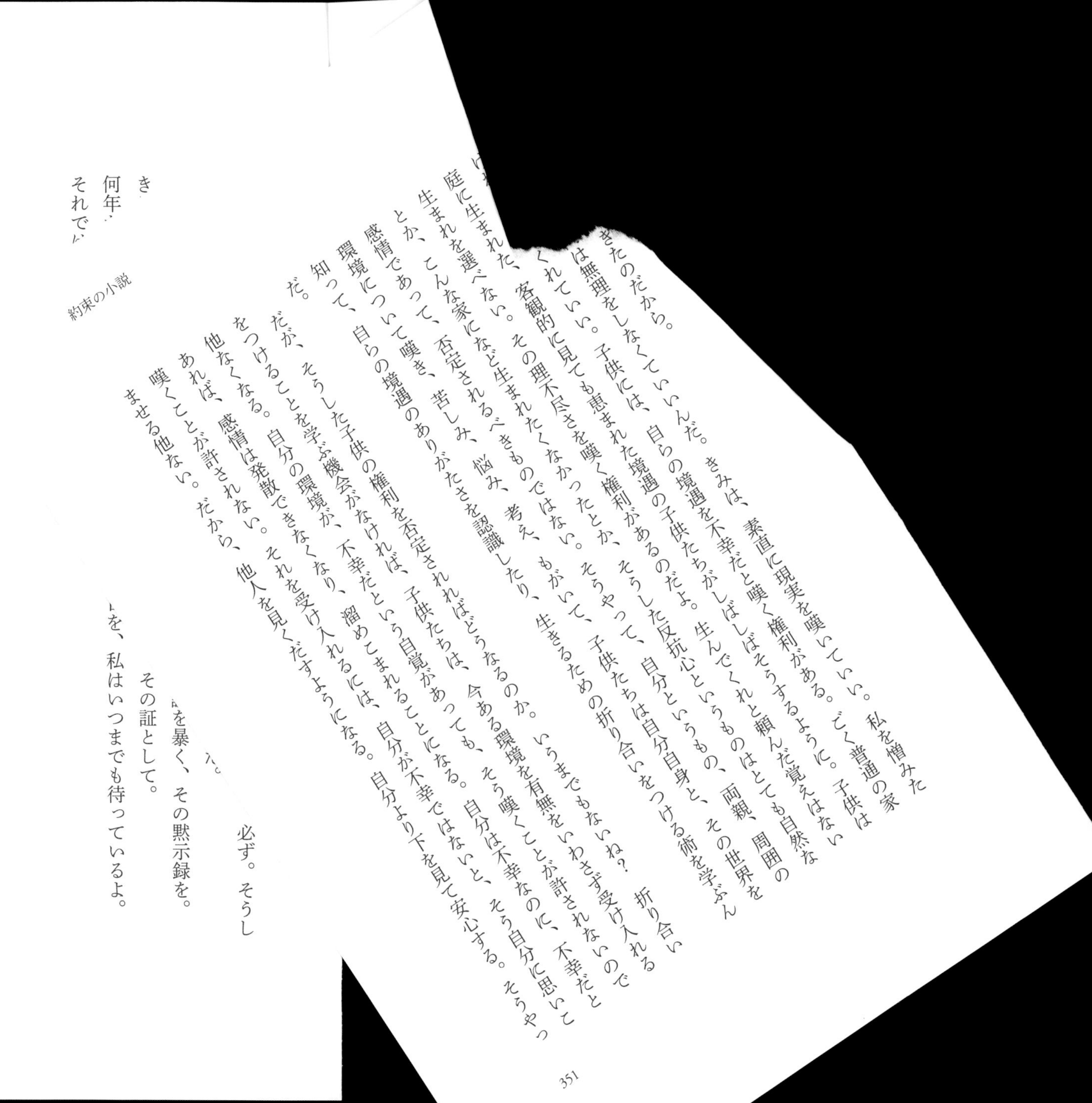

きたのだから。
は無理をしなくていいんだ。きみは、素直に現実を嘆いていい。私を憎みたくれていい。子供には、自らの境遇を不幸だと嘆く権利がある。ごく普通の家庭に生まれた、客観的に見ても恵まれた境遇の子供たちがしばしばそうするように。子供は生まれを選べない。その理不尽さを嘆く権利があるのだよ。生んでくれと頼んだ覚えはないとか、こんな家になど生まれたくなかったとか、そうした反抗心というものはとても自然な感情であって、否定されるべきものではない。そうやって、自分というもの、両親、周囲の環境について嘆き、苦しみ、悩み、考え、もがいて、子供たちは自分自身と、その世界を知って、自らの境遇のありがたさを認識したり、生きるための折り合いをつける術を学ぶんだ。

だが、そうした子供の権利を否定されればどうなるのか。いうまでもないね？　折り合いをつけることを学ぶ機会がなければ、子供たちは、今ある環境を有無をいわさず受け入れる他なくなる。自分の環境が、不幸だという自覚があっても、そう嘆くことが許されないのであれば、感情は発散できなくなり、溜めこまれることになる。自分は不幸なのに、不幸だと嘆くことが許されない。それを受け入れるには、自分が不幸ではないと、そう自分に思いこませる他ない。だから、他人を見くだすようになる。自分より下を見て安心する。そうやっ

必ず。そうし

を暴く、その黙示録を。

その証として。

を、私はいつまでも待っているよ。

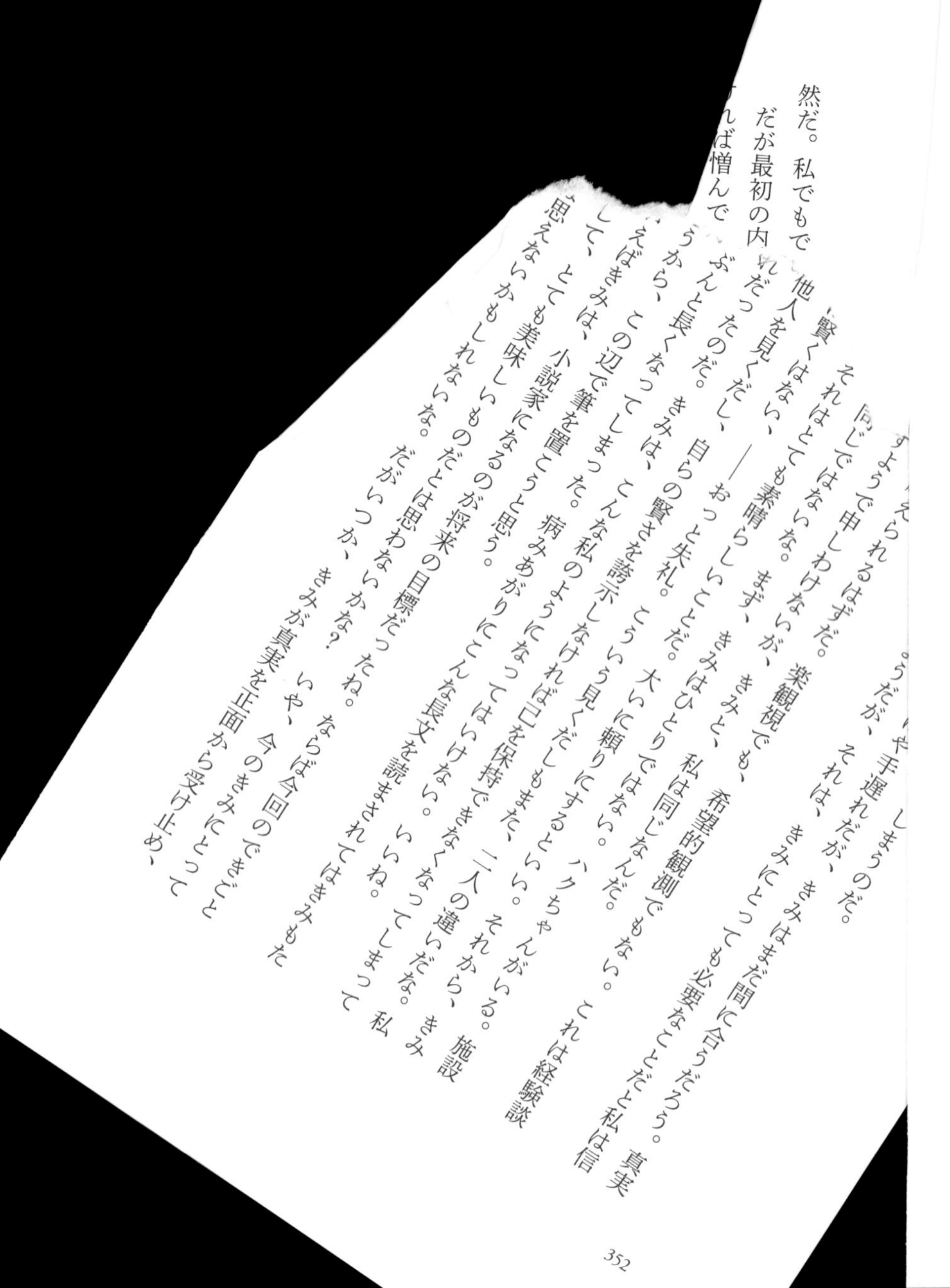

第12回ばらのまち福山ミステリー文学新人賞
受賞作選評

島田荘司

「本格ミステリー」に要求される人工的な要素、物語執筆の前段階で仕込まれるべき設計図発想、俯瞰による知的操作が、最も感じられた小説がこれで、この手柄で前二作よりも頭がひとつ抜けている印象を得た。

この小説の創作意図は明瞭で、序盤中盤は混乱させるが、最後の最後で合流させ、込み入り、もつれた全体構造を一挙に説明する、そういう意図で二つの世界を平行して存在させた俯瞰発想の妙にある。こうした設計図発想は貴重で、この設計図を完成した時点で、この小説は半分以上出来上がっていたといえる。ただしこれを文章化する段階で、幾分かの不手際はあったように見受けた。

峡谷に架かる吊り橋一本でかろうじて人里と結ばれた、雪深い山峡に建つ古風な館、天城邸。その内部に怪しげな住人たちが暮らしており、祖先は子孫である彼らに、時代錯誤的な家屋敷相続上のルールを強制していた。女好きの前代の家長が、関係者の女性たちに無節操な触手を伸ばすもので、血脈が判然としないような煩雑さを呈してしまっている。定番の趣向だが、こうした人物配置は読書の前提でも、名前等はすぐには頭に入らないから、冒頭に図示するのが親切であろう。

しかもこの家長にはある病的体質があって、これが血脈の混沌に、より深刻の度合いを加えてしまっている。そういう問題ある家長が没したから、彼の正妻の親友が産み、今は離れた街で医師になっている長男が祖母に呼び戻され、家長を継ぐように要請される。正妻の子ではないが、この家のしきたりでは、そういう点は問題視されない。ところが父親は、彼に家を継がせることには何故か猛烈に反対していた。これが謎その一である。

まか不思議な人物相関の図に長男が分け入ると、これを待っていたかのように、彼を相続人に推していた祖母が殺され、帰還者の彼にも家から出て行けという誰からとも知れぬ脅迫メッセージが届くという、これもまことに定型の物語は開始される。

古色蒼然としたこの定型性に、またかと思わされはするものの、作者としてはこれは意図的に行っていることで、この小説の新しさは、そうした定型的物語の外郭部に別個の物語を置いて、両者を交互に平行して語ったところにある。その意味で、これはコード型本格のファンたちが渇望して久しい、館ものの二十一世紀型改造形の登場であるのかもしれず、もしもそうであるのなら、『屍人荘の殺人』に継いで、多くのマニアたちによる喝采が待つのかもしれない。

横溝＝ヴァンダイン・タイプの母屋の展開と、交互に現れてくるこの外郭部のストーリーは、一見したところ本筋とはまるで無関係で、登場人物も誰一人共通せず、延々と交わりそうもなくて、作者が何故こうした構造を採ったかにしばし戸惑わされる仕掛けになっている。

まずこの構成部分に、若干の異議を感じた。ふたつの物語、外部のものの方は舞台に関する説明が少なく、屋敷内に意図的に似せられもするので、屋敷のどこか知られていない場所での描写かと思わされるのだが、これが楽しい戸惑いとは感じにくく、ひたすらの読みづらさに感じられてしまった。こうした紛らわしさをあえて演出する必然性は、この設計図の思想には本来ないと思う。作者にはおそらく、館型創作に殉じたいとする思いがあったと推察される。しかしこの作がこの作家の五作目であり、書き手の大ファンとなっている読者なら、情熱をもって作中に入り込んでくれるだろうが、処女作の読者の多くはそう親切ではない。読書のブレーキになりそうなものは、排除しておきたいと感じる。

別世界の物語だとようやく説明が為されても、腑に落ちる快感がうまく現れない。この種のものを多く読んできた人間にも、いずれ先でこの二世界は交わるのであろうという漠とした予測が生じたり、こういう構造にした事情が薄々了解されてはくるものの、わずらわしい気分がわくわく感に勝り、これがなかなか消えずに後半まで引きずられてしまう。これではこの仕掛けにした意味が乏しくないか。

製本される場合には、活字を変えるなどの手当も考えられはするが、この部分はやはり根本から改善を施した方が、作が傑作に近づくと感じた。二世界の違和感は、接近させてその紛らわしさで読み手をいらつかせるよりも、まったく色彩の異なる別世界を交互に展開させることで、脱横溝型の新鮮さや失見当識を演出する方が、読み手の推進力になるように想像する。

母屋の横溝的世界は、よほど偏狭なコード型の偏愛者以外、少々時代遅れと感じるのが自然と思うから、その意味でもかたわらに置いたサイド・ストーリーをもっと独自的に光らせ、存在感を強くして、新時代の本格なりのアピールを施した方が得策のように感じた。しかしこれは、この作者には議論であろうし、人それぞれでもあろうから、現状でいけないということではない。

そのほかの点では感心する要素も多かった。なんと言っても作者の医学の知識の深さには感心した。ストーリー全体に散らばって、このともすれば手垢のついて感じられる既視感ある物語を、クリスマスツリーの銀紙の星のように光らせる謎の群れは、奇病に対するを含む、この作者の該博な医療業界の知識が作り出している。この要素は、この骨董品的世界に新しい光を与えた。横溝流儀のおどろおどろしい物語が、生き延びるヒントをも示している。

さらにもうひとつ言うと、終盤でのある行為によって、医師の長男が事件の重大な真相に気づくという脱常識の発想も、なかなかに目新しく、極限的抑圧の中に群像が蠢く横溝型に、思いがけない方向に開く出口を示唆した。今後もおそらく、こうした方向の館型は現れるであろう。館型は、どうやらまだ死んではいないらしい。

この物語の背骨をなして全体を込み入らせたミステリー構造も、外郭部に存在し続けたサイド・ストーリーの理由も、全体を覆い続けたそうしたミステリーの霧を結部で一挙に吹き払ったものも、世のさまざまに珍しい病いに対する、作者の深い知識であった。この点は大いに評価に値する。ただしあまりに専門的なので、着地の部分で決めの言葉を聞いても、読み手はきょとんとしてしまって、霧は一挙には晴れないかもしれないが。

『約束の小説』とタイトルに堂々と予告し、いよいよ最終部、結部の結部において、見事に約束を実現してみせた構成には、背後でにんまりとガーツポーズを作る作者の表情が見えるようで、つまりたった今完結したこの小説こそが、『約束の小説』なのであった。

ただもうひと言だけよけいを言うと、それ以外の要素は平均的なものであったかもしれない。ひとつの遺体を、三十メートルばかり離れた別の建物に一挙に移す物理トリックを真剣に前面に出されたなら、高い評価はできなかった。

僻地で群像を成す怪しい人物たちの描写も、もとアスリートのお手伝いはなかなかコメディアン的魅力があって全体を引っ張るが、それ以外の人たちを説明する文体は、この作家に独自のものが乏しい。あったにしても少ないと感じた。ゆえに進行を担う文体は、時に平板である。

お手伝い女性の軽口も、だんだんに言いすぎて滑ってきたようにも感じられたし、はてこの人は、この先永遠に嫁にも行かず、家の備品のようにここに一生いる気かと疑うような、不思議な発言もあった。廓に見るような封建時代の感性と思われ、由伊の女心の訴えも、ずいぶんと類型的で、いささか言わずもがななので、女性読者への説得性はこれで充分なのかと気にもなった。

これらすべてが、これも設計図発想に起因する作者の意図の産物なのか否かは不明であるが、まるでレゴのブロックによるように全体を定型に構成し、これでかえって設計図の良質が目立ったし、結末部の驚きと感心は増した。突出した医学知識を組み合わせ、これほどに徹底して複雑な骨組みを組んだ能力には大いに感心したが、これもまた医学レゴというべき新型のブロックであったろうか。

森谷祐二　（もりや・ゆうじ）
1984年生まれ、福島県出身、在住。2019年、本作で島田荘司選 第12回ばらのまち福山ミステリー文学新人賞を受賞。

約束の小説（やくそくのしょうせつ）

●

2020年3月26日　第1刷

著者……………………森谷祐二（もりやゆうじ）
装幀……………………坂野公一（welle design）
装画……………………高松和樹
発行者…………………成瀬雅人
発行所…………………株式会社原書房
〒160-0022 東京都新宿区新宿1-25-13
電話・代表　03(3354)0685
http://www.harashobo.co.jp/
振替・00150-6-151594
印刷……………新灯印刷株式会社
製本……………東京美術紙工協業組合

ISBN 978-4-562-05742-9 Printed in Japan